rowohlt
POLARIS

LARS NIEDEREICHHOLZ

MOFAHELD

Roman

Rowohlt Polaris

Originalausgabe
Veröffentlicht im Rowohlt Taschenbuch Verlag,
Reinbek bei Hamburg, März 2016

Umschlaggestaltung Hauptmann & Kompanie
Werbeagentur, Zürich
Satz Dolly PostScript, InDesign,
bei Pinkuin Satz und Datentechnik, Berlin
Druck und Bindung CPI books GmbH,
Leck, Germany
ISBN 978 3 499 27101 4

Für meine Eltern.
Danke für alles!

Für meine Kinder.
Trinkt keinen Schnaps!

INHALT

Freitag

Samstag

Sonntag

Montag

Dienstag

HEUTE

DANKSAGUNG

Dies ist ein Roman. Sämtliche Personen und Handlungen sind frei erfunden. Eventuelle Ähnlichkeiten mit realen Personen sind reiner Zufall. Hiervon ausgenommen ist allerdings die Figur des Philipp Straub, der real zwar anders heißt, mir früher allerdings auch im echten Leben schwerstens auf die Nerven gegangen ist, von einem faustschlagbedingten Nasenbeinbruch ganz abgesehen.

Danke für die schiefe Nase.

Umso schöner war es doch, als du mir neulich Pizza gebracht hast, in der nächtlichen Schweinekälte auf deinem saublöden Joey's-Pizza-Motorroller, ich dir vierzig Cent Trinkgeld gegeben und dir noch einen schönen Abend gewünscht habe.

Ich bin ja nicht nachtragend.

HEUTE

Vor acht Wochen hatten meine zwar noch nicht vollkommen greisen, aber mittlerweile doch über siebzigjährigen Eltern ein Einsehen. Schweren Herzens und nach jahrelangen Diskussionen entschieden sie sich endlich dafür, ihr Reihenmittelhaus zu verkaufen, um mit dem Verkaufserlös eine altersgerechte Wohnung in der Stadtmitte zu erwerben.

Simpler Auslöser hierfür war die minimalinvasive Operation der rechten Hüfte meines Vaters, bei der nach jahrelanger Arthrose ein neues Hüftgelenk eingesetzt wurde. Aus echtem Edelstahl, wie mein Vater nicht müde wurde zu betonen. Im Rahmen der nachfolgenden Rehabilitationsmaßnahmen wurde schnell klar, dass ständiges Treppensteigen über drei Stockwerke keine empfehlenswerte Dauerbeschäftigung für einen hüftoperierten Rentner mit fortschreitenden Kniegelenksproblemen ist. Also wurde ein Immobilienmakler beauftragt, der binnen Monatsfrist nicht nur mehrere Kaufinteressenten, sondern in Erwartung seiner Doppelprovision breit grinsend auch mehrere geeignete Stadtwohnungen präsentierte.

Das Geschäft kam schnell zum Abschluss, und heute Nachmittag erhielt ich einen Anruf meines Vaters, bei dem er mir mitteilte, dass in dem mittlerweile fast leergeräumten Haus «noch so eine große Kiste mit Kram» von mir herumstehen würde, ich solle diese doch bitte anschauen, bevor sie einfach weggeschmissen würde.

Meine Schatzkiste.

Ich hocke auf dem Boden meines ehemaligen Kinderzimmers und wühle in Erinnerungen. Ich sehe meine abgegriffene Schallplattensammlung, Musikkassetten (Maxell XL 90 Chrome) mit Aufschriften wie *Mixed Tape Heavy* und *Mixed Tape Soft* und *Auf-*

nahmen Proberaum, einen braunen DIN-A4-Umschlag, auf den jemand die Buchstaben *XXX* geschrieben hat, einen alten Kopfhörer von Braun, an dem ich vorsichtig schnuppere und fast enttäuscht feststelle, dass er nicht nach Furz riecht. Weiter unten finde ich einen Schnellhefter mit selbstangefertigten Zeichnungen, diverse vollgeschmierte Schulhefte, die Betriebsanleitung zu einem Mofa und einen weiteren, dicken Briefumschlag, in dem sich ein ganzer Haufen teils schon verblichener oder schlichtweg schon bei der Entstehung über- oder unterbelichteter Fotos befindet. Ich entdecke Kinokarten («Zurück in die Zukunft»), ein unbenutztes Kondom, zusammengefaltete Poster aus der Bravo, mehrere Miniaturmodelle des Porsche Carrera, einen Walkman, eine Strickjacke mit Schulterpolstern, einen Satz Gitarrensaiten, ein kleines Flaschenschiff von MB, mehrere Comicsammelbände von diversen Superhelden, zahlreiche Gimmicks aus Yps-Heften (unter anderem das Um-die-Ecke-Blasrohr mit Fadenkreuz und Spiegel!) und ein Batikhalstuch. Auch an diesem will ich gerade riechen, als mein Vater den Raum betritt.

«Na?», fragt er. «Alles Mist, oder? Kannst den ganzen Krempel ja einfach in den Container vorm Haus kippen! Da steht übrigens auch dein altes Mofa!»

«Auf keinen Fall!», entgegne ich ein wenig heftiger als nötig, räume die Kiste wieder ein, schleppe sie keuchend die Treppe hinunter und hieve sie in den Kofferraum meines Kombis (ein absolut vernünftiger, dafür aber potthässlicher Škoda Oktavia), wobei ich hauptsächlich meinen rechten Arm benutze, weil der linke in seiner Funktionalität etwas eingeschränkt ist. Bei der Verabschiedung umarmt mich meine Mutter und stellt dann mit immerwährender mütterlicher Fürsorge und absolut schonungslos fest, dass ich ja wohl ein bisschen zugenommen habe und mir abgesehen davon auch ein neuer Haarschnitt nicht schaden könne. Manche Dinge ändern sich nie. Beim Einsteigen ins Auto möchte sie mir zwanzig Euro für einen Friseurbesuch zustecken, ich wehre dies jedoch mit jeweils einem Hinweis auf mein Alter von Mitte vierzig und meine gar nicht so unerfolgreiche Erwerbstätigkeit als selbständiger Marketingberater ab. Als ich anfahre, fragt sie nicht zum ersten Mal, was das denn eigentlich für ein komischer Beruf sein soll, dann sehe ich sie winkend im Rückspiegel.

Kurz darauf betrete ich mein laut Inserat verkehrsgünstig (also quasi an der Autobahnauffahrt) gelegenes und mit günstigem Hausdarlehen finanziertes Haus, begrüße meine Frau Iris und meinen vorpubertären Sohn, der mich allerdings nicht beachtet, dafür aber mit einem Spielkonsolencontroller zwischen den Fingern auf den Flatscreen glotzt, «Stirb, du dreckiger Mutant!» ruft und dabei eine Ladung glühendes Todesplasma aus seiner feuerwerferartigen Waffe abfeuert.

Ich verschwinde im neudeutsch als Homeoffice bezeichneten Arbeitszimmer, um den kompletten Inhalt der Kiste wieder auszupacken, akkurat auf dem Schreibtisch zu drapieren und zu begutachten.

Zunächst lege ich ein paar neue Batterien in den Walkman und stecke den Braun-Kopfhörer in die Buchse. Der Veloursbezug der Ohrmuscheln ist an einigen Stellen gerissen und porös, im Laufe von vielen Jahren erhärteter Schaumstoff bröselt heraus.

Die Spulen drehen sich stockend und mit einem leichten Quietschen, und fast kommt es bei der seit Äonen eingelegten Kassette zum Bandsalat. Doch dann höre ich die ersten Klänge.

Irgendjemand spielt unfassbar untalentiert auf einer verstimmten E-Gitarre.

Und dann erinnere ich mich.

Ich bin das.

Ich spiele unfassbar untalentiert auf einer verstimmten E-Gitarre.

Ich, vor dreißig Jahren.

Jetzt versuche ich mich gerade an einem Solo.

Ach du Scheiße.

Ich greife nach dem Batiktuch und drücke es mir an die Nase. Es riecht etwas modrig, aber im Hintergrund immer noch ganz leicht nach Blumenparfüm und extrastarkem Haarspray.

Ich schließe die Augen.

Verdammt. Ich bin wieder 15 Jahre alt.

Und mir fällt alles wieder ein.

Die Aufnahmen meines grausigen Gitarrenspiels brechen schlagartig ab, und übergangslos erklingen die ersten Töne meiner damaligen Lieblingsschallplatte. «Shout at the Devil» von Mötley Crüe.

Ein diabolischer, unheimlicher Klangteppich, dann eine böse Männerstimme, die eine endzeitliche und – wie ich jetzt feststellen muss – vollkommen schwachsinnige Prophezeiung verkündet.

Ich greife nach einem Klassenfoto und sehe mit Haarspray fixierte Dauerwellen, weit über die Hüften gezogene Karottenjeans und Jacken mit gigantischen Schulterpolstern.

Alles Betrug. Nichts echt. Eine wundervoll peinliche Zeit. Die beste Zeit überhaupt. Und ich war der Peinlichste von allen.

Ich berühre eine Taste auf dem neben mir stehenden und stets eingeschalteten Laptop, und der Bildschirm leuchtet auf.

Dann schließe ich das Fenster der Suchmaschine und öffne ein leeres Dokument.

Wie von selbst fange ich an zu schreiben.

Ich beginne mit einem Monat, gefolgt von einer Jahreszahl.

APRIL 1986

In the beginning
Good always overpowered the evils
Of all man's sins
But in time
The nations grew weak
And our cities fell to slums
While evil stood strong
In the dusts of hell
Lurked the blackest of hates
For he whom they feared awaited them
Now many many lifetimes later
Lay destroyed, beaten, beaten down,
Only the corpses of rebels
Ashes of dreams
And blood stained streets
It has been written
«Those who have the youth
Have the future»
So come now, children of the beast
Be strong
And Shout at the Devil

Mötley Crüe

MITTWOCH

Das Licht

Ich war nicht immer ein Pechvogel. Eigentlich hatte ich zu Beginn meines Lebens sogar großes Glück, war geradezu ein Glücksvogel. Genau genommen hatte ich sogar schon vor meinem Leben enormes Glück, schließlich entdeckten meine einzelligen Vorfahren vor Millionen von Jahren die Vorteile der Evolution und krochen schließlich mit ihren rudimentär ausgebildeten Extremitäten und winzigen Lungen an Land, was dann über verschiedene Entwicklungsstufen unweigerlich zur Existenz meines Vaters führte.

Und ebendieser beförderte (wiederum glücklicherweise) genau im richtigen Moment mit der bei den meisten Säugetieren üblichen Geschwindigkeit von 18 Kilometern pro Stunde eine Portion Samenflüssigkeit vor den Gebärmutterhals meiner Mutter. Mehrere Millionen Spermien starteten nunmehr einen rasanten Wettlauf, an deren Spitze sich nach kurzer und entschlossener Aufholjagd (und mit ein bisschen Glück!) meine im wahrsten Sinne des Wortes Wenigkeit durchsetzte und vor allen anderen in die sich sofort verhärtende Eizelle eindrang. Dabei reckte ich eine imaginäre Spermienfaust gen Himmel und hängte ein imaginäres Ihr-müsst-leider-draußen-bleiben-Schild auf, während mir von draußen Millionen von Mitstreitern den imaginären Spermienmittelfinger zeigten.

In den nächsten Wochen und Monaten widmete ich mich erfolgreich und überglücklich der unentwegten Zellteilung. Doch dann – quasi von einer Sekunde auf die nächste – war die Glückssträhne beendet, genauer gesagt: mit meiner Geburt.

Es gab Komplikationen.

Die vollkommen inkompetenten Ärzte befürchteten eine Sauerstoffunterversorgung und zogen mich – offensichtlich überhastet und schlampig – mit einer Zange aus dem Unterleib meiner völlig entkräfteten Mutter. Zangengeburt heißt der nicht gerade schöne Begriff für diesen Vorgang und für das Resultat.

Wassergeburt hört sich in jedem Fall schöner an. Oder Hausgeburt. Sogar Kaiserschnitt klingt besser.

Die Folgen waren ein lebenslang leicht verkürzter linker Arm und eine Bewegungseinschränkung in der dazugehörigen Hand. Auch das linke Bein ist ein wenig kürzer als das rechte. Pech gehabt.

Und so ging es weiter.

Mieser, städtischer Kindergarten.

Erdnussallergie.

Rechtes Auge zwecks Ausgleich linksseitiger Sehschwäche zugeklebt.

Grundschule mit alkoholkranker Klassenlehrerin.

Wenige Freunde.

Nur ganz knappe Empfehlung fürs Gymnasium.

Wobei die Erdnussallergie sicherlich der bedrohlichste Pechfaktor und auch eine meiner frühesten und schlimmsten Kindheitserinnerungen ist. Diese Gefühl, keine Luft, dafür aber ein ganz dickes Gesicht zu bekommen. Abgesehen davon: Was ist das denn bitte für eine verdammte Scheiße, wenn ich mir nicht einmal einen Erdnusskrümel auf die Zunge legen kann, ohne kurz darauf fast zu sterben! Es ist so demütigend! Diese Gewissheit, dass mir selbst Erdnüsse überlegen sind.

Dann kam die Pubertät, und mit ihrem Einsetzen wurde alles noch schlimmer. Quasi mit dem ersten Schamhaar: vom normalen Pechvogel zum – zack! – Pechvogel des Jahres.

Ach was: des Jahrzehnts!

Nehmen wir nur einmal die Geschichte mit meinem Spitznamen.

In meiner Jahrgangsstufe werden Spitznamen in den seltensten Fällen nach dem Verhalten, dem tatsächlichen Namen oder den äußeren Merkmalen der Person gebildet. Als einzige Vertreter dieser Spitznamensgattung fallen mir tatsächlich nur drei Mitschüler ein. Ingo Struckmann, der von allen wenig geistreich Strucki gerufen wird, Yun Schwegler, ein als Kleinkind adoptierter Südkoreaner, der bedauernswerterweise Albino ist und somit folgerichtig Roberto Blanco genannt wird, und natürlich Glasknochen-Eddie. Glasknochen-Eddie heißt eigentlich Eduard Groeben, ist nur etwa einen Meter groß, sitzt in einem elektrischen Spezialrollstuhl, und man darf ihn keinesfalls anfassen.

Vielmehr entstehen die meisten Spitznamen bei uns vollkommen zufällig und ohne kausalen Zusammenhang zu dem menschlichen Individuum (wenn man pubertierende Jugendliche so nennen möchte), welches fortan und ohne eine Chance auf Abänderung auf diesen Namen hören muss. Ein Schulkamerad namens Christian wird beispielsweise einfach Bumms gerufen, aus Patrick wird vollkommen sinnloserweise Paul, und ein Mädchen namens Katharina heißt plötzlich Hecke. Klaus hört auf den Namen Peff, Stefanie heißt Eppel, und der schwindsüchtige Martin von Solms ist *das Pferd*.

Ähnlich verhält es sich bei mir.

Mein Spitzname entstand im vergangenen Herbst, während der Schulfreizeit im ersten Halbjahr der neunten Klasse.

Mein richtiger Vorname ist Marc, aber eine Weile lang – genauer gesagt genau drei Tage lang – nannten mich alle La Luce.

Das klingt zunächst wahrlich nicht schlecht und hätte lebenslang und gerne auch bis über den Tod hinaus ein vortrefflicher Kosename sein können, auf meinem Grabstein eingraviert in goldenen Buchstaben auf schwarzem Marmor.

Sie nannten ihn La Luce.

Das Licht.

Und das kam so: Drei Parallelklassen pubertierender Gymnasiasten waren im Morgengrauen in zwei für uns reservierte Waggons eines Schnellzugs gestiegen und dann – die hochtrabende Bezeichnung des Zuges missachtend – vierzehn Stunden lang ins angeblich sonnige Italien nach Terracina geruckelt. Mit Terracina bestand eine laut unserem Schuldirektor «wichtige Städtepartnerschaft», wir sollten bitte ein «würdevolles Verhalten» an den Tag legen. Eine Bitte, die uns Schülern natürlich vollkommen egal war. Und so waren die Vorstellungen der aufsichtsführenden Lehrerschaft über die nun folgenden sieben Tage Äonen entfernt von den Plänen der Schüler, die sich allerdings schlichtweg kraft ihrer Überzahl durchsetzten. Die nun folgenden Tage waren geprägt von dem Bild halbnackter, nach dem ersten Alkoholkonsum ihres Lebens in den Hotelpool kotzender Mädchen, von zaghaften sexuellen Übergriffen, den detailgetreuen Berichten hierüber und ständigem Herumliegen am verdreckten Stadtstrand. Die Situation drohte ein erstes Mal zu eskalieren, als einige Schulkameraden glaubten, während der doch sehr langatmigen und natürlich unverständlichen Ansprache des Bürgermeisters im großen Festsaal des Rathauses von Terracina unbedingt rauchen zu müssen. Auch der Ausflug ins antike Pompeji konnte die Stimmung zwischen Lehrern und Schülern nicht unbedingt verbessern, da einige besonders lustige Gymnasiasten ihre Notdurft in der dortigen historischen Basilika verrichteten. Ein Schicksal, welches am gleichen Abend auch den sorgsam vor dem Hotelzimmer abgestellten Wanderschuhen unseres Geschichtslehrers Dr. Wincks – dessen lustiger Spitzname in Schülerkreisen sich selbstverständlich einfach durch die Streichung des «n» ergab – widerfuhr.

Beim Abendessen am vorletzten Abend war die Erleichterung der Erwachsenen über die bevorstehende Abreise mit Händen greifbar. Vor allem die vollkommen entnervten und nur noch schreiend mit uns kommunizierenden Eigentümer des zuvor leicht heruntergekommenen, mittlerweile vollständig zerstörten 2 ½-Sterne-Hotels konnten es nicht erwarten, dass wir uns endlich wieder vom Acker machten, allen voran die uralte Chefin des Familienunternehmens, die auch an diesem letzten Abend auf einen Stock gestützt im Eingangsbereich des großen Saales stand und hasserfüllt auf die spaghettikauenden Jugendlichen blickte. Die weiß-grauen Haare zu einem Knoten gebunden, die Augen zu runzeligen Schlitzen verengt, ein schwarzer Rock aus dickem Stoff, eine braune Bluse, eine graue Strickjacke darüber.

Ich kam gerade von der Toilette, als sie mich erblickte und urplötzlich mit ihrem Stock auf mich deutete.

«La luce!», rief sie dann und fuchtelte mit dem Stock energisch in meine Richtung. Sie blickte mich mit aufgerissenen Augen an. «La luce!», entfuhr es ihr wieder.

Und noch mal: «La luce!»

Mittlerweile hatte es jeder im Speisesaal mitbekommen. Die Gespräche verebbten, nur noch leises, erwartungsfrohes Getuschel und vereinzeltes Besteckgeklapper waren zu hören. Einerseits war mir die Situation fürchterlich peinlich. Andererseits fühlte ich mich auch ... geehrt?

Das ansonsten furchteinflößende Familienoberhaupt hatte offenbar einen Narren an mir gefressen. Wie sonst wäre es zu erklären, dass sie mich vor versammelter Mannschaft, vor allen Schülern, den Schülerinnen und den Lehrern, als «La luce» betiteln sollte? Das Licht! So viel Italienisch hatte ich mittlerweile auch drauf.

«Grazie», stammelte ich, grinste unsicher, aber durchaus auch ein wenig stolz, deutete eine leichte Verbeugung an und wollte nun endlich wieder zu meinem Tisch laufen. Immerhin wurde gerade in großen Kübeln der allabendlich als Panna Cotta angepriesene Vanillepudding serviert.

«La luce!», brüllte sie jetzt sehr energisch wieder und immer wieder und bewegte sich dabei auf mich zu, den Stock drohend auf mein Gesicht gerichtet. Plötzlich wirkte sie sehr wütend. Sie drängte sich an mir vorbei, griff hinter mir in den Gang, der zu den Toiletten führte, und schaltete das Licht aus. Sie blickte mich aus milchig-wässrigen Augen an, ohne jede Gnade. Dann brüllte sie: «Spegnere la luce, idiota!» Mach das Licht aus, Idiot!

Die Geschichte meines neu geborenen Spitznamens ist somit zwar weit weniger glamourös als sein Klang, dennoch war ich zunächst sehr zufrieden damit. Leider währte die glückliche Zeit im siebten Spitznamenhimmel nur kurz, denn binnen weniger Tage durchlief der wunderschöne Begriff eine heftige, aber vor dem Hintergrund jugendlicher Grausamkeit durchaus nachvollziehbare Metamorphose, und nachdem die ersten Mitschüler mich, den ersten Teil meines Spitznamens weglassend, nur noch Luce riefen, kam es, wie es kommen musste.

Bereits bei der Ankunft zu Hause hieß ich nur noch *Lutscher!*.

Mit Ausrufungszeichen.

Meine Eltern machen bei diesem dreckigen Spiel selbstverständlich nicht mit. Sie nennen mich nach wie vor Prinz oder sogar kleiner Prinz, was natürlich auch nicht wirklich besser, genauer gesagt sogar noch beschissener ist.

Mein Großvater hingegen findet meinen neuen Namen sehr schön und benutzt ihn ständig.

«Système Cardio Vasculaire ist echt der beschissenste Bandname, den ich je gehört habe», sage ich und spiele dabei entnervt an dem Lautstärkeregler meiner elektrischen Gitarre herum. «Echt total ungeil.»

«Immer noch besser als Blooddigger!», gibt Ingo zurück und vollführt mit seinen Schlagzeugstöcken eine rumplige Figur auf seinem elektrischen Schlagzeug.

«Blooddigger ist ja wohl mal ein saugeiler Name für 'ne Heavy-Metal-Band!», kontere ich und versuche mich zeitgleich an einigen Gitarrenakkorden, die vage an den Song *The torture never stops* von der Musikkappelle W.A.S.P. erinnern sollen und gänzlich misslingen.

Es ist natürlich auch etwas schwerer für mich, mit meiner nicht voll funktionsfähigen linken Hand, aber erstens habe ich mir eine Spezialtechnik ausgedacht, und zweitens hat Sylvester Stallone sich auch nicht unterkriegen lassen, und Sylvester Stallone ist auch eine Zangengeburt. Vielleicht sogar die berühmteste Zangengeburt der Welt.

Ich versuche erneut, der Gitarre einige passabel klingende Töne zu entlocken. Da ich mit den Fingern meiner linken Hand keine richtigen Akkorde greifen kann, habe ich eine vollkommen revolutionäre Gitarrentechnik entwickelt, bei der ich die Gitarre einfach so stimme, dass direkt ein schöner Mollakkord erklingt, wenn man die Saiten anschlägt. Man muss dann lediglich auf dem Griffbrett alle Saiten herunterdrücken, um eine andere Tonhöhe zu erzielen. Musizieren kann so einfach sein, doch einen Nachteil hat die Technik schon: Man kann niemals ein Lied in Dur spielen.

«Wir sind aber keine Heavy-Metal-Band», reißt mich Ingo aus meinen Gedanken und müht sich dann nahtlos mit einem seichten Rhythmus ab.

Es ist Mittwochnachmittag, und wie jeden Mittwochnachmittag haben wir Bandprobe im Partykeller der Eltern meines Klassenkameraden Ingo Struckmann. Der fensterlose Raum ist an Wänden und Decke durchgehend mit Nut- und Federbrettern aus hellem Fichtenholz verkleidet, und auf dem Boden sind hellbraune Fliesen verlegt, in die der offensichtlich geistesgestörte Fliesendesigner unregelmäßige dunkelbraune Schlieren eingearbeitet hat. Gegenüber der Eingangstür steht eine mit dunklem Eichenfurnier verschalte Bar, die Sitzflächen der vier Barhocker sind mit glänzend grünem Kunstleder bezogen. In einem Regal aus verchromten Metallstangen stehen eine Flasche Blue Curaçao, eine Flasche Batida de Coco sowie ein Plattenspieler, auf dem die Schallplatte *Purple Rain* von Prince verstaubt. Als Wandschmuck dienen neben einer Dartscheibe diverse Emailleschilder verschiedener Brauereien, und mitten im Raum steht mein vom Verkäufer des örtlichen Musikalienfachhandels als Einsteigermodell im unteren Preissegment bezeichneter Gitarrenverstärker und Struckis deutlich hochwertigeres elektrisches Schlagzeug.

Strucki ist mein bester Freund.

Obwohl.

Vielleicht ist er gar nicht wirklich mein bester Freund, vielleicht ist er nur ein Schulfreund oder ein Kumpel. Wahrscheinlich ist Strucki sogar nur ein Mitschüler, der zufälligerweise auf das gleiche Gymnasium geht wie ich und auch fünfzehn Jahre alt ist. Aber er ist neben mir der Einzige in meiner Klasse, der ein nach meinem Dafürhalten halbwegs brauchbares Instrument zur Ergänzung meiner E-Gitarre besitzt, und so haben wir kürzlich beschlossen, eine Band zu gründen. Doch weder auf den Namen unserer Kapelle noch auf das musikalische Genre können wir uns bisher einigen.

Im Grunde ist Strucki ein arroganter Schnösel mit Pickeln und Popperfrisur, dessen aktueller Lieblingshit gerade *Westend Girls* von den Pet Shop Boys ist und der ansonsten großer Fan von Bands wie Depeche Mode, Visage, A Flock of Seagulls und ähnlicher Mongogruppen ist. Mongo ist mein Lieblingsschimpfwort. Ich mag in erster Linie den Klang. Man kann es leicht aussprechen, nicht so zungenbrecherisch wie Spasti und apropos: Strucki hatte sogar zwei Schallplatten von Kajagoogoo!

Darüber hinaus ist Strucki auch noch Breakdancer, zumindest versucht er es. Ständig tastet er auf dem Schulhof mit seinen Handflächen irgendwelche imaginären Wände ab und bewegt sich dann wie ein schadhafter Roboter mit Kurzschluss im Arbeitsspeicher. Seine Schultergelenke sacken ab, Gliedmaßen baumeln sinnlos herum, und Kniegelenke knicken ein. Dabei hört er mit seinem Walkman von Sony unerträgliche Breakdance-Musik.

Auch ansonsten verbringt Ingo Struckmann seine Freizeit mit recht merkwürdigen Beschäftigungen, letzte Woche erst hatte er beispielsweise eine Fliegenfoltermaschine konstruiert und sie mir stolz präsentiert. Hierfür hatte er ein Verlängerungskabel durchgeschnitten, die Isolierung der beiden stromführenden Drähte entfernt und diese dann in eine mit Wasser gefüllte Salatschüssel gehängt. Die eingefangenen Fliegen wurden nun auf die Wasseroberfläche gesetzt, von der sie nicht gleich wieder wegfliegen konnten, und Strucki steckte den Stecker in die Steckdose, was zu einem starken Vibrieren der Wasseroberfläche, einem noch stärkeren Vibrieren der darauf befindlichen Insekten und zu unkontrollierten, ja fast schon diabolischen Jubelschreiben von Strucki führte.

Obwohl wir also recht wenig gemeinsam haben und ich ihn nicht selten absolut nervtötend und ätzend finde, ist Strucki mangels Alternativen irgendwie eine Art «bester Freund», so seltsam dies auch klingen mag.

Im Gegensatz zu Strucki höre ich richtige Musik. Gute Musik. Die geilste Musik aller Zeiten.

Ich bin begeisterter Anhänger vom aktuellen amerikanischen

und von inkompetenten Kritikern gerne als Hair Metal bezeichneten Heavy Metal, wobei die Band Mötley Crüe mit Abstand den ersten Rang auf meiner Favoritenliste einnimmt. Bandgründer und Bassist Nikki Sixx, Gitarrist Mick Mars, Sänger Vince Neil und Schlagzeuger Tommy Lee sind Götter für mich.

Natürlich befinden sich auch alle Schallplatten von W.A.S.P., Bon Jovi, Ozzy Osbourne, Quiet Riot, Ronnie James Dio, Dokken, Van Halen und Kiss in meiner Plattensammlung. Auch die unfassbar schnellen Metallica, die aus England stammenden Iron Maiden und sogar der etwas schwülstige Fettsack Meat Loaf finden immer wieder den Weg auf meinen Plattenteller. Aber Mötley Crüe sind einfach die Geilsten. Und zwar erwiesenermaßen. Das amerikanische Magazin Rolling Stone hatte kürzlich in Los Angeles eine Umfrage unter weiblichen Crüe-Fans – echte Fans sagen in der Regel nur Crüe, das Mötley versteht sich ja von selbst – gestartet. Hier in Deutschland hatte sogar der STERN darüber berichtet. Die einfache Frage lautete: Was würdest du tun für eine Nacht mit Mötley Crüe? Und die Antworten waren einfach unglaublich. Eine junge Amerikanerin hatte tatsächlich behauptet, sie würde sich dafür bei lebendigem Leib die Haut abziehen, eine andere wollte sich gar verbrennen lassen. Das muss man sich mal vorstellen. Und obgleich es sicherlich zweifelhaft ist, ob es in diesen beiden Fällen noch zu einer besonders erotischen Liebesnacht gekommen wäre, bleibt unstrittig, dass eine Band, für die sich junge Mädchen häuten und verbrennen lassen würden, die beste Band der Welt sein muss. Damit können die Beatles mit ihrem saudoofen *Let it be* ja wohl nicht aufwarten.

Im Zuge meiner Persönlichkeitsentwicklung (fast hätte ich den ersten Teil des Wortes in Anführungszeichen gesetzt und den zweiten zusätzlich kursiv geschrieben) versuche ich meinen Idolen natürlich auch optisch nachzueifern, was mir allerdings nur äußerst rudimentär gelingt, da mich meine Mutter unter großem psychologischem Druck immer wieder dazu überredet, mir die Haare schneiden zu dürfen, wenn diese eine gewisse Länge überschreiten. Leider ist meine Mutter keine gute Friseuse. Anstatt also mit einer von mir herbeigesehnten Heavy-Metal-Frisur mit platinblond oder rabenschwarz gefärbten Haaren bis zum Steiß herumzulaufen, berühren meine schmutzblonden Hinterkopfhaare mit viel Glück und auch nur wenn ich den Kopf in den Nacken lege, gerade mal meine Schultern, während mir mein Pony keinesfalls über die Augenbrauen hängen darf. Es ist erbärmlich.

Das Tragen einer viel zu großen Nickelbrille und einer festen Zahnspange verleiht mir auch nicht gerade das Aussehen eines ultraharten Rockers.

Immerhin besitze ich eine Lederjacke.

Ich hatte vor dem letzten Weihnachtsfest «Rockerlederjacke» auf dem Wunschzettel notiert und ein entsprechendes Foto von Nikki Sixx danebengeklebt. Bekommen habe ich dann eine hellbraune Lederjacke von C&A mit Schulterpolstern. Ich ließ mir meine Enttäuschung nicht anmerken und verzierte die Jacke an den Ärmeln und auf dem Rücken mit einigen wenigen Nieten und malte mit einem grünen Lackstift den als Pentagramm bekannten fünfzackigen Teufelsstern und den ultimativen Mötley-Crüe-Leitspruch «Shout at the Devil» darauf.

Natürlich sieht es absolut beschissen aus.

«Es ist auch vollkommen egal, wie wir uns nennen», sagt Ingo jetzt, und ich blicke ihn fragend an. «Wir brauchen mindestens noch einen Keyboarder und einen Bassisten, damit wir überhaupt eine Band sind. Im Moment sind wir gar nix!» Er popelt an einem seiner vom häufigen daran Herumpopeln entzündeten Pickel herum.

Er hat natürlich recht. Im Moment sind wir gar nichts. Zwei jungfräuliche Jungs mit unreiner Haut, rudimentärer Körperbehaarung und äußerst begrenzten musikalischen Fähigkeiten, die im Partykeller von Struckis Eltern herumstehen, das sind wir.

«Was soll Système Cardio Vasculaire eigentlich heißen?», frage ich ihn.

«Vegetatives Nervensystem!», erklärt Ingo leicht genervt. «Totgeil, oder?»

Ich schüttele energisch den Kopf, schnalle meine Gitarre ab und blicke auf das Großartigste, was ich in meinem Leben bis dato jemals besessen habe: eine schwarze Casio-Digitalarmbanduhr mit Taschenrechnerfunktion. Das Nonplusultra technischen Fortschritts und zudem ein Geschenk meines Großvaters, der bei der Übergabe augenzwinkernd behauptet hatte, diese Uhr bereits von seinem Großvater geschenkt bekommen zu haben.

Vor der am Waldrand gelegenen Struckmann'schen Villa besteige ich mein Mofa und schlage den Kragen meiner Lederjacke hoch. Es ist zu kalt für die Jahreszeit, ein sehr kalter April.

Ingo kommt noch mal aus dem Haus gelaufen. «Lutscher! Warte mal!»

Mittlerweile habe ich mich halbwegs an meinen Spitznamen gewöhnt.

Er drückt mir einen braunen DIN-A4-Umschlag in die Hand. «Hier!», sagt er mit verschwörerischer Stimme. «Du weißt schon!»

Ingo hat vor einigen Tagen behauptet, ein echtes Pornomagazin besorgen zu können. «Eins, wo man alles sieht! Also nicht nur wie beim Playboy oder so, sondern alles! Richtig mit Ficken!»

«Äh, okay. Danke!», murmele ich, stecke den Umschlag in meine Jacke, öffne den Benzinhahn und trete kräftig in die Pedale, während ich den Knopf der Starterklappe ganz herausziehe.

Mein Mofa springt mit einem ohrenbetäubenden Lärm an, und auf den ersten paar Metern muss ich wie immer unterstützend in die Pedale treten, denn ansonsten würde ich aufgrund der miserablen Motorleistung einfach umkippen. Nach ungefähr zweieinhalb Minuten und auch nur weil es leicht bergabgeht, erreiche ich dann die Höchstgeschwindigkeit von knapp sechzehn Stundenkilometern. Sogar als Spermium war ich schneller gewesen.

Der jüngste Versuch, mein Mofa zu frisieren, war einige Tage zuvor erneut katastrophal gescheitert.

Ich habe das Mofa zu meinem fünfzehnten Geburtstag bekommen. Es war ungeheuer aufwendig, meine Eltern von der Notwendigkeit eines Mofas zu überzeugen, denn sie waren offensichtlich der Überzeugung, dass ich mit einer solchen Maschine binnen kürzester Zeit in den Tod fahren würde. Erst nachdem ich über mehrere Wochen glaubhaft dargestellt hatte, dass ich die Schule hinschmeißen würde, wenn ich kein Mofa bekäme, und sich meine Eltern somit aller Träume hinsichtlich meiner akademischen Laufbahn beraubt sahen, knickten sie schließlich ein. Allerdings musste ich zuvor eine weitere von meinem Vater vorbereitete Erklärung unterschreiben.

Motorisiertes Fahrrad, lautete die schlichte Überschrift des Dokuments.

«Hiermit versichere ich, dass mich meine Eltern über alle Gefahren des Mofa-Fahrens informiert und mich hiervor gewarnt haben. Das Fahren eines Mofas ist mein ausdrücklicher, eigener Wunsch und ich bin mir aller sich hieraus eventuell ergebenden Konsequenzen in vollem Umfang bewusst. Besonders im Falle schwerer Verletzungen werde ich meinen Eltern keine Vorwürfe machen.»

Es folgte eine gestrichelte Linie, auf der ich meine Unterschrift leisten sollte und dies natürlich wie immer auch tat.

Das Verfassen und Abheften von mir unterschriebener Erklärungen hat sich für meinen Vater im Laufe der Zeit zu einer fast schon manischen Zwangshandlung entwickelt.

Leider bewiesen meine Eltern beim Kauf des Mofas erneut ihre erschreckende Treffsicherheit bei der Wahl der falschen, ja fast schon demütigenden Geschenke, denn ich bekam das lächerlichste Mofa der ganzen Stadt.

Eine Gilera ec1.

Dabei gibt es bei der Auswahl eines Mofas im Endeffekt doch so viele menschenwürdige Varianten, Mofavarianten, die einen nicht zum Gespött der ganzen Stadt machen – zum Beispiel die italienische Strandurlaube, gute Laune und Lebensfreude verkörpernde Ciao von Piaggio oder auch die etwas intellektueller und eigenwilliger anmutende, stets schwarze Velo des französischen Herstellers Solex, bei der sich der über dem Vorderreifen angebrachte Motor herauf- und herunterklappen lässt. Außerdem hätte man sich natürlich für die frisierfreudige und somit auch gerne im sozial schwächeren Milieu sehr beliebte Herkules Prima entscheiden können, ein robustes und selten von Mädchen gefahrenes Zweirad. Oder für eine Kreidler Flory. Oder für eine Zündapp CS 25 mit Dreiganghandschaltung und Klingel statt Hupe. Alles absolute Top-Mofas!

Kein Mensch allerdings, wirklich niemand, fährt eine Gilera ec1. Ich hatte es an meinem Geburtstag mit Mühe und Not geschafft, nicht loszuheulen, als mich meine Eltern in den frühen Morgenstunden zu meinem vor dem Haus stehenden Geschenk geführt und mir die wirklich übertriebene Augenbinde abgenommen hatten.

Ich blickte hinunter auf dieses miese, kleine, alle diesbezüglichen Träume zerstörende, lächerliche weiße und allein dadurch schon megabeschissene Fahrrad mit Hilfsmotor und dachte nur: Bitte. Nicht.

Am Lenker baumelte ein Schild. «Für unseren kleinen Prinz. Immer vorsichtig fahren. Wir haben dich lieb. Mama und Papa.»

O mein Gott, wie peinlich! Hoffentlich waren noch keine Schulkameraden an unserem Reihenhäuschen vorbeigelaufen und hatten das Gefährt und – was fast noch schlimmer gewesen wäre – die Glückwunschkarte gesehen.

«Und?», fragte meine Mutter. «Was sagst du dazu?»

«Hey!», antwortete ich zaghaft und schluckte den Kloß in meinem Hals hinunter. «Spitze! Vielen Dank!»

«Du hast ja Tränen in den Augen», rief mein Vater nun lächelnd, und meine Mutter umarmte mich und gluckste: «Bist halt doch noch unser Kleiner!»

Auch Großvater war, auf seinen Rollator gestützt, mit nach draußen gehumpelt und gesellte sich nun zu uns. Er betrachtete das Gefährt und sagte mit dem ihm eigenen urhessischen Dialekt: «Hier, Lutscher! Dess is aber nett grad e Rennmaschine!» Dann drehte er sich um und humpelte zurück.

Ich freute mich sogar tatsächlich über den vollkommen übertriebenen Integralhelm, denn so würde man mich auf meiner EC1 wenigstens nicht erkennen.

Die Unzulänglichkeiten meines neuen Gefährts sind offensichtlich. Das augenscheinlichste Manko sind die viel zu klein geratenen Reifen. Geradezu lächerlich klein! Übertroffen wird diese Lächerlichkeit nur durch die Tatsache, dass das Gefährt mit einem Windschutz versehen ist, im Fachjargon auch Wetterschutzverkleidung genannt.

Wetterschutzverkleidung!

Bestehend aus Beinschild und Windschutzscheibe! Die riesenhafte Plastikkonstruktion würde selbst an einer Harley-Davidson als zu groß bemängelt werden. An meiner Gilera EC1 wirkt sie wie ein skurriler Fremdkörper, ausgedacht und erschaffen von vollkommen verrückten, sadistischen Produktdesignern. Und auch die inneren Werte des Mofas können in keiner Weise überzeugen. Der nur ein PS starke Motor gibt zwar ein stets bemühtes, jämmerliches Summen von sich, aber an jedem noch so kleinen Anstieg muss ich unterstützend in die Pedale treten, um nicht wegen zu geringer Geschwindigkeit ins Schlingern zu geraten.

Als ich an jenem Morgen meines Geburtstages in die Schule fuhr, schwante mir Böses, und tatsächlich: Nachdem ich meine Gilera abgestellt hatte, bildete sich innerhalb von wenigen Sekunden ein Pulk von Mitschülern um mich, die laut lachten und dabei auf mein Geburtstagsgeschenk deuteten.

Am deutlichsten brachte es Ingo Struckmann auf den Punkt, als er mein motorisiertes Fahrrad zum ersten Mal sah. «Voll pissig!», sagte er. Er meinte das noch nicht einmal richtig böse. In der Welt von Strucki gibt es schlichtweg nur zwei Beschaffenheiten, die Dinge haben können. Sie sind entweder «voll pissig» oder «voll edel». Es wird leider immer deutlicher, dass alles in meiner Welt «voll pissig», wohingegen alles in Struckis Welt «voll edel» ist. Natürlich hatte Strucki zu seinem Geburtstag kurz davor eine superedle schwarze Ciao geschenkt bekommen.

Noch am Abend meines Geburtstages entschied ich, dass mit meiner Gilera unbedingt etwas passieren musste. So schnell würde ich die Flinte nicht ins Korn schmeißen. Ich saß in meinem Zimmer und hatte meine Anlage auf die mit meinen Eltern verhandelte Maximallautstärke (4 von 10 möglichen Einheiten auf dem Lautstärkeregler) aufgedreht. Es lief der Song *I wanna be somebody* von W.A.S.P., einer weiteren phänomenalen Hardrock-Kapelle aus den Vereinigten Staaten von Amerika, deren Sänger sich Blackie Lawless nannte, wobei es sich hierbei sicherlich um einen totales Rebellentum symbolisierenden Künstlernamen handelte. Schwarzi Gesetzlos wäre schließlich auch in Deutschland kaum als bürgerlicher Name durchgegangen. Ich blickte auf die Poster in meinem Zimmer. Auf einem davon saßen alle vier Haudegen von Mötley Crüe saugeil auf bedrohlichen schwarzen Harley-Davidsons, und so reifte binnen kürzester Zeit eine Idee in mir heran: Ich musste mein Mofa in Eigenregie umstylen und frisieren, es zu einem einzigartigen Hingucker machen, der mit atemberaubender Geschwindigkeit durch die Straßen fegt. Von pubertärem Enthusiasmus getrieben, setzte ich meinen Plan augenblicklich in die Tat um. Als Erstes wollte ich mich um die Optik und den Sound kümmern. Mit zwei Sprühdosen schwarzer Lackfarbe, einem Lackstift in Chrom und der Bohrmaschine meines Vaters machte ich mich ans Werk und sprühte zunächst die komplette eci schwarz an. Leider haftete die Farbe besonders auf den vielen Plastikteilen und vor allem auf der Wetterschutzverkleidung nicht besonders gut, und durch übereifriges und ungeduldiges Lackieren bildeten sich teils heftige Unebenheiten und Laufnasen. Kaum war die Farbe getrocknet, zückte ich den Lackstift und schrieb in möglichst aggressiver Schrift meine ultimative Lebensweisheit auf den winzigen Tank.

«Shout at the Devil!»

Auch das gelang mir nicht besonders gut, denn ich begann die Wörter «Shout at» viel zu groß, sodass für «the Devil» kaum noch Platz war. Mit dem gleichen Stift malte ich dann vor die am hinteren Schutzblech angebrachte Modellbezeichnung noch das Wort Power, um vorzutäuschen, dass es sich nicht einfach um eine gewöhnliche, sondern eben um eine Power ec1 handelt. Wie besessen bohrte ich anschließend einige Löcher in den Schalldämpfer der winzigen Auspuffanlage, was zwar einerseits den ohnehin schon lachhaften Anzug und auch die Endgeschwindigkeit recht negativ beeinflusste, andererseits aber zu dem erwünschten, nervenzerfetzenden Lärm führte, wenn sich der Motor in Betrieb befand.

Gerade als ich den Lautstärketest mit befriedigtem Grinsen abschließen wollte, sah ich meine Mutter, die hinter mir auf dem Bürgersteig stand und irgendetwas brüllte. Ich schaltete den Motor aus, meine Mutter betrachtete mein Tagewerk, dann wurde es ganz still, bis sie mit zitternder Stimme fragte: «Hast du den Verstand verloren? Weißt du, was dieses Mofa gekostet hat?»

Ich wusste nicht, was sie von mir wollte.

«Was ist denn los?», erwiderte ich also. «Sieht doch voll edel aus!»

Auf der Heimfahrt von der Bandprobe bei Strucki friere ich mir fast die Nase und die Hände ab. Von wegen Wetterschutzverkleidung! Ich quetsche das Mofa in den Rhododendronbusch unseres badehandtuchgroßen Vorgartens, direkt neben den bemerkenswert heruntergekommenen lindgrünen VW Jetta meiner Eltern.

«Vielleicht haben wir nicht so viel Geld wie die Eltern von Ingo, aber dafür sind wir gesund, und so schlecht geht's uns ja wohl auch nicht», behauptet meine Mutter immer, wenn ich von Ingos Zuhause schwärme. Möglicherweise hat sie von ihrer Warte aus betrachtet sogar recht. Ich allerdings finde es einfach nur beschissen, dass wir in dem kleinsten Haus der Welt wohnen. Noch dazu in einem Reihenmittelhaus.

Unser Haus ist nur unwesentlich breiter als die Eingangstür, und man steht sofort in der Küche. Es grenzt fast schon an ein Wunder moderner und eventuell aus der Raumfahrtlogistik abgeleiteter Platzausnutzung, dass unser Herd überhaupt vier Kochplatten hat. Direkt hinter dem Küchentisch beginnt ein von meinen Eltern euphemistisch als Wohnzimmer bezeichneter Bereich, in den ein mintgrünes Sofa, ein Beistelltisch und eine die komplette rechte Wand bedeckende Schrankwand (Eiche rustikal) gepfercht wurden. Die Schrankwand bietet ausreichend Platz für den riesigen Fernseher, einen Videorekorder und die Videokassettensammlung meiner Eltern, bestehend aus ihrem Hochzeitsfilm, einer noch nie eingelegten Kassette mit der Aufschrift «Angeln» und einem Aerobics-Video von Jane Fonda. Letzteres verleitet meine Mutter in unregelmäßigen Abständen dazu, mit einem lila und pink gestreiften Badeanzug, hellgrauen Leggins, Stirnband und gelben Wollstulpen bekleidet Turnübungen vor dem Fernseher durchzuführen. Auf dem Beistelltisch steht ein hochmodernes dunkelgrünes Tastentelefon mit ständig verheddertem Spiralkabel. Ich liebe das Tastentelefon, denn es bietet gegenüber dem vorherigen Telefon mit Wählscheibe einen entscheidenden Vorteil: Meine Eltern können die Benutzung nicht durch das Anbringen eines Sperrschlosses im Fingerloch der «1» unterbinden, und so kann ich nach Lust und Laune telefonieren.

Durch eine Glastür kann man einen schlauchartigen Garten in der Größe einer Pferdetransportbox betreten, an dessen Ende eine halbverfallene Holzhütte steht.

Doch das Haus ist nicht nur zu klein, es ist auch zu voll. Im ersten Stock befinden sich zwei Kinderzimmer für mich und meine neunjährige Schwester Sophie, außerdem das einzige und komplett mit bahamabeigen Fliesen ausgestattete Badezimmer. Im Dachgeschoss schlafen meine Eltern unter der mit Nut- und Federbrettern verkleideten Dachschräge, und in einem ausgebauten Kellerraum wohnt, seit man ihn drei Jahre zuvor aus dem Altersheim herausgeschmissen hat (fristlos, wegen angeblicher Brandstiftung) mein siebenundachtzigjähriger Großvater Erwin, der Vater meines Vaters. Nach seinem letzten kleinen Herzinfarkt hatten meine Eltern nach langer Diskussion einen wuchtigen Treppenlift in den schmalen Kellerabgang einbauen lassen, einen gebrauchten Lifta Superglide 150, der nun wie eine monströse Stolperfalle hinter der Kellertüre lauerte. Großvater Erwin ist es auch zu verdanken, dass es im kompletten Haus stinkt wie in einer Hafenkneipe, denn er raucht sicherlich sechzig selbstgedrehte Zigaretten pro Tag. Da das Zusammenbauen einer seiner Zigaretten altersbedingt mittlerweile recht lange dauert, macht er im Grunde den ganzen Tag nichts anderes, als mit gebeugtem Rücken am Küchentisch zu kauern und mit seiner uralten Zunge den Klebestreifen der Zigarettenpapiere zu befeuchten. Darüber hinaus ist Opa Erwin der lebende Beweis dafür, dass Ohren das ganze Leben lang kontinuierlich weiterwachsen.

Auch die Nachbarschaft gibt wenig Anlass zur Freude. Das linker Hand angrenzende Haus steht aufgrund eines mysteriösen Schimmelpilzbefalls leer, und rechts von uns wohnt Frau Lummenbrink mit ihrer eigentümlichen und leicht pummeligen, – ach Quatsch: ziemlich fetten! – Tochter Gerlinde. Frau Lummenbrink ist eine hagere, verhärmte Frau Ende vierzig, die nach dem frühen Tod von Herrn Lummenbrink von meiner Mutter nur noch «die arme Frau Lummenbrink» genannt wird. Sie trägt eine sehr unweibliche eckige Brille, und ihre Haare sind grau-braun und strähnig, lediglich auf den Schultern kräuseln sich die Reste einer vor Jahren blond gefärbten Dauerwelle. Tochter Gerlinde ist voll und ganz dem Dark Wave verfallen, was im Wesentlichen bedeutet, dass sie von morgens bis abends The Cure hört, ihre Lieblingsfarbe Schwarz ist und sie immer die gleichen schwarzen Klamotten anhat, hohe schwarze Schnürstiefel zu wallendem schwarzem Stoffrock und hüftlanger schwarzer Kunstlederjacke. Um ihre Augen trägt sie fingerdick schwarzen Kajal, und ihre pechschwarzen Haare sind über den Ohren abrasiert und ansonsten toupiert. Gerlinde hat genau wie ich eine feste Zahnspange, aber hier enden unsere Gemeinsamkeiten auch schon. Früher, als sie noch blonde Zöpfe hatte und in knallbunten Kleidchen herumlief, haben wir sogar öfter miteinander gespielt, Verstecken oder Himmel und Hölle oder ähnlich unglaublich peinlichen Kinderkram, aber heute habe ich irgendwie Angst vor ihr, auch weil sie immer so durchdringend glotzt.

Und um das Unglück perfekt zu machen, steht unser Haus auch noch in der untersten Ecke Bad Homburgs, südlich der Bahnschienen und somit fast schon in greifbarer Nähe der sozial schwachen nördlichen Frankfurter Stadtteile. Alle Menschen, die südlich der Bahnschienen wohnen, sind mit einem unsichtbaren Makel behaftet, und kein noch so verzweifelter Versuch, diesen abzustreifen, kann gelingen. Selbst teuerste Markenklamotten, edelste Mofas oder sogar echte Piaggio Vespas würden nicht helfen. Man könnte sich einen olympiareifen Swimmingpool in seinen Garten bauen, in dem sich sechs dekorierte Elefanten tummeln, während dressierte Pfauen mit champagnergläserbeladenen Tabletts auf dem Rücken durch die Menge stolzieren, und die Partygäste würden auf dem Heimweg mit dem kostenlosen Rolls-Royce-Limousinenservice immer noch konstatieren: «Was für Assis!»

Die Menschen südlich der Bahnschienen gelten als Außenseiter, als Proleten. Sicherlich sind die vorausplanenden Kommunalpolitiker nicht ganz unschuldig an dieser Situation, denn während das Stadtbild jenseits der Gleise von Jugendstilvillen und Grünanlagen geprägt ist, dominieren hier im Süden triste Wohnblöcke und Reihenhaussiedlungen.

Meine Eltern allerdings tun so, als wäre mit unserer Wohnsituation alles in bester Ordnung, finden sogar die wenige Meter hinter dem Grundstück im 20-Minuten-Takt vorbeidonnernde S-Bahn irgendwie romantisch. Aber meine Eltern haben natürlich auch absolut null Plan.

Ich verriegele das Lenkradschloss der Power ec1, schließe möglichst leise die Tür auf und ziehe meine angeblich schicken orthopädischen Maßschuhe aus, von denen der linke eine angeblich vollkommen unauffällige Absatzerhöhung von drei Zentimetern hat. Diese hellbraunen Ungetüme habe ich – wie so viele andere Demütigungen – meinem Orthopäden Dr. Zitz zu verdanken. «Sehen cooler aus als Adidas, Marc! Fast ein bisschen wie diese Buffalo Boots, die jetzt so angesagt sind!», hatte er bei der Anprobe in seiner Praxis behauptet. In Wirklichkeit sehen meine orthopädischen Maßschuhe natürlich überhaupt nicht aus wie Buffalo Boots, sondern eben einfach wie orthopädische Maßschuhe.

Ich will unbemerkt nach oben schleichen, als ich laute Stimmen höre.

Meine Eltern sitzen streitend am Küchentisch. Sie müssen so laut reden, um das infernalische Schnarchen und Knurren unseres Bordeauxdoggenrüden Haxxe zu übertönen, der unter dem Tisch liegt und einen seiner aufwühlenden Hundeträume träumt.

«Natürlich war die Videokassette zurückgespult!», verteidigt sich mein Vater gerade.

«Dann hätte ich vorhin in der Videothek ja wohl kaum die Rückspulgebühr bezahlen müssen! So wie übrigens fast jedes Mal!», entgegnet meine Mutter.

«Ich habe dir jetzt bestimmt schon zehnmal erklärt», insistiert mein Vater, «dass unser neuer Videorekorder eine automatische Rückspulfunktion hat. Wenn das Band am Ende ist, wird es automatisch zurückgespult!»

Meine Mutter winkt ab. «Na ja», seufzt sie dann. «Jedenfalls habe ich bei der Gelegenheit gleich noch eine Bandrissversicherung abgeschlossen!»

«Na toll! Wir ham's ja! Wann ist uns denn bitte jemals ein Band gerissen?»

«Gerade letztens, bei ‹Indiana Jones und der Tempel des Todes›! Aber da hattest du wohl schon wieder einen intus ...»

Immerhin habe ich es vollkommen lautlos bis auf die vierte Treppenstufe geschafft, als mich meine Mutter entdeckt.

«Hallo, kleiner Prinz! Komm doch mal bitte kurz hier zu uns rüber!»

Das klingt nicht gut.

Meine Eltern blicken mich an, gerade so, als hätten sie auf mich gewartet. Vor meinem Vater steht ein Glas Rotwein, meine Mutter trinkt Wasser. Ich schaue misstrauisch und ernte ein verständnisvolles, aber etwas künstliches Mutterlächeln. Hoffentlich wollen sie kein Gespräch mit mir führen.

«Setz dich doch mal hin!», befiehlt meine Mutter immer noch lächelnd. Nach kurzem, konzentriertem Schweigen atmet sie lautstark aus und sagt: «Also, wir haben uns heute noch mal in deinem Zimmer umgesehen ...»

Wie bitte?

«... und uns diese ganzen Poster und Bilder angeschaut von dieser Musikgruppe, äh, also von dieser Band, von der du immer mehr Fotos in deinem Zimmer aufhängst und die du so gerne hörst.»

Ich blickte meine Eltern misstrauisch an.

Seit ich mir das Album «Shout at the Devil» zugelegt habe, sammele ich jeden Schnipsel, den ich über Mötley Crüe finden kann, und natürlich ist mein Zimmer von oben bis unten zugekleistert mit Postern und selbstangefertigten Zeichnungen meiner Idole. Auch die aufklappbare Schallplattenhülle dieses leider nur knapp fünfunddreißigminütigen Meisterwerks liegt stets griffbereit in meinem Zimmer herum. Von außen vollkommen mattschwarz und lediglich mit einem glänzend schwarzen Pentagramm versehen, springen dem Betrachter nach dem Aufklappen vier vor einer höllischen Feuersbrunst stehende langhaarige, tätowierte und todesverachtend dreinblickende Männer entgegen. Manchmal sitze ich einfach auf dem Teppichboden und stiere minutenlang darauf.

Ein Markenzeichen von Mötley Crüe ist es, mit Make-up, Rouge, Kajal und Lippenstift bis zur Unkenntlichkeit geschminkt und in hautengen schwarzen, sehr freizügigen und über und über mit Nieten besetzten Lack- und Lederoutfits aufzutreten. Der Sänger hat zudem platinblonde, die drei anderen Bandmitglieder hingegen rabenschwarz gefärbte Haare.

Schandmäuler und Neider behaupten, dass dies alles in erster Linie dazu dienen soll, die eklatanten musikalischen Unzulänglichkeiten vor allem (aber nicht nur) des Sängers Vince Neil zu kaschieren.

Meine Mutter blickt mich sorgenvoll an.

«Marc, du kommst ja jetzt so langsam in ein Alter, also in ein Alter, wo du vom kleinen Jungen so langsam zum Mann heranwächst und sich in deinem Körper und in deinem Wesen ganz viele Dinge verändern und entwickeln ...», erklärt sie nun.

Mein Misstrauen verstärkt sich exorbitant.

«... und wir möchten, dass du weißt, dass du mit uns über alles reden kannst. Das Wichtigste auf der Welt ist gegenseitiges Vertrauen in der Familie, und gemeinsam können wir alle Probleme bewältigen!»

Mein Vater bleibt stumm, knetet sich allerdings seine Hände, als wolle er sie zerquetschen.

«Marc ...»

Meine Mutter legt ihre Hand auf meinen Unterarm, und ich widerstehe dem Impuls, ihn wegzuziehen.

«... wenn du dich zu anderen Jungs oder Männern hingezogen fühlst, dann ist das völlig in Ordnung. Dafür muss sich niemand schämen! Du sollst nur wissen, dass deine Eltern immer hinter dir stehen werden ...»

Mein Misstrauen wandelt sich schlagartig in absolute Fassungslosigkeit. Ich blicke meine Eltern mit großen Augen durch meine runden Brillengläser hindurch an, die Schamesröte steigt mir ins Gesicht.

«Sag mal, spinnt ihr?»

«Marc!», droht mein Vater und hat somit erstmals etwas zu diesem Gespräch beigetragen.

Ich springe auf und haste die Treppe hoch.

«Wir machen uns nur Sorgen!», höre ich meine Mutter noch rufen, bevor ich meine Zimmertüre zuknalle. Am liebsten möchte ich jetzt etwas zerstören! Vielleicht einen der diversen Yps-Gimmicks, für die in meinem mit schwarzer Holzimitatfolie überzogenen Sperrholzregal von Ikea eigens ein kompletter Regalboden reserviert ist? Das leuchtende Nacht-Jo-Jo vielleicht? Es ließe sich bestimmt leicht zertreten. Oder die Sonnenbrille mit Jalousie? Das Pantherzahnhalsband der Apachen? Die kleine Tüte mit den Urzeitkrebsen? Das Um-die-Ecke-Blasrohr mit Fadenkreuz und Spiegel? Oder gar das ausziehbare Detektiv-Periskop, mit dem man über Hindernisse und sogar um die Ecke blicken kann? Kurz bevor ich eines der geliebten Sammelobjekte ergreife, kanalisiere ich meine Wut in Richtung Schallplattensammlung und ziehe ruckartig eine Scheibe aus dem riesigen Stapel heraus. Verstört und immer noch rotgesichtig setze ich meine Kopfhörer auf und singe kurz darauf wie zum Beweis meiner Heterosexualität in voller Lautstärke und gemeinsam mit Blackie Lawless den W.A.S.P.-Gassenhauer L.O.V.E. Love Machine, wobei eine erstaunliche Menge Spucketropfen mit jugendlicher Leidenschaft aus meiner stimmbruchmalträtierten Kehle geschleudert werden.

Lady have you known me – the perfect love machine
I'm Virgo, my Leo's rising,
Venus made me King
That trail of broken hearts, they all belong to me

Magic runs through my fingers
One touch you'll see
L.O.V.E. All I need's my love machine
Tonight!

Ich verstehe nicht, was meine fanatische Hingabe zu einer großartigen Band aus Los Angeles mit meinen sexuellen Vorlieben oder Phantasien zu tun haben soll! Vor allem, weil ich diese sexuellen Vorlieben bisher noch nicht einmal ansatzweise ausleben durfte.

Ich hatte bis jetzt nur ein einziges Mal grausam erbärmlichen Sex: einen Handjob interruptus am Lago di Como in den Osterferien vor vier Wochen. Den gesamten Urlaub über hatte ich sehr zum Leidwesen meiner Eltern quasi kein Wort gesprochen. Vielmehr lief ich ununterbrochen mit meinem auf höchstmögliche Lautstärke gestellten Walkman (ein Sony-Imitat vom Quelle-Versand) herum und schnupperte dabei gedankenverloren an dem gestohlenen Halstuch von Anna Sukolewski, welches ich – im Gegensatz zu den Kopfhörern – auch nachts nicht ablegte. Ich hatte das unendlich wertvolle lila und türkis schimmernde Batiktuch kurz zuvor während des Sportunterrichts aus der Mädchenumkleidekabine entwendet; es duftete nach blumigem Deodorant und ein wenig nach Mädchenschweiß. Es roch wundervoll. Es roch nach ihr.

Dennoch ließ es sich nicht vermeiden, in den Osterferien ein anderes Mädchen kennenzulernen.

Sie hieß Silke.

Silke war mit ihren Eltern im gleichen Hotel wie wir, und da sich die Erwachsenen direkt nach dem ersten gemeinsamen Abend in der Hotelbar sympathisch waren, unternahmen wir gemeinsam unendlich langweilige Ausflüge oder noch schlimmer: Wir gingen gemeinsam spazieren! Es gibt nichts Langweiligeres, nichts Sinnloseres, nichts Idiotischeres, als spazieren zu gehen. Ohne Ziel latschen erwachsene Menschen in der Gegend herum, halten ab und zu an, um beispielsweise einen Baum anzuglotzen, und irgendwann drehen sie wieder um und laufen zurück. Was soll das? Ständig fuhren wir zu irgendwelchen botanischen Gärten oder riesigen Parkanlagen, in denen die Erwachsenen abermals herumspazierten, um sich dann als eine Art Höhepunkt in die Cafeteria zu setzen und einen Kaffee zu trinken. Eventuell ist Kaffee trinken gehen sogar noch langweiliger, sinnloser und idiotischer als spazieren gehen, denn das ist in der Regel wenigstens kostenfrei. Einziger Lichtblick beim Besuch der botanischen Gärten waren die flachen Brunnen und Fischbecken beziehungsweise die Tatsache, dass ganze Heerscharen von Besuchern offenbar nichts Besseres zu tun hatten, als 100-Lire-Münzen ins trübe Wasser zu werfen. So nutzte ich die Kaffeepause meiner Eltern und ihrer Urlaubsfreunde jedes Mal dazu, heimlich meine Schuhe auszuziehen, die Hose hochzukrempeln und unter den vorwurfsvollen Blicken der Goldfische so viele Münzen wie möglich in meinen Besitz zu bringen. Da kamen pro Becken gerne mal vier- bis fünftausend Lire zusammen, was immerhin einem Gegenwert von sieben D-Mark entsprach.

Obwohl ich bei all diesen Ausflügen beharrlich schwieg und lediglich mit dem Kopf im Takt des neuen Mötley-Crüe-Albums «Theater of Pain» nickte, fand mich Silke ganz toll.

Am vorletzten Urlaubsabend saß ich auf einer abgeschiedenen Bank im großzügigen Garten der Herberge, und plötzlich setzte sich Silke neben mich. Als ich sie nach einer Weile ansah, merkte ich, dass sie ihre Lippen bewegte. Ich zog meine Kopfhörer von den Ohren und hörte gerade noch, wie sie sagte: «... irgendwie ein bisschen verknallt in dich!» Eine Sekunde später steckte sie mir ihre Zunge in den Mund, riss den Reisverschluss meiner Hose auf und begann erst zögerlich, dann heftiger, insgesamt aber reichlich grob, meinen Penis zu kneten. Dabei schaute sie angestrengt in die entgegengesetzte Richtung. Nach ungefähr acht Minuten bat ich sie, doch bitte damit aufzuhören. Natürlich fing sie an zu weinen, und ich murmelte: «Tut mir leid», obwohl ich ja nun wirklich gar nichts gemacht hatte. Leider bewirkten meine beschwichtigenden Worte genau das Gegenteil. Silkes stummes Weinen verwandelte sich in ein Schluchzen. Nachdem ich endlich meinen mittlerweile erschlafften Penis zurück ins wohlige Warm der Unterhose befördert und den Reißverschluss hochgezogen hatte, versuchte ich es mit einem abrupten Themenwechsel.

Manchmal funktioniert das.

«Ganz schön heftig, die Sache mit der Challenger vor ein paar Wochen, oder? Ist doch Wahnsinn. Da wirst du Astronaut und steigst in das Ding ein, und dann, zack, bumm, explodiert die Kiste einfach. Alle tot! Mannomann! Oder?»

Zunächst verstärkte die Erwähnung des schwersten Raumfahrtunglücks aller Zeiten ihr Schluchzen, doch einige Sekunden später gewann Silke tatsächlich langsam ihre Fassung wieder. Sie wischte sich mit den Ärmeln ihrer Jacke die Tränen von den Wangen, nickte und murmelte: «Ja. Das war echt heftig ...»

«Weißt du, was die letzten Worte an Bord der Challenger waren?»

Sie schüttelte den Kopf.

«Lass mal die Frau ans Steuer!»

Zunächst schien sie ein wenig schockiert, aber dann musste sie grinsen, und kurz darauf boxte sie mich lachend auf die Schulter und rief: «Du bist so ein Idiot!»

Am nächsten und letzten Abend des Osterurlaubs blieb ich trotzdem auf dem Zimmer; von der perfect love machine war ich jedenfalls noch meilenweit entfernt.

Die erste Seite der W.A.S.P.-Schallplatte ist zu Ende, und mir wird schlagartig bewusst, dass ich verdammt noch mal sehr viel zu tun habe in den nächsten Tagen. Weitere Bandproben. Der geplante heimliche Ausflug ins Frankfurter Nachtleben. Die Vorbereitung der Einweihungsfeier des Schwimmbadumbaus. Und darüber hinaus natürlich die Erfüllung der mir aufgezwungenen Dienste in Haus und Garten, da ich ja offensichtlich ein Leibeigener bin, der zu jedweder Tätigkeit gezwungen werden kann. Noch dazu würde ich, wenn alles glattlief, in den nächsten Tagen endlich einen entscheidenden Schritt in Sachen Anna Sukolewski unternehmen, auch dies erfordert meine volle Konzentration. Immerhin geht es um richtigen Sex. Nicht um so einen saublöden Handjob interruptus, nein! Wenn alles glattläuft, dann geht es tatsächlich um richtigen Oralsex!

Leider wird hierfür eine nicht unerhebliche Gegenleistung verlangt.

«Auf keinen Fall!», höre ich meinen Vater aus dem Zimmer meiner Schwester brüllen. Es ist schon kurz vor Mitternacht, und sie müsste eigentlich längst schlafen, wobei es mir im Grunde natürlich vollkommen egal ist, wann und wie und wo meine kleine Schwester schläft.

«Das ist doch Wahnsinn! Die blöden Viecher haben fünfzehn Mark gekostet. Das steht doch in keinem Verhältnis! Die fressen mir noch die letzten Haare vom Kopf, verdammt! Wir haben doch keine Gelddruckmaschine im Keller! Ich muss arbeiten für das Geld, das ihr hier alle mit vollen Händen ausgebt!» Mein Vater hat sich richtig in Rage geredet, und auf einmal steht er mit Sophie in meiner Zimmertür, genau in dem Moment, in dem ich im Begriff bin, den Anfangsakkord von «Shout at the Devil» fast perfekt zu spielen. Ingo und ich haben uns darauf geeinigt, den Song separat voneinander einzustudieren, um so eine einwandfreie Aufführung dieser Weltklassenummer zu gewährleisten.

Ich blicke entnervt auf, und mein Vater sagt: «Ich muss mit dir reden!»

Ich hasse diesen Satz.

«Es geht um die Wasserschildkröten!»

Wir haben relativ viele Tiere. Neben Bordeauxdogge Haxxe sind da noch die beiden Meerschweinchen und außerdem fünf Wasserschildkröten.

Meine Schwester hatte sich vor einigen Wochen die Nase an der Schaufensterscheibe platt gedrückt, «Bitte, bitte, bitte, Papi! Die sind doch sooo süß!» gequengelt und schlussendlich sogar angefangen zu weinen, als mein Vater es wagte, den Kauf kurz zu überdenken. Das Perfide beim Erwerb dieser im Grunde vollkommen langweiligen und ungeselligen Wasserkriechtiere ist, dass sie im Schaufenster der Tierhandlung in etwa die Größe eines Fünfmarkstückes hatten. Auf Nachfragen wurde meinem Vater dann zugesichert, dass die Tiere fast nicht mehr wachsen und ohnehin nur eine äußerst geringe Lebenserwartung hätten.

«Und wie alt werden die?»

«Na. So maximal vier, fünf.»

«Ach? Na das geht ja.»

Mittlerweile wissen wir, dass es sich hierbei um eine gezielte Falschinformation gehandelt hat, denn die fünf Tiere entpuppen sich als die reinsten Fressmaschinen, die unentwegt vollkommen überteuertes und nur im Fachhandel erhältliches Spezialfutter verschlingen, ihr Körpervolumen quasi wöchentlich verdoppeln und abgesehen davon bei artgerechter Haltung weit über zwanzig Jahren alt werden können. Die anfänglich verwendete Salatschüssel jedenfalls reichte bereits nach kurzer Zeit nicht mehr aus, und mittlerweile steht ein siebzig Zentimeter langes und vierzig Zentimeter tiefes Terrarium auf der Kommode meiner Schwester, stets zwei Handbreit mit Wasser gefüllt und mit einem großen Stein zum Ausruhen und einer zeitschaltuhrgesteuerten Wärmelampe versehen. Und auch das wird bald wieder zu klein sein. Die komplette Ausstattung hat weit über 300 Mark gekostet, und jetzt verlangt meine Schwester mitten in der Nacht den Kauf einer Wasserfilterungsanlage. Mein Vater schaut mich an. Er sieht etwas lädiert aus.

«Also: Marc, du wechselst jetzt zweimal pro Woche das Wasser im Terrarium.»

«Was?», brülle ich mit sich stimmbruchbedingt aufs lächerlichste überschlagender Stimme. «Auf keinen Fall! Ich habe schon Hundescheißewegmachdienst, Spülmaschineneinräumdienst und Bürgersteigschneeschippdienst! Außerdem gehören die Kack-Schildkröten Sophie!»

Meine Schwester zieht hinter dem Rücken meines Vaters eine Fratze und streckt mir die Zunge heraus. «Bürgersteigschneeschippdienst gilt nicht, das ist ein saisonaler Sonderdienst ...», erklärt dieser seelenruhig und ein wenig abwesend. Sophie nickt zustimmend. «... und Sophie ist noch zu klein dafür. Ich werde noch eine entsprechende Erklärung zur Unterschrift für dich vorbereiten.»

Diskussion beendet. Und obwohl ich laut schreiend und protestierend durchs Haus renne und diverse Türen hinter mir zuschmeiße, bleibt es dabei: Ich habe ab sofort zweimal in der Woche Wasserschildkrötenwasserwechseldienst.

Kurz bevor ich einschlafe, ziehe ich mir wie jede Nacht meinen hüfthohen Katzenstrumpf über das linke Bein, eine von meinem Orthopäden Dr. Zitz als Geheimwaffe angepriesene und aus mehreren Katzenfellen bestehende Fellröhre, die durch eine Stimulierung der Blutzirkulation das Wachstum der verkürzten Extremität anregen soll. Augenblicklich setzt das gewohnte, grausame Jucken ein, und ich greife wie fast jeden Abend nach einem meiner neben dem Bett gestapelten Comichefte. Neben Heavy Metal im Allgemeinen und Mötley Crüe im Speziellen sind Superhelden mit Superkräften eine weitere große Leidenschaft von mir.

Batman, Superman, Spider-Man (alias Die Spinne), der unglaubliche Hulk, der rote Blitz – ich liebe sie alle!

Ich habe mir sogar selber einen eigenen Superhelden ausgedacht.

Er heißt Zangenman, auch genannt: Die Zange!

Die Geschichte von Zangenman ist denkbar einfach und folgt dem bewährten Erklärungsmodell aller Superhelden, ist also mindestens so plausibel wie die Geschichte von Spider-Man, der seine Superkräfte bekanntlich nach dem Biss einer radioaktiven Spinne erlangte, oder vom unglaublichen Hulk, der bei einem Waffenexperiment einer noch nie zuvor da gewesenen Gammastrahlung ausgesetzt war.

Zangenman ist – man kann es erahnen – eine Zangengeburt. Bei der Geburt werden wichtige Nervenbahnen zerstört, wodurch seine linke Körperhälfte entwicklungsgestört und verkümmert ist. Als Kind wird die Zange deswegen oft gehänselt, er entwickelt sich zum Außenseiter. Im Teenageralter entdeckt er dann, dass bei der misslungenen Geburt auch Teile seines Gehirns beschädigt wurden, allerdings mit durchaus positiven Folgen, denn Zangenman kann durch pure Willenskraft innerhalb von wenigen Sekunden unfassbar große Mengen anaboler Wachstumshormone wie Insulin und Somatropin, das Stresshormon Cortisol und zudem Adrenalin in seine linke Körperhälfte pumpen, was zu einer linksseitigen Explosion der Muskelmasse und Muskelkoordination und außerdem zu einem exorbitanten Selbstbewusstsein führt. Mit seinem riesenhaften und von gartenschlauchdicken hervortretenden Adern und Sehnen überzogenen linken Arm kann Zangenman nun alles zertrümmern, seine pizzatellergroße linke Hand zerquetscht einer stählernen Zange gleich Feinde und Hindernisse, mit seinem auf das Vielfache seiner ursprünglichen Größe angeschwollenen linken Superbein kann er unglaubliche Tritte und Sprünge vollziehen. Dieser Zustand hält genau siebenunddreißig Minuten an, dann verschwinden die Supermuskeln, und Zangenman bricht vollkommen entkräftet zusammen. Der große Unterscheid zum unglaublichen Hulk ist, dass Zangenman erstens nicht grün und zweitens während seiner Verwandlung zum Superhelden kein vor sich hin lallender Mongo wird.

Das grauenhafte Jucken meines Katzenstrumpfes reißt mich aus meinen Gedanken, und ich wälze mich noch lange hin und her, bevor ich endlich einschlafe.

(Natürlich habe ich absolut keinen Schimmer davon, was sich zur gleichen Zeit rund eintausendfünfhundert Kilometer entfernt abspielt, und selbst wenn ich es wüsste: Selbst die Zange könnte wohl nichts dagegen unternehmen.)

Akimov

Schichtführer Alexander Fjodorowitsch Akimov unterdrückt ein Gähnen und zieht den Reißverschluss seiner Regenjacke hoch. Übellaunig und übermüdet besteigt er sein altes Fahrrad und macht sich auf den vier Kilometer langen Weg zu seinem Arbeitsplatz. Die kalte Nachtluft weht ihm den leichten Nieselregen ins Gesicht. Stoisch hält er den Blick starr geradeaus gerichtet. Es gibt auch nichts Schönes, wofür es sich lohnen würde, den Blick schweifen zu lassen. Von Zeit zu Zeit wischt er sich mit dem Zeigefinger über die Gläser seiner dicken Brille und über seinen dichten Oberlippenbart. Im Vorbeifahren scheucht er ein paar Krähen auf, die am Straßenrand im trockenen braunen Gestrüpp herumpicken. Dutzende hässlicher und trister Plattenbauten erheben sich links und rechts von ihm in den dunklen Nachthimmel. In den meisten Wohnungen sind die Lichter bereits gelöscht. Im Werk angekommen, geht Akimov nicht wie üblich direkt in den Kontrollraum. Vielmehr sucht er zielstrebig seinen Vorgesetzten Anatoli Stepanowitsch Djatlow in dessen Büro auf und erklärt diesem, dass er sich nach Abwägung der technischen Gegebenheiten weigert, den geplanten Test der Notstromversorgung durchzuführen, und nochmals dringend davon abraten muss. Erneut verweist er auf den schlechten Allgemeinzustand der Anlage und den fehlgeschlagenen, abgebrochenen Versuch ein Jahr zuvor. Außerdem erwähnt er die völlige Unnötigkeit des Tests. Anatoli Djatlow, seines Zeichens stellvertretender Chefingenieur, kann seinen Zorn kaum unterdrücken, schließlich sieht er eine erfolgreiche Versuchsdurchführung als letzten Baustein seiner überfälligen Beförderung. Er weist die Bedenken energisch zurück, der Test sei längst überfällig. Zwar schätze er Akimov als langjährigen Mitarbeiter, sollte dieser allerdings bei seiner Weigerung bleiben, wäre eine fristlose Kündigung unvermeidlich. Die beiden Männer blicken sich eine Weile wortlos an, dann widmet sich Djatlow ohne ein weiteres Wort wieder den Unterlagen auf seinem Schreibtisch, und Akimov verlässt mit geballten Fäusten das Büro.

DONNERSTAG

Heberprinzip

Ich blicke auf meinen revolutionär neuen Radiowecker und begreife wie jeden verdammten Morgen aufs Neue, dass ich die Zahlen ohne meine Brille nicht erkennen kann. Außerdem habe ich wie ebenfalls jeden verdammten Morgen eine Erektion.

Das ist lästig. Diese steinharten, fast schon schmerzhaft lang andauernden morgendlichen Erektionen, gerade wenn man es eilig hat. Wie oft saß ich in den letzten Monaten am Frühstückstisch, mit unter dem Gürtel der Jeans fixiertem steifem Glied, während meine Mutter eine Schüssel Smacks und einen Becher heiße Nesquik-Erdbeermilch vor mich stellte und dabei «So, mein kleiner Prinz» murmelte?

Nachdem ich meine Brille aufgesetzt habe (sieben Uhr fünfundzwanzig!) schleiche ich ins Zimmer meiner Schwester und blicke entmutigt auf die braune, stinkende Brühe, in der sich träge und kaum noch sichtbar die Schildkröten meiner Schwester treiben lassen. Mein Vater hat es mir ganz genau erklärt und darauf bestanden, dass der Dienst heute Morgen erledigt werden müsse.

«Du hältst einfach das eine Ende des Schlauches in das Wasser, das andere Ende nach kurzem Ansaugen in einen auf dem Boden stehenden Putzeimer, und durch die Druckdifferenz zwischen der Wasseroberfläche im Terrarium und dem sich unterhalb davon befindlichen Schlauchende wirkt augenblicklich das physikalische Heberprinzip, und die Flüssigkeit wird mir nix, dir nix in den Eimer befördert. Verstanden?»

Nach kurzer mentaler Vorbereitung knie ich mich vor das Kriechtierhaus und sauge beherzt an dem Schlauchende. Schlagartig füllt sich mein Mund mit einer Suppe aus Schildkrötenscheiße, Algen und Futterresten, und ich übergebe mich kurz und heftig in den Eimer, in den nun auch endlich ein dunkelbrauner Wasserstrahl aus dem Schlauch spritzt.

Nach einem übelkeitsbedingt eher dürftigen und garantiert erektionsfreien Frühstück haste ich in mein Zimmer und packe schnell einige Schulunterlagen in meinen Rucksack, als ich aus dem Zimmer meiner Schwester lautes Schluchzen vernehme.

Sophie kauert vor dem Meerschweinchenkäfig und weint bitterlich.

Anscheinend ist schon wieder eines der Meerschweinchen gestorben, und ja: Winzling liegt starr auf der Seite und streckt seine kleinen Beinchen von sich. Doppsi, sein Gefährte, hockt daneben und blinzelt verwirrt umher. Die beiden Nager waren mehr als nur gute Freunde. Sie hatten sich mangels Alternativen ganz pragmatisch dazu entschlossen, homosexuell zu werden, und dies auch offen ausgelebt. Winzling und Doppsi waren echte, ehrliche Knasthomos.

Leider ist Winzling nicht das erste tote Meerschweinchen meiner Schwester; die Wand hinter ihrem Bett ist mit fast einem Dutzend Fotos bereits verstorbener Wuschelknäule mit Knopfaugen gepflastert, manche kurzhaarig, andere langhaarig, manche wiederum lockig oder mit Pony. Die wenigsten davon allerdings sind eines natürlichen Todes gestorben. Leider lässt es sich einfach nicht konsequent vermeiden, dass Haxxe, der ohnehin stets knurrend vor der Tür umherwuselt, in Sophies Zimmer gelangt. Alle paar Wochen nutzt Haxxe eine winzige Unaufmerksamkeit irgendeines Familienmitglieds aus, stürmt in den Raum und gerät vor dem Meerschweinchenkäfig in völlige Ekstase; wie ein vom Teufel besessener Höllenhund bellt er, fletscht die Zähne und scheint wie von einem wahnwitzigen Blutrausch getrieben. Speichel und Schleim quellen aus Mund, Nase und Augen, während er sich in die Holzteile des Käfigs verbeißt. Meerschweinchen gelten allerdings als eher schreckhafte Tiere, die Ruhe und Harmonie lieben. Ihre kleinen Seelen sind also nicht für derartige Situationen geschaffen, und deshalb wählten nicht alle, aber bereits einige Meerschweinchen meiner Schwester in dieser sehr bedrohlichen Situation (wiederum sehr pragmatisch) den Freitod durch Herzversagen.

Winzlings Ableben ist allerdings ohne Fremdeinwirkung zustande gekommen. Vielleicht hat er etwas Falsches gegessen oder sich einen Virus eingefangen.

Ich gehe neben Sophie in die Hocke und streichele etwas verschämt ihren Rücken, und sie schmiegt sich trotz unserer häufigen und lautstarken Auseinandersetzungen an mich, was mir sehr peinlich ist. Mittlerweile haben auch meine Eltern das Kinderzimmer betreten, was dazu führt, dass Sophie einen neuerlichen, hochdramatischen Weinkrampf bekommt und meinen Eltern wie bei jedem Ableben eines Meerschweinchens schluchzend darlegt, dass das verbliebene Tier keinesfalls alleine bleiben dürfe, weil Meerschweinchen Herdentiere seien und ohne wenigstens einen Artgenossen binnen weniger Tage stürben.

Mit einem Mal steht auch Großvater in der Zimmertür. Angelockt vom Tumult, hat er sich die Treppe hochgeschleppt, und offenbar möchte auch er Trost spenden. «Ach Sophiesche. Immerhin hatte die zwo e paar scheene Jahre bei uns, oddä?», ertönt seine kratzige, alte Stimme. «Bestimmt schönere als freilebende Meerschweinsche in Peru, wo se eingefange und uffgespießt werde. Einfach uff Stöcke gespießt und überm Lagerfeuer gebraate. Da wird dene die Haut runnergerisse, dann die Gedärme rausgerisse, und dann gibt's en Stock in de Arsch! Des is auch net so toll, oddä?»

Meine Mutter drängt ihn hinaus und begleitet ihn nach unten. «Ich glaube, meine Süße ... es ist vielleicht an der Zeit, dass wir mal aufhören, immer neue Meerschweinchen zu kaufen», flüstert mein Vater nun.

«Was?», brüllt Sophie. «Und was ist mit Doppsi?»

«Vielleicht ...», fährt mein Vater mit sanfter Stimme fort, «... geht es dem Doppsi woanders besser.» Offensichtlich haben sich meine Eltern bereits bestens informiert. «Ich habe von diesen Meerschweinchenauffangstationen gehört, also im Grunde sind das Hotels für Meerschweinchen. Luxushotels, wo ganz viele andere Meerschweinchen sind ...»

Meine Schwester fängt augenblicklich an, ihren Protest herauszuschreien. Ich blicke auf meine Digitaluhr (Nein! Sieben Uhr fünfzig!), springe aus dem Zimmer, die Treppe herunter. Vom Frühstückstisch klaube ich mir ein paar Brödlis, stopfe mir eines direkt in den Mund, ein paar andere landen in der Jackentasche.

Brödlis sind sicherlich das unnötigste Backwerk aller Zeiten. Trotzdem darf das steinharte und quasi geschmacklose Vollkorntrockengebäck in keinem wohlsortierten Vorratsschrank fehlen.

Bereits als ich auf meine Power eci steige, ist mein Mund so trocken, dass ich einige Brocken des Brödlis wieder heraushuste.

Jetzt bloß nicht zu spät kommen!

Nicht heute! Nicht dienstags!

Dr. Baker

Zu spät! Viel zu spät! Und nicht nur ein oder zwei Minuten, was Dr. Baker an gnädigen Tagen gerade noch hätte durchgehen lassen, nein: Zwölf Minuten nach Acht ist es, als ich mich mit gesenktem Blick an Glasknochen-Eddie und seinem elektrischen Rollstuhl vorbei ins Klassenzimmer drücke und unter dem Gekicher einiger Mitschüler versuche, das obligatorische «Please excuse me for being too late, Dr. Baker!» zu murmeln. Leider klingt es wie «Plchexschuschmimschtppka», weil ich mir auf der Herfahrt leichtsinnigerweise noch drei staubtrockene Brödlis einverleibt habe, die nun in meinem Mund einen spuckeresistenten Klumpen bilden.

Dr. Baker blickt erst mich irritiert an und dann theatralisch auf seine Armbanduhr.

Dieses verdammte Zu-spät-Kommen ist nach dem Alles-vergessen-was-ich-mir-unbedingt-merken-sollte tatsächlich mein allergrößtes Problem. Abgesehen von meiner Zahnspange vielleicht. Und den Pickeln. Und meiner ständigen Unsicherheit. Und meinen orthopädischen Maßschuhen. Und meinen miserablen schulischen Leistungen. Und meiner Jungfräulichkeit. Gut. Das verdammte Zu-spät-Kommen ist also nicht mein allergrößtes, sondern eines von vielen Problemen, wie zum Beispiel auch meine unerwiderte, sehnsuchtsvolle Liebe zu Anna «Angie» Sukolewski, deren Blick mich gerade streift. Hat sie etwa gelächelt? Ja sicher, sie hat mich angelächelt, mit ihrem wunderschönen pinkfarbenen und farblich auf die großen Ohrringe abgestimmten Schmollmund. Ihre blondierte Lockenmähne ist heute durch einen Seitenzopf gebändigt. Sie trägt eine glänzend lilafarbene Jacke mit sehr großem Revers und aufgestelltem Kragen und dazu weiße, strassbesetze Stiefeletten.

Alle Mitschüler glotzen mich an. Einzig die saufette, sauhässliche Dagmar (Leiterin der Alu-Sammelstelle!) arbeitet mit ihren fettigen Haaren und ihrem selbstgestrickten Pulli weiter an irgendeiner Aufgabe und kramt in ihrer Jutetasche mit großem Keine-Startbahn-West-Aufdruck herum. Dr. Baker fixiert mich unablässig mit seinem stechenden, hasserfüllten Blick, während ich mich umständlich durch die Sitzreihen drücke und meinen Platz neben Philipp Straub einnehme, der mir schadenfroh grinsend «Arme Sau!» zuraunt. Philipp Straub ist das, was Strucki gerne wäre: ein echter Popper! Mit blond gesträhntem Haar, vor dem rechten Auge mit reichlich Haarspray fixierten Fransen, pastellfarbenen Bundfaltenhosen, weitgeschnittenen Seidenhemden und dem obligatorischen dünnen Lederschlips. Außerdem ist Philipp Straub als Sitzenbleiber über ein Jahr älter, fast schon siebzehn, uns trennen Welten. Und obwohl er trotz der unfreiwilligen Ehrenrunde zu den schlechtesten Schülern der Klasse zählt, findet er sich selbst einfach nur supergeil.

Hoffentlich fängt Dr. Baker jetzt nicht an, deutsch zu reden. Bitte! Das würde wieder grausige Folgen haben.

«Oh, drr wörte Hörr Hörrenbörger!», tönt es aber schon eisig von vorne.

Ich heiße gar nicht Hörrenbörger, sondern Herrenberger, aber Dr. Baker ist erst vor wenigen Jahren aus England nach Deutschland gezogen, um hier als Englisch- und Kunstlehrer zu arbeiten, und er spricht mit einem unglaublich starken englischen Akzent. Gottlob redet er daher meist durchgehend englisch – abgesehen von Momenten innerer Aufgewühltheit.

«Wölch onglaublisch örrfröilische Zufäll verschäfft uns de Ööhre Ihres spontainen Besuchs in meinem Underrischt?»

Dr. Baker ist von undefinierbarem Alter und hat ein furchterregendes Äußeres: eine rote Knollennase, winzige, haifischartige Äuglein hinter glasbausteinartigen Brillengläsern und vor allem schwere Verbrennungen auf beiden Handrücken, am Hals und auf der Stirn. «Old Firehand» wird er von todesmutigen

Schülern heimlich genannt. Diese schlimmen Brandmale sind wohl auch der Grund, warum Dr. Baker eine Perücke trägt, deren Farbton allerdings leicht ins Rötliche geht, anders als sein von den Flammen verschont gebliebener grauer Haarkranz.

Das Erschreckendste an Dr. Baker allerdings ist seine grausige Vergangenheit, von der vor allem die Schüler aus der Oberstufe immer und immer wieder hinter vorgehaltener Hand berichten, denn:

Dr. Baker hat vor seiner überhasteten Flucht aus England seine komplette Familie ermordet!

Seine Frau und seine süße kleine Tochter.

Im Blutrausch dahingemeuchelt mit einer rostigen Axt.

Anschließend hat er die Leichenteile im Keller seines kleinen Hauses im Londoner East End (in diesem Stadtteil hatte auch Jack the Ripper gewohnt!) gestapelt und nach und nach im Allesbrenner verbrannt. Hierbei ist es dann offensichtlich zu dem desaströsen Brandunfall gekommen. Natürlich ist keiner der Oberstufenschüler dabei gewesen, damals in England, aber jeder kennt die Geschichte in allen Facetten. Und ständig kommen neue grauenhafte Details ans Tageslicht. Die furchtbare Perücke beispielsweise hat er sich offenbar aus den Haaren seiner Tochter weben lassen. Und auch die anderen Beweise sind erdrückend. Dr. Baker bewohnt heute alleine und zurückgezogen eine Zweieinhalbzimmerwohnung im Souterrain eines heruntergekommenen Mehrparteienhauses in Neu-Ansbach im Hintertaunus.

Und in Neu-Ansbach leben die richtigen Sonderlinge. Gegen Neu-Ansbach ist südlich der Bahnschienen Luxus pur!

Niemals sieht man Dr. Baker in der Fußgängerzone beim Einkaufen, beim Sommerfest oder auf dem Weihnachtsmarkt. Außerdem trägt er immer die gleichen Kleider (eine braune Cordhose, ein weißes Anzughemd und ein in verschiedenen Grüntönen kariertes Jackett). Und Dr. Baker lächelt nie. Noch niemals hat ein Mensch Dr. Baker lächeln sehen.

«Möschte drr Hörr Hörrenbörger villeischt de Underrischtszeite nach sein eigene Beliebe gestälte?»

Nun fangen die ersten Schüler an, kurz die Beherrschung zu verlieren, prusten los und kaschieren das mit einem vorgetäuschten Hustenanfall, Hände werden vor Münder gehalten, vereinzelte Lachtränen laufen über Teenagerwangen, und manch einer beißt sich schmerzhaft in die Unterlippe. Immer das Gleiche, wenn Dr. Baker anfängt, deutsch zu sprechen.

Ich schüttele den Kopf. Der Brödliklumpen will einfach nicht kleiner werden.

Jetzt läuft Dr. Baker zu Bestform auf. Er ist bei seinem Lieblingsthema angelangt, der dunklen Vergangenheit Deutschlands.

«Glaubt drr Hörr Hörrenbörger, dass er villeischt zur Hörrenrasse gehörrt, wo sisch übrr alle änderen hinwegsetzte könne? Glaubt err, dass err e Hörremensch is, der Hörr Hörrebörger?»

Endlich kann ich schlucken! Der Teigkloß rutscht meine Kehle hinunter. Alle blicken mich erwartungsvoll an, und natürlich will ich die Erwartungen erfüllen, daher sage ich: «Herrenberger! Nicht Hörrenbörger!», und blicke beifallheischend zu Anna, die jedoch gedankenverloren ihre neongelb lackierten Fingernägel betrachtet. So ein Mist, mein mutiger Vorstoß hat offenbar keinerlei Eindruck bei ihr gemacht.

«Wie bidde?», fragt Dr. Baker scharf.

«Herrenberger. Ich heiße Herrenberger. Nicht Hörrenbörger!»

«Quatsch! Der heißt Lutscher!», ruft Philipp Straub, und während des nun folgenden saudummen Gegröles, bei dem einige Mitschüler die Anonymität der Menge ausnutzend noch «Tatütata, die Feuerwehr ist da!» rufen, lässt mich Dr. Baker keine Sekunde aus den Augen. Sogar Glasknochen-Eddie lacht laut mit, und ich hoffe, dass er sich dabei nicht den Kiefer bricht. Nachdem das Gelächter abgeklungen ist, sagt Dr. Baker: «Diese Unverschaimtheit wörd ernoit örnste Konsequense für Sie habbe, Hörr Hörrenbörger!»

Danach fährt er unvermittelt und in perfektem Oxford-Englisch mit dem Unterricht fort. Philipp Straub lehnt sich naserümpfend zu mir herüber und raunt für alle deutlich hörbar: «Sach mal, Lutscher! Warum riechst'n du eigentlich so nach Scheiße?»

Zangenman würde jetzt sicherlich eine ultrageile Antwort parat haben. «Krieche zurück in den feuchten Matsch unter deinem dir als Heimstatt dienenden Stein, elendes Gewürm!» oder etwas Ähnliches, aber mir fällt natürlich nichts ein, daher sage ich nur saublöd «Selber!», drehe mich weg und pule mir ein paar Stückchen Schildkrötenkot aus der Zahnspange.

Ich bin sehr schlecht in Mathe. Selbst die Taschenrechnerfunktion meiner Casio-Armbanduhr kann mir in den seltensten Fällen helfen. Schon seit längerer Zeit vermute ich, dass meine für das Rechnen, die Logik und das Analytische verantwortliche linke Gehirnhälfte unterentwickelt sein muss. Sicherlich handelt es sich um eine weitere Folge der Zangengeburt. Zu der jetzt anstehenden Mathearbeit erscheine ich gänzlich unvorbereitet, denn ich habe wie so oft vor abzuschreiben. Mein Mathematiklehrer Herr Viechle ist ein gutherziger, weltfremder Sonderling mit einem hellgrauen, etwas zu langen Haarkranz um den riesigen Schädel, und er wird es ganz sicher nicht mitbekommen, wenn ich die komplette Arbeit von meinem Sitznachbarn Strucki übernehme. Zunächst läuft auch alles bestens. Viechle verteilt die Arbeiten, setzt sich anschließend hinter sein Pult und vertieft sich in die Lektüre einer mathematischen Fachzeitschrift.

Die Mathematical News of the World möglicherweise.

Strucki ist gut in Mathe, was wiederum seinen katastrophalen Musikgeschmack erklärt. Für mich hingegen ist dieses Fach ein Buch mit sieben Siegeln und – wie ein Blick auf das eng bedruckte Aufgabenblatt bestätigt – nur etwas für totale Korinthenkacker und Erbsenzähler. Es geht um Wahrscheinlichkeitsrechnung.

Wen verdammt noch mal soll es bitte interessieren, wie hoch die Wahrscheinlichkeit ist, aus einem Kartenspiel mit genau fünf Versuchen die Karo-Acht und die Herz-Dame zu ziehen? «Nicht besonders hoch» dürfte als Antwort hier doch vollkommen ausreichen, zumal es auch kein einziges Kartenspiel gibt, in dem diese Kartenkombinationen den Gewinn des kompletten Jackpots nach sich zieht. Strucki ist nach der lockeren Einstiegsfrage bereits bei der zweiten Aufgabe angelangt, sodass ich nun ein wenig nach rechts rücke, um auf sein Blatt zu schielen.

Die Wahrscheinlichkeit beträgt 82,5 Prozent, lese ich.

Zweiundachtzig Komma fünf? Der Wert kommt mir relativ hoch vor, immerhin gibt es noch massenhaft andere Farben und Bilder innerhalb eines Kartenspiels, man denke nur an die Kreuz-Sieben oder an einen der vier Könige.

Tja, so kann man sich täuschen.

Ich versuche gerade, Struckis zweite Lösung zu erkennen, als er etwas absolut Unglaubliches tut, etwas so Kleinliches und Schändliches, wie es mir selten zuvor im Leben widerfahren ist.

Er stellt einen seiner Leitz-Aktenordner hochkant zwischen uns und raunt: «Hör auf, Lutscher!»

Ich blicke ihn vollkommen entgeistert an. Dann presse ich in bester Bauchrednermanier «Was soll das! Nimm den Ordner weg!» zwischen den Lippen hervor.

Viechle unterbricht seine Lektüre und lässt den Blick prüfend durch den Raum schweifen. Dann sagt er: «Nicht reden!», und liest weiter.

Strucki verdreht entnervt die Augen, und nach einigen Sekunden zischt er: «Es gibt A, B und C!»

«Was?»

«Die Prüfungsbögen! Es gibt unterschiedliche Prüfungsbögen, du Mongo. Ich habe B, du hast C!»

Ich schaue in einem Anflug von Panik an seinem Aktenordner vorbei und erkenne entsetzt, dass es in seiner ersten Aufgabe gar nicht um ein Kartenspiel, sondern um eine Straßenkreuzung mit unterschiedlich hohem Verkehrsaufkommen von blauen, roten und silberfarbenen Autos geht. So eine Scheiße.

Herr Viechle ist ja wohl der ausgebuffteste, fieseste Hund, der weltweit jemals als Lehrkörper verpflichtet wurde.

«Aaaahhh!», stoße ich nun lautstark hervor. «Aua!»

Alle Mitschüler und auch Viechle blicken erschrocken auf und sehen mich an.

Ich greife mir mit beiden Händen an den Bauch, gerade so, als hätte ich aus nächster Nähe mehrere Bauchschüsse erhalten und versuchte, den Blutfluss zu stoppen und die Gedärme am Austreten zu hindern.

«Aua!», wiederhole ich laut.

«Ist alles in Ordnung mit dir, Marc?», fragt Dr. Viechle und erhebt sich mit besorgter Miene.

«Mein Magen!», röchele ich. «Dürfte ich bitte einmal die Toilette aufsuchen. Ich habe so schreckliche Magenschmerzen!»

«Natürlich, natürlich!», ruft Dr. Viechle fürsorglich.

Nachdem ich drei Minuten gelangweilt zwischen den Pissoirs herumgelaufen bin, öffnet sich die Tür der Jungentoilette. Ich beuge mich sofort wieder über das Waschbecken und stöhne.

«Ist schon gut, Lutscher!», höre ich die Stimme von Niko von Laugwatz. «Du kannst aufhören mit dem Kasperletheater. Viechle schickt mich. Ich soll schauen, ob's dir gutgeht.» Niko von Laugwatz ist nicht nur mein Klassenkamerad und Freund, er ist auch der Manager unserer Band Blooddigger.

Und er ist irgendwie sonderbar.

Leicht verlegen ziehe ich Oberlippe und Augenbrauen nach oben und präsentiere mein Oje-was-soll-ich-denn-jetzt-machen-Gesicht.

«Das weiß doch jeder, das Viechle sich nicht einseifen lässt», behauptet Niko, lehnt sich an die weißen Kacheln und schaut entnervt zur Decke. «Was soll ich ihm denn jetzt sagen? Wenn ich noch länger in dieser Toilette rumstehen muss, bekomme ich noch einen Kotzanfall. Hier stinkt's.»

Niko hat recht. Die Schultoilette ist vom Hygienestandard nicht dafür geeignet, langwierige Diskussionen zu führen.

«Sag ihm bitte, mir geht's saumies, spontane Bauchkrämpfe, ich kann die Arbeit jetzt auf keinen Fall schreiben. Dir glaubt er bestimmt. In fünf Minuten hol ich meine Sachen, dann mache ich mich vom Acker!»

Ich schleppe mich nach draußen; eine schauspielerische Meisterleistung. Kurz bevor ich die Power ec1 erreiche, gehe ich wie von unmenschlichen Schmerzen übermannt sogar kurz in die Knie.

Dann fahre ich in einem Zustand erwartungsvoller Vorfreude in die Stadt zu unserem nigelnagelneuen Müller-Markt. Anfang letzter Woche habe ich endlich die letzten vier der insgesamt zweiunddreißig Fotos verschossen, den Agfacolor-Film in meiner Kleinbildkamera mit der herausklappbaren Kurbel zurückgespult, die Filmpatrone herausgenommen und zum Entwickeln gebracht. Mit etwas Glück werde ich gleich die fertigen Fotos betrachten können. Unglaubliche Schätze sind hier möglicherweise verborgen. Die geheimen Aufnahmen von Anna Sukolewski beispielsweise, aber auch die Schnappschüsse aus der Skifreizeit im letzten Februar, und nicht zuletzt die Bandfotos meiner Band Blooddigger.

Bandmanager Niko von Laugwatz («Jungs, ich bräuchte jetzt wenigstens mal einen einzigen Song von euch!») hatte das Fotografieren von Blooddigger übernommen. Er hält sich ohnehin für einen freigeistigen Kunstkenner mit Hang zum Revolutionären, will später Galerist werden und bringt diese Geisteshaltung durch das ständige Tragen eines khakifarbenen Militärparkas und einer Schirmmütze, die er sich über seine braunen Locken stülpt, zum Ausdruck. Obwohl er noch absolut keinen Bartwuchs hat, rasiert er sich täglich ausgiebig, was ihm dadurch erleichtert wird, dass er als wahrscheinlich einziger Schüler meiner Jahrgangsstufe noch keine Pickel hat. Ansonsten ist Niko sehr dünn – fast schon dürr –, sodass er stets in seinem großen Parka zu verschwinden scheint. Zum vergangenen Weihnachtsfest hat er eine kleine Super-8-Filmkamera geschenkt bekommen, eine Porst Reflex ZR 148, die ihm in Erwartung künstlerisch hochwertiger Filmmotive nun stets um den Hals baumelt. Oft hüpft er mit der Kamera vor dem Gesicht in der abendlichen Dunkelheit vor einer Straßenlaterne oder einer anderen Lichtquelle herum, dreht dabei den Scharfstellring hin und her und murmelt: «Sehr gut, sehr gut, das wird geil.» Dann nickt er zufrieden und lächelt ein Künstlerlächeln. Auf den Filmen ist später meist nichts zu erkennen, was Niko allerdings nicht davon abhält, immer wieder unerträglich langatmige Filmabende zu veranstalten.

Für das Bandfoto waren wir in den Wald gelaufen, bis zur Eisenbahntrasse, denn einer absolut einzigartigen und schlichtweg genialen Idee meinerseits folgend, sollte sich die Band auf Bahngleisen ablichten lassen. Ingo und ich hatten uns todesverachtend auf die Gleise gestellt – die somit einen perspektivischen Fluchtpunkt bildeten –, gerade so, als wäre es uns vollkommen egal, in der nächsten Sekunde von einem heranrasenden Zug überrollt zu werden. Leider hatte Ingo sich nicht zu angemessen dunkler Kleidung überreden lassen, er trug eine weiße Jeans und dazu ein hellgelbes Poloshirt von Lacoste. Über seinen Ohren hatte er sich die blond gesträhnten Haare kurz rasiert und sah insgesamt aus wie ein Mongo. Total ungeil. Um diesen negativen Eindruck zu kompensieren, trug ich eine dunkelgraue Jogginghose, die ich komplett mit dickem schwarzem Klebeband umwickelt hatte, um den Eindruck einer glänzenden Lederhose zu erwecken, natürlich meine Lederjacke auf nackter Haut und ein Stirnband (leider nicht aus Leder, sondern aus Frottee). Ich reckte meine Gitarre in die Luft und riss meinen Mund – eine diabolische Mischung aus Irrsinn und Aggressivität ausstrahlend – auf, so weit es ging.

Der Film ist tatsächlich fertig entwickelt, und noch im Laden reiße ich die Papiertüte auf und fingere die Fotos heraus. Zunächst sehe ich die ersten Aufnahmen der Skifreizeit.

Dick eingepackte, lachende, picklige und durch den Blitz vollkommen überbelichtete Mitschüler im dunklen Morgen vor einem Reisebus.

Ingo Struckmann mit nach oben gezogener Oberlippe im Bus, unscharf. Im Hintergrund Philipp Straub, mit grimmig in die Höhe gestrecktem Mittelfinger und obligatorischem Haarvorhang vor dem rechten Auge.

Dann das Sechsbettzimmer nach der Ankunft, mit Koffern und Taschen auf den Betten.

Ich muss grinsen, stecke das Foto nach hinten und betrachtete das nächste.

Es zeigt meine Zahnbürste, meine Spezialzahnbürste für Zahnspangenträger, die in einem Hintern steckt. Auch die nächsten beiden Fotografien beschäftigen sich aus unterschiedlichen Perspektiven mit diesem Motiv. Der Borstenkopf verschwindet dabei stets vollständig in der Ritze zwischen den beiden Arschbacken, umgeben von teilweise unscharfer, mit dunklen Haaren spärlich verzierter weißer Haut und einem recht großen Leberfleck, der entfernt an die Insel Sylt erinnert.

Ich stiere auf die Bilder, Wut und Ekel steigen in meiner Kehle hoch. Wenigstens habe ich die Fotos in matt bestellt, glänzend wäre bestimmt noch schlimmer.

Die restlichen Fotos schaue ich mir gar nicht mehr an, obwohl ich mich auf die ganz besonders gefreut habe. Vielmehr stürze ich aus dem Geschäft, rase auf der Power ec1 mit sechzehn Stundenkilometern nach Hause, ignoriere die mit leerem Blick vor ihrem Haus stehende arme Frau Lummenbrink, haste ins Badezimmer, ergreife meine Zahnbürste mit spitzen Fingern und trage sie mit ausgestrecktem Arm zum Mülleimer. Ein psychologisch sicherlich nachvollziehbares, aber dennoch sinnloses Gebaren, schließlich habe ich mir in den vergangenen Wochen seit der Skifreizeit jeden Abend mit ebendieser Zahnbürste sorgfältigst die Zähne und das daraufmontierte Drahtgeflecht geputzt.

Plötzlich steht mein Vater hinter mir. Er ist lediglich mit einer Jogginghose und einem weißen T-Shirt bekleidet und wirkt etwas zerzaust.

«Ich möchte gerne wissen», sagt er betont sachlich und kontrolliert, «welches Familienmitglied mit einem spitzen Gegenstand ein Wort und weitere ungeheuer obszöne Zeichen in unser neues Telefon geritzt hat ...»

Dabei schaut er mich mit hochgezogenen Augenbrauen und glasigen Augen an.

Verdammt! Auch das noch!

Gestern hatte ich kurz vor der Bandprobe mit Niko von Laugwatz telefoniert und mich dabei so wahnsinnig konzentriert – immerhin ging es um Anna Sukolewski –, dass sich meine Hand verselbständigt und nach dem Obstschälmesser gegriffen hatte. Als ich dann den Hörer auflegte und wieder zu mir kam, entdeckte ich, dass ich in krakeligen Ritzbuchstaben, mit einem Pfeil, der unsinnigerweise auf die Null deutete, das Wort Möse in das Hartplastik des Telefons gekratzt hatte. Zu allem Überfluss war daneben noch ein fast nicht erkennbarer Penis inklusive Hodensack verewigt. Sogar ein paar stilisierte Schamhaare hatte ich geistesabwesend in das wertvolle Gerät geschabt.

Mein Vater wartet auf eine Reaktion. Ich bin mir sicher, dass es hierfür eine drakonische Strafe geben wird. Commodore-64-Verbot. Oder noch schlimmer: Die bereits erteilte Genehmigung der von langer Hand geplanten Übernachtung im Haus der Struckmanns am Samstagabend wird zurückgezogen. Seit Wochen planen Ingo, Niko und ich nämlich einen heimlichen Ausflug ins Frankfurter Nachtleben, genauer gesagt ins Dorian Gray, laut Ingo die beste Diskothek der Welt, obwohl dort offenbar nur absolut beschissene Techno-Musik gespielt wird. Vielleicht kann ich mir ja Mötley Crüe wünschen, einen einzigen Song wenigstens. Jedenfalls darf dieses unglaublich aufregende Abenteuer auf keinen Fall gefährdet werden, und so bleibt mir keine andere Wahl.

«Das muss Sophie gewesen sein!», konstatiere ich, und mein Vater zieht die Augenbrauen zusammen.

«Du meinst also ...», sagt er dann geduldig, «... deine neunjährige Schwester hat einen», er lächelt gequält, «Penis in unser Telefon geritzt, ja?»

Ich versuche, aufrichtig zu blicken, dann nicke ich.

«Das wird sich ja eruieren lassen, welcher Affenarsch das war!», sagt mein Vater kopfschüttelnd. «Aber eins sage ich dir: Wenn du erneut Werte in diesem Haus mutwillig zerstört hast, und davon gehe ich im Moment aus, dann kannst du deine Übernachtung bei Ingo Struckmann vergessen!»

Scheiße. Das meint er ernst!

«Und Marc! Denk an deinen Hundescheißewegmachdienst, der ganze Garten liegt schon wieder voll. Außerdem musst du Großvater morgen zum Arzt begleiten, wir haben leider keine Zeit! Irgendjemand muss hier ja auch Geld verdienen!»

Ich weiß nicht, welche der beiden Aufgaben ich härter finde, aber natürlich muss ich beide erledigen. Um einen guten Eindruck zu machen, stapfe ich kurz darauf durch unseren winzigen Garten und entsorge die teilweise bereits von Schimmelpilzen befallenen Hinterlassenschaften von Haxxe mittels einer Schaufel und eines geübten Schleuderwurfs über unseren Schuppen auf die Bahngleise. Eine sehr effektive Methode, auch wenn sie den von Zeit zu Zeit die Gleise kontrollierenden Bahnarbeitern nicht unbedingt gefallen wird.

Jeden Donnerstagabend ist DJ Elkes lustige Jugenddisko in der örtlichen Tanzschule Fischer-Parunski. Von 18 bis 20 Uhr. Und natürlich gehe auch ich jeden Donnerstag hin, so auch heute. Die meisten Teenager sitzen gelangweilt auf den U-förmig um die Tanzfläche aufgestellten Plastikstühlen. Lediglich ein paar besonders exzentrische Jugendliche tanzen bereits zu «The Sun Always Shines on TV» von a-ha. Ich erblicke Ingo Struckmann und Niko von Laugwatz, sie sitzen möglichst cool in einer hinteren Ecke herum, und Niko filmt die herumhampelnden Gestalten.

DJ Elkes lustige Jugenddisko ist gähnend langweilig.

Es gibt für jeweils fünfzig Pfennig Cola, Mirinda und Wasser, und dabei werden im nur leicht abgedunkelten Tanzsaal zwei Stunden lang in Zimmerlautstärke die aktuellen Charts gespielt. «Hit that perfect beat boy» von Bronski Beat. «Jeanny» von Falco. Und natürlich das unfassbar beschissene «Brother Louie» von Modern Talking.

Ich lasse mich neben meinen Freunden nieder.

«Jungs!» Ich blicke die beiden mit ernster Miene an. «Zwei Sachen! Erstens: Die Bandfotos sind fertig, und zweitens: Das glaubt ihr nicht! Das müsst ihr euch anschauen!»

Ich ziehe die Fotos aus meiner Jeans und gebe sie den beiden.

«Das sollen unsere neuen Bandfotos sein?», fragt Ingo leicht irritiert.

«Nein verdammt!», rufe ich. «Natürlich nicht! Die Bandfotos kommen dahinter. Das hier ...», ich deute auf die Fotografie in Nikos Händen, «... habe ich vorhin entdeckt, als ich die Fotos abgeholt habe!»

Die nächste Stunde verbringen wir mit wilden Spekulationen über den oder die möglichen Täter, die zugrundeliegenden Motive sowie dem Schmieden von Racheplänen. Es gibt eigentlich kaum einen Zweifel, dass die perversen Übeltäter aus dem Dunstkreis von Philipp Straub kommen müssen. Danach versuchen wir, ein offizielles Bandfoto auszuwählen, was allerdings misslingt, da sich auf allen Fotos ein oder mehrere deutlich sichtbare Spuckefäden zwischen den oberen und unteren Drahtkonstruktionen meiner Spange befinden. Außerdem macht Ingo auf jedem Foto eine beschissene Breakdancer-Pose, und ich hätte eventuell auch meine hellbraunen orthopädischen Schuhe ausziehen sollen. Somit sind alle Fotos unbrauchbar. Nach meiner dritten Mirinda habe ich mich wieder einigermaßen beruhigt, es ist zehn vor Acht, und der Abend steuert auf seinen Höhepunkt hin:

DJ Elke (Frau Fischer-Parunski persönlich) spielt den Song «Geil» von Bruce & Bongo.

Ein Werk, welches es weniger wegen seiner musikalischen Genialität, sondern allein aufgrund seiner gesellschaftspolitischen Bedeutung im April 1986 an die Spitze der deutschen Charts geschafft hat.

Denn das Wort «Geil» gilt in Deutschland seit Monaten als jugendgefährdend.

Geil ist ein Begriff aus der Botanik und bedeutet im ursprünglichen Sinne «ungesund üppig wuchernd». Im Laufe der Zeit hat das Wort dann allerdings eine Umdeutung hin zum Sexuellen erfahren und beschreibt nunmehr den Zustand starker sexueller Erregung, und das geht natürlich nicht. Der Bayerische Rundfunk und einige andere Radio- und Fernsehstationen weigern sich aufgrund der unfassbaren Obszönität des Wortes, den Song «Geil» zu spielen, er steht seit einigen Wochen auf der Liste der jugendgefährdenden Medien. Der junge Radiomoderator Thomas Gottschalk hat Bruce & Bongo aus ebendiesem Grund vor kurzem aus seiner Radiosendung geschmissen. Doch alle Bemühungen staatlicher Kontrolle und selbst das beherzte Eingreifen und die mahnenden Worte eines Thomas Gottschalk helfen nichts: Das

Liedchen findet reißenden Absatz in den Schallplattenläden der Nation.

Nichts ist schmackhafter als verbotene Früchte, und jede Zeit hat ihre Revolution. In den siebziger Jahren kämpften die Studenten für Gleichberechtigung, sexuelle Emanzipation und politische Mitsprache. Voll öde.

Meine Revolution, und sicherlich die wichtigste Revolution der achtziger Jahre (was soll danach schon noch kommen?), besteht darin, den Song «Geil» wochenlang auf Platz 1 der deutschen Singlecharts zu halten, wobei dem verdatterten Establishment der Fehdehandschuh doppelt und dreifach ins Gesicht geschleudert wird, denn wir belassen es nicht einfach bei der Grundform. Nein. Wir steigern das Wort ins schier Unermessliche. Hammergeil. Megageil. Obergeil. Endgeil. Totgeil. Affengeil. Arschgeil. Megahammergeil. Oberaffengeil. Und schließlich: Oberaffentittengeil.

Besser geht nicht. Nein, wirklich. Besser als Oberaffentittengeil geht einfach nicht. Ein paar Mongos versuchen zwar Megaoberaffentittengeil zu etablieren, aber das ist ja nun wirklich übertrieben und viel zu lang, den Schritt geht einfach niemand mehr mit.

Und die Revolution ist gelungen, selbst bei Fischer-Parunskis wird der Song gespielt, und alle singen mit. Die beiden Provokateure Bruce & Bongo wagen direkt am Anfang des Songs und ohne Vorwarnung den Frontalangriff auf den guten Geschmack und machen hierbei selbst vor unserer neuen deutschen Tennisikone aus Leimen nicht halt.

The discjockey is geil. G-G-G-G-Geil.
Everybody is geil. G-G-G-G-Geil.
Forty-fifteen. Forty-thirty. Deuce. Advantage.
B-B-Becker.
B-B-Boris is geil. G-G-G-G-Geil.

Wer geglaubt hat, nunmehr das Schlimmste schon hinter sich zu haben, wird im weiteren Verlauf des Songs eines Besseren belehrt, denn Bruce & Bongo legen mit unglaublicher Dreistigkeit noch eine Schippe obendrauf. Mit einem Mal behaupten sie kaltschnäuzig:

Affen sind geil. G-G-G-G-Geil.
Affen sind geil. G-G-G-G-Geil.
Affenaffengeil. G-G-G-G-Geil.
Affenaffengeil. G-G-G-G-Geil.

Gegen Ende des Songs gipfelt das Ganze dann in der für den Laien etwas aus dem Zusammenhang gerissen wirkenden Aussage:

I lose control, 'cause I'm a creature of the night!

Die letzten Takte des brillanten Werks sind kaum verklungen, da hören wir von draußen die knatternden Zwei-Takt-Motoren der 80-Kubik-Motorräder, was bedeutete, dass die Älteren im Anmarsch sind, um die Herrschaft bei Fischer-Parunski zu übernehmen, denn direkt im Anschluss an DJ Elkes lustige Jugenddisko folgt die Veranstaltung Incredible Partytime (Einlass ab sechzehn! Ausweiskontrolle!).

Während Niko, Ingo, ich und die anderen unter Sechzehnjährigen mit gesenkten Häuptern nach draußen marschieren, um uns dort wie die größten Verlierer aller Zeiten dem Spott der rauchenden und teilweise schon alkoholisierten Neuankömmlinge auszusetzen, wird im Innern des Gebäudes das Licht heruntergefahren, die bunten Scheinwerfer, die Nebelmaschine und das Stroboskopblitzlicht angeschaltet, die Lautstärke der Musik um rund einhundert Dezibel gesteigert, die Bar mit Bier bestückt, und ein Frankfurter DJ macht sich daran, bis nach Mitternacht satte Technobässe durch die Lautsprecher zu pumpen.

Plötzlich sehe ich sie. Anna. Sie sitzt als Sozius hinten auf einer obergeilen schwarzen Honda MTX 80 mit roter Sitzbank, dem Maß aller Dinge, wenn es um das Thema Fortbewegung geht. Nun steigt sie ab, es kommt mir vor wie in Zeitlupe. Sie trägt bis zur Taille hochgezogene Karottenjeans von Edwin, in Bauchnabelhöhe korsettartig zugeschnürt mit einem breiten weißen Gürtel, genau wie es sein soll. Dazu weiße Turnschuhe von Buffalo und eine türkisfarbene Jeansjacke mit Schulterpolstern und weißen Plasikstreifen über den Nähten. Totgeil. Sie zieht ihren Helm ab, und ihre hellblonden schulterlangen Haare plustern sich aufgrund einer Stützwelle und einer halben Dose Haarspray kugelfischartig auf, gerade so, als hätte sie den Helm nie aufgehabt. Sie zieht sich keck ein paar Strähnen ihres Ponys in die Stirn, dreht sich ohne weitere Umschweife um und gesellt sich zu einer lachenden Mädchengruppe.

Jeder weiß, dass ich unglaublich verliebt in Anna bin. Ich habe es Ingo mit der Bitte um Verschwiegenheit vor einigen Wochen erzählt, aber natürlich ist es schwierig, eine solch pikante Information für sich zu behalten, und so wusste es binnen weniger Tage die gesamte Jahrgangsstufe.

Nun steigt auch der Fahrer der MTX ab und zieht sich mit einer lockeren Geste den Helm vom Kopf. Ein giftiger, mit Eifersucht getränkter Pfeil durchbohrt mein Herz. Der Junge, der sich gerade lässig eine Zigarette anzündet, ist Philipp Straub. Der Sitzenbleiber. Diese charakterlich äußerst misslungene Mischung aus Eitelkeit, Dummheit und großzügigem Elternhaus.

Natürlich weiß ich, dass sich Anna und Philipp ab und zu treffen, wobei manche sogar behaupteten, die beiden wären fest zusammen und Anna wäre diesem asozialen Hochstapler mit Haut und Haar verfallen, während andere wiederum andeuten, dass Anna Sukolewski keine großen Ansprüche an ihre Bekanntschaften hat und recht freigiebig mit ihrer Liebe um sich schmeißt. «Die lässt doch jeden drauf!», hatte Ingo Struckmann vor einigen Wochen sogar behauptet, was dazu geführt hatte, dass ich die abendliche Bandprobe ausfallen ließ und drei Tage nicht mit ihm redete.

Philipp zupft sich seine blonde Strähne vor das rechte Auge und fixiert seinen dünnen Lederschlips, dann blickt er zu mir herüber und grinst. Er hebt seine hohle Hand direkt neben seinen Mund und bewegt sie dreimal hin und her. Im gleichen Rhythmus drückt er seine Zunge von innen in die der Hand abgewandte Wange, sodass sich diese dreimal nach außen ausbeult.

Das internationale Zeichen für Oralverkehr!

Er deutet mehrfach abwechselnd auf Anna und auf mich und streckt dann einen Daumen in die Höhe. Das internationale Zeichen für Alles-in-Butter.

O mein Gott! Es könnte tatsächlich funktionieren!

Wie mit Philipp vereinbart, muss ich nur in Dr. Bakers Wohnung einsteigen, die für nächste Woche angekündigte Englischklausur stehlen, und fertig.

Ich glotze ihn immer noch an, als sein bester Freund und unser ehemaliger Klassenkamerad Oktan Yüldiz neben ihn tritt und ihm eine Bierdose reicht. Oktan Yüldiz – von vielen aufgrund seiner Statur und den schwarzen Haaren nur der Hulk genannt – hat unser Gymnasium mittlerweile verlassen. Schon seit Jahren schwelt ein für mich psychisch sehr belastender Konflikt zwischen Oktan Yüldiz und mir, hervorgerufen durch die Verkettung einiger unglücklicher Umstände.

Angefangen hatte es damit, das Oktan als einziger Junge der gesamten Jahrgangsstufe bereits in der fünften Klasse über einen beachtlichen dunklen Flaum auf der Oberlippe sowie eine enorme Achselbehaarung verfügte. Ich hatte mir damals an einem bis dahin recht schönen Nachmittag im Freibad enorme Mengen Grasbüschel unter die Achseln geklemmt, war vor meinen Klassenkameraden schimpansenartig hin und her gesprungen und hatte dabei zunächst «Schaut mal, haha, ich bin Oktan!» und dann «Uga! Uga! Uga!» gerufen.

Mit Verwunderung musste ich zur Kenntnis nehmen, dass trotz dieser phänomenal witzigen Darbietung kein Mensch lachte, und als ich mich umdrehte, bemerkte ich, dass Oktan genau hinter mir stand. Seine Faust traf mich seitlich am Kopf, und dabei brach er sich den Daumen. Über den Schlag und den gebrochenen Daumen gerieten unsere Eltern im Rahmen eines von der Schule vermittelten Deeskalationsgespräches dermaßen in Streit, dass meine Mutter sich zu einer südländerkritischen Bemerkung hinreißen ließ, was von Herrn Yüldiz mit einer entsprechenden Retourkutsche gekontert wurde.

«Blöder Türke!»

«Nazisau!»

Obwohl sich meine und Oktans Eltern danach wort- und gestenreich bei einander entschuldigten, haben Oktan und ich seit dieser Zeit kein Wort mehr miteinander gewechselt, und ich bin heilfroh, dass er seit diesem Schuljahr nicht mehr an meiner Schule ist. Wer weiß, ob er überhaupt noch zur Schule geht, der blöde Halbaffe.

Aus der Küche höre ich Geschirrklappern. Meine Mutter räumt gerade den Tisch ab und stellt mein warmgehaltenes Essen vor mich. Leber mit Kartoffeln. Bei uns gibt es mindestens zweimal in der Woche gebratene Schweineleber, weil meine Mutter der Überzeugung ist, dass sich in dem Organ besonders viele Vitamine, Spurenelemente (was auch immer das sein mag) und vor allem das für den menschlichen Körper angeblich so wichtige Eisen befindet. Und während dem zweiten, mehrmals im Monat zubereiteten Standardgericht Rinderzunge noch ein gewisser Spaßfaktor zugerechnet werden kann, wenn die eigene Zunge über die großen Geschmacksknospen des tierischen Sinnesorgans fährt, ist der Verzehr von Leber schlichtweg vollkommen spaßbefreit und geschmacklich eine absolute Zumutung. Vermutlich gibt es Leber und Zunge ohnehin nur so häufig, weil garantiert keine Erdnüsse enthalten sind und meinen Eltern so ein Erstickungsanfall ihres Sohnes erspart bleibt. Wobei ich mich natürlich frage, was wohl passieren würde, wenn so ein Rindvieh als Henkersmahlzeit noch mal eine ordentliche Portion Erdnüsse gegessen hätte.

Unter dem Tisch knurrt unser psychopathischer Haxxe und schnappt kurz nach meinem Unterschenkel, als ich mich neben Opa Erwin setze, der hochkonzentriert und mit zittrigen Fingern eine Zigarette dreht. Mein Vater führt eine Diskussion mit meiner kleinen Schwester, die ihre um sämtliche Extremitäten erleichterte Babyborn-Puppe im Arm hält. Der Rumpf und auch der Kopf der Puppe sind komplett mit schwarzem Edding bekritzelt worden.

Mein Vater lächelt angestrengt.

Die Babyborn war ein Geschenk zu Sophies Taufe vor einigen Wochen gewesen. Sie hatte darauf bestanden, im Alter von neun

Jahren endlich getauft zu werden. Dieses befremdliche Ritual war bei ihr im Kleinstkindalter ganz bewusst vergessen worden, um die Kirchensteuer zu sparen, denn meine Eltern waren beide vor einigen Jahren mangels messbaren Nutzens aus der Kirche ausgetreten. Als Sophie dann in der zweiten Klasse von ihrem heißgeliebten Religionslehrer, der gleichzeitig Pfarrer der nächstliegenden Kirche war, auf die Nase gebunden bekam, dass sie neben den beiden der deutschen Sprache nur fragmentarisch mächtigen Mitschülern Kadir Sel-Ohlmi und Mohammed End-Ahrrha als Einzige in der Klasse nicht getauft war, gab es kein Halten mehr. Ununterbrochen nervte sie meine Eltern damit, dass sie im Gegensatz zu allen anderen Familienmitgliedern nicht in den Himmel kommen würde, wenn sie nun stürbe. Anfangs taten meine Eltern dies milde lächelnd mit einem «Aber du stirbst doch nicht, meine Süße!» ab, aber nachdem Sophie anfing, diverse Möglichkeiten von A wie Auto überfährt mich, über B wie Bienenstich in die Zunge bis Z wie Zuckerschock aufzuzählen, hatten meine Eltern keine Wahl mehr.

«Du weißt aber schon, dass die Babyborn richtig viel Geld gekostet hat, gell?», sagt mein Vater.

Sophie stiert mit zusammengekniffenen Augen auf die Tischplatte und sagt: «Na und?»

«Und es war doch eigentlich eine sehr schöne Puppe, oder?»

Sophie schüttelt den Kopf und sagt: «Nein!»

«O doch! Es war eine schöne Puppe, und deswegen möchte ich gerne wissen, warum du sie komplett mit einem Edding schwarz angemalt hast.»

Sophie zuckt mit den Schultern und sagt: «War die falsche!»

«Wie bitte?»

«Ich wollte die schwarze Babyborn!»

Mein Vater zieht die Augenbrauen nach oben.

«Soso. Du wolltest also die schwarze Babyborn, und deswegen

hast du sie angemalt. Und warum hast du die Arme und die Beine ausgerissen?»

«Weil die voll doof ist!» Sophie haut den Puppenkopf auf die Tischkante. Die strahlend blauen Plastikaugen klappen verblüfft auf und zu.

Sophie schreit jetzt. «Die kann gar nicht richtig Kacka machen! Im Fernsehen ham die gesagt, die kann richtig Kacka machen, aber wenn ich ihr 'n Fläschchen gebe, dann läuft's einfach unten wieder raus! Das ist doch nicht richtig Kacka machen!»

«Hat vielleicht Durchfall», sage ich. «Das würde doch auch passen. Die Babys in Äthiopien haben doch auch alle Darmkoliken und Durchfall.»

«Das ist nicht witzig, Marc», mischt sich meine Mutter jetzt ein. «Ich finde, du bist in einem Alter, in dem du mit etwas mehr Feingefühl und Intelligenz über eine der größten humanitären Katastrophen unserer Zeit sprechen könntest!»

Ich wollte ja gar nicht witzig sein. Wenn ich witzig hätte sein wollen, dann hätte ich einen der momentan auf dem Schulhof als absolute Höhepunkte jugendlichen Humors gehandelten Äthiopienwitze erzählt, und natürlich kann ich nicht anders, es sprudelt einfach aus mir heraus.

«Wo leben mehr Äthiopier, im Norden oder im Süden?», frage ich also laut und gebe natürlich gleich selbst die Antwort. «Kommt drauf an, von wo der Wind weht!»

Eine bedrückende Stille macht sich breit. Mein Vater blickt mich sehr ernst an, und meine Mutter greift kopfschüttelnd nach dem Spülschwamm. Ich mache mich gerade auf eine erneute Moralpredigt gefasst, als ich neben mir ein heiseres Lachen vernehme. Mein Großvater sitzt mit auf und nieder wippenden Schultern neben mir.

«Der war escht gut, Lutscher!», bringt er hervor und zündet sich prustend seine Zigarette an. «... von wo de Wind weht! Dess merk isch mir!»

Mein Vater hat zwischenzeitlich eine Flasche Mumm Extra Dry aus dem Kühlschrank geholt. Das kurzfristige Stimmungstief scheint schlagartig überwunden zu sein. Er hält die Flasche in die Höhe und ruft: «Apropos Durchfall! Es ist so weit!»

Ich kann die Ankündigung nicht wirklich deuten, meine Mutter allerdings schon, denn sie ruft voller Vorfreude: «Nein! Ist nicht dein Ernst!»

Eltern sind manchmal sehr seltsam.

«Kalte Leber schmeckt zum Kotzen», sage ich noch, aber schon ruft uns mein Vater ins Wohnzimmer vor den Fernseher und klärt uns auf. Mein Vater ist von Beruf Werbefachmann, das heißt, er erfindet auf Kommando Werbung für verschiedenste Produkte verschiedenster Unternehmen, wobei er innerhalb der Werbeagentur als Experte für schwierige und heikle Themen gilt. Sein derzeitiger großer Coup ist die Entwicklung und Umsetzung eines fulminanten Fernsehwerbespots für das Durchfallmittel Perendium.

«Werbung für ein Mittel gegen Durchfall zu machen ist grundsätzlich natürlich ein schwieriges und pikantes Thema», erklärt er und schenkt sich nach, «weil man im Gegensatz zu fast allen anderen Themen, selbst Menstruation und Inkontinenz, das Kind nicht beim Namen nennen und das Problem auch nicht wahrhaftig bebildern darf!»

Schon klar. Im vorliegenden Fall hätte dies ja bedeutet, dass man eine Person zeigt, die auf die Toilette rennt, sich dann wasserfallartig ins Porzellan entleert, dabei laut stöhnt und «Aua» ruft.

«Ein absolutes Tabu in der Werbebranche!», erläutert mein Vater nun und trinkt hastig einige große Schlucke aus dem Glas. «Vielmehr muss so ein Thema in gefälligere Bilder verpackt werden, und da kam mir eben die Idee mit dem Segelflugzeug!» Zum wiederholten Mal blickt er hektisch auf seine Armbanduhr und stützt den letzten Rest Sekt hinunter.

Auf der Couch erwartet uns Haxxe knurrend und zähnefletschend auf seinem festen Fernsehplatz, und ich muss aus Platzmangel wie immer auf dem Boden herumkauern. Wir schalten den Fernseher ein. Das Gerät ist mit seiner unglaublichen 32-Zoll-Bilddiagonale (das sind 81 Zentimeter!) der ganze Stolz meines Vaters und nimmt einen Großteil unseres Wohnzimmers in Anspruch. Nach einer guten Minute ist die Röhre auf Betriebstemperatur, das ständig von oben nach unten durchlaufende Bild verlangsamt sich, bleibt schließlich stehen, und mein Vater schaltet auf den noch in den Kinderschuhen steckenden Sender RTL. «Die größte Hürde bei sämtlichen Werbespots», raunt er mir dann zu, als sei ich sein heimlicher Verbündeter, «ist die äußerst begrenzte Zeit, sprich: die Verpackung der Werbebotschaft in maximal zwanzig Sekunden! Gerade wenn man so wie ich eine Geschichte erzählen möchte, ist die Einhaltung dieser zeitlichen Einschränkung oft problematisch.»

Problematisch vielleicht, aber, wie meines Vaters packende Umsetzung beweist, nicht unlösbar.

Der Werbeblock beginnt mit einer wunderschönen jungen Frau in einem weißen Kleid, die vor einem weißen Kreuzfahrtschiff steht. Im Haar trägt sie ein buntes Tuch. Mit einem Mal wird sie angerempelt, und die wertvolle Sonnenbrille fällt ihr herunter. Zuvorkommend eilt ein ihr vollkommen unbekannter, aber auch sehr gut aussehender Mann herbei, und beide bücken sich gleichzeitig nach der Brille. Während sich beide in Zeitlupe wieder aufrichten, riecht sie den unwiderstehlichen Duft des Mannes. Sie wird sofort paarungsbereit und lässt ihre Brille extra noch mal fallen. Eine Frauenstimme sagt: «Axe! Der Duft, der Frauen provoziert!»

Die nun unweigerlich folgende Sexszene in der luxuriösen

Balkonkabine des Kreuzfahrtschiffes wird leider nicht mehr gezeigt.

Nach zwei weiteren Werbespots für Miracoli (jetzt mit zwanzig Prozent mehr Tomatensoße!) und den neuen Audi 100 quattro, der jenseits aller physikalischen Logik eine spiegelglatte Skisprungschanze hinauffährt, brüllt mein Vater: «Ruhe! Aufgepasst!», und alle stieren wie gebannt auf den Bildschirm.

(Sekunde 0) Eine Frau und ein Mann im besten Alter – vermutlich ein Ehepaar – planen offensichtlich einen Ausflug in einem Segelflugzeug. Die Sonne scheint, es weht ein leichter Wind, der Flieger steht im Hintergrund glänzend weiß auf einer Wiese, und es könnte an sich sofort losgehen, doch nun (Sekunde 4) macht der Mann ein trauriges Gesicht, welches seiner Frau ohne Worte andeuten soll: «Schatz, ich habe grausamen Durchfall! Ich habe es dir nicht gesagt, weil wir doch heute, an unserem dreißigsten Hochzeitstag, unseren lange geplanten Segelflug machen wollen! Was soll ich denn nur tun?» Die Frau, deren vollkornbrotartige Frisur bereits deutlich macht, dass sie patent und intelligent ist (Sekunde 7), rechnet offenbar immer mit dem Schlimmsten und ist stets bestens vorbereitet. Hätte es sich nicht um Verdauungsstörungen gehandelt, sondern um einen Atomkrieg, so hätte sie eventuell zwei bleiisolierte Schutzanzüge aus ihrer Handtasche gezaubert, aber so zieht sie nur milde lächelnd eine Großpackung des Antidurchfallmittels Perendium aus derselben und (Sekunde 10) überreicht sie mit einem verständnisvollen Nicken, welches wiederum ohne Worte ausdrücken soll: «Hier, mein Mausebär. Nimm mal eine von diesen tollen Tabletten. Wäre ja auch zu doof, wenn du dir in tausend Meter Höhe in dem doch recht engen Cockpit einfach in die Hose kacken würdest!» Der Mann nimmt eine Tablette (Sekunde 13) und lächelt (Sekunde 14). Offenbar ist augenblicklich alles wieder in bester Ordnung, der Stuhl abrupt gefestigt (Sekunde 16). Die Kamera fährt an dem Segelflieger vorbei, in den das Ehepaar gerade einsteigt (Sekunde 17), auf dem glänzenden Rumpf des Segelflugzeugs prangt in großen Buchstaben der Schriftzug Perendium, gerade so, als wäre alles von langer Hand geplant gewesen. In der Schlusseinstellung segelt das Flugzeug gen Horizont (Sekunde 19).

Meine Mutter und meine kleine Schwester applaudieren, während mein Vater einen kleinen, peinlichen Freudentanz aufführt, den Fernseher ausschaltet und dabei ohne Sinn und Verstand «We Are the World» trällert, den Welthit des vergangenen Jahres.

«Großartig!», behauptet meine Mutter nun. «Absolut großartig!»

«Der beste Spot, den ich je gemacht habe!», ergänzt mein Vater, und dann umarmen sie sich und vollführen einige tangoartige Tanzschritte. Offenbar scheint sich die Stimmung zwischen den beiden kurzfristig wieder etwas gebessert zu haben. Mir kommt in den Sinn, dass meine Eltern ekelhafterweise eventuell tatsächlich ab und zu noch Geschlechtsverkehr haben könnten, und ich muss wegschauen.

Mein Großvater, der sich umständlich neben uns gestellt hat, sagt: «Wann geht'sen endlisch los?», und als niemand antwortet – meine Eltern tanzen immer noch –, dreht er sich quälend langsam um, rollt seinen Rollator Richtung Kellertreppe und lässt sich auf seinen Treppenlift fallen.

«Guts Näschtle und bis morsche dann!», ruft er, während sein Superglide 150 langsam nach unten ruckelt.

Hoffentlich werde ich mit Mitte vierzig die Entwicklung eines Werbespots für ein Mittel gegen Durchfall nicht als Höhepunkt meines Lebens betrachten, denke ich, sage aber: «Hammergeil, der Spot, Papa! Echt, hammergeil!»

Meine Mutter kommt mit erhobenem Zeigefinger auf mich zugeschossen und zischt dabei: «Wie oft muss ich dir noch sagen, dass ich dieses Wort nicht hören will in meinem Haus! Dieses vollkommen obszöne, schweinische Wort! Dies ist GEIL, jenes ist GEIL ...», sie kotzt das Wort fast heraus, «... ich warne dich, Bürschchen!»

«Das muss echt nicht sein!», pflichtet mein Vater ihr bei, während er sich schon wieder das Sektglas füllt. «Wir sind doch hier nicht bei den Hottentotten!»

Hottentotten? Was Eltern manchmal für eine Scheiße reden! Auch meine Mutter hat noch Gesprächsbedarf. «Also wirklich! Erst kommst du zu spät zum Abendessen, dann diese unsäglich gemeinen Witzchen über die armen Menschen in Äthiopien und jetzt noch dieses ekelhafte Geil! Und deine Frisur! Wie lang willst du die Haare denn noch wachsen lassen? Vielleicht ist es besser, wenn du den Abend oben in deinem Zimmer verbringst und ein wenig über dein Verhalten nachdenkst!»

Na, endlich mal eine gute Nachricht, denke ich und verschwinde unter Aufbringung aller schauspielerischen Fähigkeiten mit schuldbewusstem Dackelblick nach oben.

In meinem Zimmer komme ich dann endlich dazu, die wichtigste Errungenschaft des heutigen Tages angemessen zu begutachten. Die heimlich geschossenen Fotos von Anna Sukolewski.

Ich habe einiges auf mich genommen, um an diesen unermesslich wertvollen Schatz zu kommen. Ich war letzte Woche auf ein Garagendach geklettert und hatte dort gut zwei Stunden unbeweglich auf dem Bauch liegend ausgeharrt, wobei sich das mitgeführte Detektiv-Periskop aus dem Yps-Heft als nutzlos erwies, weil man auf einem Garagendach weder unerkannt über ein Hindernis noch um eine Ecke spähen kann. Als ich bereits anfing, die Sinnhaftigkeit der gesamten Aktion in Frage zu stellen, ging im gegenüberliegenden Fenster endlich das Licht an, und ich sah Anna, die ihr Zimmer betrat und sich zunächst vor einen kleinen Schminktisch setzte.

Und dann geschah es tatsächlich! Ich konnte mein Glück kaum fassen! Sie zog ihr Oberteil aus und stand in einem geblümten BH mitten im Raum! Ich drückte auf den Auslöser. Nur unter Aufbringung jediritterartiger Selbstbeherrschung konnte ich einen Aufschrei tiefster Verzweiflung vermeiden, als ich feststellen musste, dass bereits nach vier Schnappschüssen der Film voll war.

Die Fotografien sind relativ unscharf. Außerdem unterbelichtet. Und verwackelt. Aber mit etwas Phantasie kann man Anna erkennen.

Ich kann sie erkennen.

Auf dem letzten Foto greift sie mit beiden Händen an ihren Rücken, um den BH zu öffnen. Verdammt! Fast hätte ich ein Foto von ihren Titten geschossen. Von ihren geilen Titten. Von ihren obergeilen Titten. Von ihren oberaffentittengeilen Titten.

Gedankenversunken und einem inneren Impuls folgend, greife ich nach einem im Regal liegenden Yps-Gimmick: ein kleines Tütchen mit der Aufschrift «Das Pulver, aus dem Urzeitkrebse wachsen». Ich fülle ein wenig Wasser in ein Gurkenglas, schütte das Pulver dazu und stelle die neu erschaffene Biosphäre auf die Fensterbank. Das Pulver sinkt langsam zu Boden, und nach einer Weile klopfe ich etwas enttäuscht gegen das Glas, denn es sind auch nach knapp sieben Minuten keine lustigen Urzeitkrebse zu sehen.

Vorbereitungen

Obwohl seine Schicht offiziell erst um Mitternacht beginnt, sitzt Alexander Akimov bereits über eine Stunde vorher auf seinem schwarzen Drehstuhl in Kontrollraum IV. Er ärgert sich. Er spürt seinen Puls in den Schläfen pochen, so sehr ärgert er sich. Zum einen weil Djatlow gestern seine leidenschaftlich vorgetragenen Argumente gegen die Durchführung des Tests eiskalt abgeschmettert und ihm sogar mit seiner Entlassung gedroht hat. Zum anderen weil er nun doch pflichtschuldig hinter dem gigantischen halbrunden Schaltpult sitzt, konzentriert auf verschiedene analoge Anzeigen und Bedienelemente blickt und somit genau das macht, was von ihm erwartet wird. Er versucht sich einzureden, dass es weniger blinder Gehorsam als vielmehr sein Verantwortungsbewusstsein ist, welches ihn ins Werk getrieben hat. Wenn er den Test schon nicht verhindern kann, so will er ihn doch wenigstens überwachen. Er greift sich den vor ihm liegenden Ablaufplan. In gut zwei Stunden soll es losgehen, soll der Reaktor heruntergefahren werden. Zunächst auf eine Leistung von jetzt dreitausendzweihundert auf dann eintausend Megawatt. Im Endeffekt soll der Test beweisen, dass bei einem Herunterfahren des Reaktors und einem gleichzeitigen Ausfall des öffentlichen Stromnetzes die nach wie vor rotierenden Turbinen ausreichend Strom liefern können, um die Zeit bis zum Anlaufen der Notstromaggregate zu überbrücken. Schwachsinn!, denkt sich Akimov. Völlig unnötiger Schwachsinn!

FREITAG

Mongo

Heute morgen fahre ich nicht mit der Power eci in die Schule, sondern mit meinen Eltern. Leider stellt mein Vater den erbarmungswürdigen Jetta direkt vor dem Hauptgebäude ab, sodass viele Schülerinnen und Schüler nicht nur unser Auto sehen, sondern auch wie ich im Schlepptau meiner Eltern und mit hängenden Schultern im Büro des Direktors verschwinde. Ich habe in der vergangenen Nacht vor Aufregung wahnsinnig schlecht geschlafen. Zum einen wegen des nun anstehenden Elterngesprächs, im Wesentlichen aber weil mir in der Dunkelheit doch Bedenken hinsichtlich der moralischen Unbedenklichkeit des bevorstehenden Einbruchdiebstahls und der von Anna zu erbringenden Vergütung kamen. Philipp Straub hat mir zwar mehrfach versichert, dass alles in Ordnung ginge und Anna diese Dinge ganz locker sieht, aber vielleicht muss ich sie heute einfach selber noch mal darauf ansprechen.

Mit einem Mal höre ich die dröhnende Stimme von Direktor Egger. «Zunächst, liebe Eheleute Herrenberger, möchte ich erwähnen, dass es trotz des eher betrüblichen Anlasses durchaus positiv zu vermerken ist, dass hier beide Elternteile erscheinen. Dies lässt doch auf einigermaßen geordnete Familienverhältnisse schließen und macht mir ein wenig Hoffnung. Mit der Betonung auf wenig.» Egger holt tief Luft, lehnt sich in seinem Drehstuhl zurück und blickt etwas betreten über seinen Schreibtisch zu uns herüber. Niemand im Raum hat Freude an dieser Situation. Mein Vater schaut gedankenverloren aus dem Fenster, und ich knibbele nervös an einem abstehenden Hautstück neben meinem linken Daumennagel herum.

Allerdings nur, um meinen dünneren linken Arm und die leicht verkümmerte Hand in Szene zu setzen und auf mein hartes Schicksal als Zangengeburt hinzuweisen.

«Geht es dir denn heute wieder besser?», fragt er mich dann mit einem süffisanten Lächeln. Ich schaue verständnislos. «Nach deinen schlimmen Magenschmerzen gestern bei der Mathematikarbeit? Du erinnerst dich? Ich bin ja nur froh, dass du dich abends schon wieder erholt hattest. Immerhin konntest du ja in die Diskothek, wie mir zugetragen wurde.»

Ich schlucke und nicke.

«Ich bin mir sicher», bricht meine Mutter nun das etwas zu lange Schweigen, «dass wir in nächster Zeit noch intensiver auf Marc einwirken werden. Auch wir möchten natürlich, dass sein Verhalten nicht zu Irritationen ...»

Egger beugt seinen Oberkörper nach vorne und legt die Hände auf die Arbeitsfläche seines Schreibtisches. «Irritationen?», unterbricht er meine Mutter. «Meine liebe Frau Herrenberger! Ich denke, Sie sind sich des Ernstes der Lage nicht ganz bewusst. Es ist ja nun nicht das erste Mal, dass Marc ein Verhalten an den Tag legt, welches für unsere Einrichtung schlichtweg unerträglich ist. Absolut unerträglich. Und wir reden hier nicht vom regelmäßigen Schwänzen des Unterrichts. Allein letzte Woche waren es wieder zwei Vorfälle. Also zwei Vorfälle, die aktenkundig geworden sind.»

Meine Mutter blickt mich an. Ich habe einen Kloß im Hals und versuche mein Keine-Ahnung-was-der-meint-das-muss-alles-ein-Missverständnis-sein-Gesicht.

Ungefragt fischt der Schuldirektor nun ein Blatt Papier aus einer bereitliegenden Mappe und legt es akkurat vor uns.

Verdammte Scheiße! Das habe ich befürchtet.

Wir blicken auf eine von mir angefertigte und dummerweise sogar handsignierte Zeichnung.

Die Tatsache, dass diese Zeichnung nun hier vor uns auf dem

Tisch liegt, ist wiederum eine Verkettung unglücklicher Umstände während des Physikunterrichts in der letzten Woche. Unser Physiklehrer Herr Walter, der mit knapp 50 Jahren nach wie vor in seinem Kinderzimmer im Haus seiner Mutter lebt, hatte wieder einmal eines seiner katastrophalen Experimente vorbereitet. Im laufenden Schuljahr hatte noch kein einziges Experiment von Herrn Walter funktioniert. Der vorherige Versuch beispielsweise galt der Berechnung der Fallgeschwindigkeit eines Steins, und sicherlich hätte man diese auch berechnen können, wenn Herr Walter nicht versehentlich die Stoppuhr hätte fallen lassen, die dann nach gut fünf Stockwerken freien Falls auf dem Schulhof zerschellte, genau in dem Moment, als Herr Walter zwecks Zeitmessung vehement auf den Stein drückte. Grund für seine Misserfolge war die geistige Verwirrtheit, in der Herr Walter gefangen war und die offenbar auch jeden Annäherungsversuch an eine Vertreterin des anderen Geschlechts oder das Tragen eines anderen Kleidungsstücks als den von seiner Mama gestrickten Norwegerpulli mit blauem Elch vereitelte.

«Heute, meine verehrten jungen Damen und Herren, geht es um die Auswirkung von elektrischer Ladung auf die Bahn eines Wasserstrahls.»

Es hörte sich so abstrus an, dass sogar ich aufblickte.

An den Wasserhahn neben der Tür hatte Herr Walter einen Gartenschlauch angeschlossen, der quer durch den Raum führte. Das Schlauchende war – abgestützt durch einen Wischmopp – mit Klebeband an der Tafel fixiert. Unter der Tafel waren diverse Plastikwannen aufgestellt.

«Der Wasserstrahl, meine verehrten jungen Damen und Herren, wird an unserer trockenen Tafel einen deutlich sichtbaren glänzenden Bogen hinterlassen.» Herr Walter machte eine Kunstpause, um die Spannung zu steigern. «Wenn ich dann», er hielt einen mit Kupferdraht umwickelten Kasten in die Höhe, der an eine Steckdose angeschlossen war, «diese Elektrospule über den

Wasserstrahl halte, werden wir sehen, dass der Strahl von seiner ursprünglichen Bahn abgelenkt wird. Er wird quasi nach oben gezogen. Ist das nicht spannend? Jetzt brauche ich nur noch einen kompetenten Assistenten. Marc Herrenberger, wie wär's denn heute mal mit dir?»

Ich stand neben dem Waschbecken, eine Hand am Wasserhahn. Herr Walter stand vor der Tafel und hielt die Elektrospule in die Höhe.

«Auf mein Kommando, Herr Herrenberger. Aber bitte ganz vorsichtig! Und: Wasser marsch!»

Woher hätte ich denn wissen sollen, dass es bei diesem verdammten Wasserhahn gar kein vorsichtiges Aufdrehen gab. Ich hatte den Hahn sicherlich maximal drei Millimeter aufgedreht, da schoss mit lautem Getöse eine Wassermenge aus dem Ende des Schlauches heraus, die binnen weniger Augenblicke die allsommerlichen Waldbrände Südkaliforniens gelöscht hätte. Obwohl ich sofort wieder zudrehte, ließ es sich nicht verhindern, dass der Schlauch ein wenig vom Wischmopp rutschte, dadurch die Klebebandhalterung von der Tafel riss und sich die geballte Ladung Wasser über Herrn Walter ergoss, der panisch «Wasser stopp!» rief. Dann knallte und knackte die Elektrospule in seiner Hand ungesund, Herr Walter schrie laut auf und sackte zu Boden.

Alle Mitschüler glotzten ungläubig zwischen mir und unserem Physiklehrer hin und her.

«Starke Leistung, Herrenberger!», konstatierte Philipp Straub sarkastisch. Megastreberin Dagmar war trotz ihrer immensen Fettleibigkeit bereits aufgesprungen und tätschelte Herrn Walters Wangen, immerhin hatte sie als Einzige in der ganzen Klasse am freiwilligen Erste-Hilfe-Kurs beim Deutschen Roten Kreuz teilgenommen. Für einen kurzen Moment dachte ich, ich hätte meinen Physiklehrer umgebracht, aber dann schlug er die Augen auf und stöhnte: «Nur ein kleiner Stromschlag, alles okay! Das kann passieren!» Er setzte sich auf, blickte mich an und sagte: «Wahr ist nicht, was uns einleuchtet, wahr ist, was die Natur bestätigt.»

Keine Ahnung, was er damit meinte.

«Du bist wirklich einfach nur blöd, Marc! Oder?» Ich hatte mich bereits auf den Weg zurück zu meinem Platz gemacht, als mich Dagmar vor versammelter Mannschaft ansprach. Ich blickte sie ungläubig an, doch Dagmar war noch nicht fertig. «Findest du das witzig, oder was? Ich sag dir mal was: Du bist so unreif! Absolut infantil! Herr Walter hätte sterben können wegen deinem tollen kleinen Witz! Haha. Sehr lustig!»

«Ich wollte doch gar nicht ...»

«Du wolltest nicht! Ja sicher! Du solltest mal lernen, Verantwortung zu übernehmen für deine Handlungen! Wie wär's wenigstens mal mit einer Entschuldigung?»

Herr Walter stand jetzt wieder. Er klopfte Dagmar auf die Schulter.

«Lass mal gut sein, liebe Dagmar ...», murmelte er, «... und vielen Dank.»

Ich setzte mich wie ein Idiot auf meinen Platz.

«Ich glaube, Herr Walter mag Dagmar sehr», flüsterte Niko mir zu. «Und nachher leckt er ihre behaarte Muschi!», ergänzte Ingo geistesgegenwärtig.

Ich blickte zu Dagmar, und ich war stinksauer, und – ja – dann malte ich eben dieses kleine Bild und zeigte es natürlich sofort Ingo. Eine vollkommen harmlose Zeichnung, die Dagmar und Herrn Walter von der Seite aus betrachtet beim Geschlechtsakt darstellt. Mein Physiklehrer versinkt dabei förmlich zwischen Dagmars riesigen Oberschenkeln. Über seinem schwitzenden Kopf ist eine Sprechblase und der durchaus passende Ausruf «Geil!» zu sehen, während Dagmar etwas zusammenhanglos «Keine Startbahn West!» sagt. Ich hatte noch «Nein! Nicht! Nicht!» gerufen, als Ingo die Zeichnung dann einfach weiterreichte. Dies wiederum führte zu großem Gelächter und der erhöhten Aufmerksamkeit von Herrn Walter, der plötzlich mit klatschnassen Klamotten und wirrem Haar neben mir stand, die Zeichnung vor mich hielt und fragte: «Hast du das gemalt?»

«Ich stand unter Schock!», rufe ich nun, reibe mitleidheischend meine Zangengeburthand, und Direktor Egger und meine Eltern blicken mich gleichzeitig an. Meine Mutter kocht vor Wut, ihre Augen haben sich zu schießschartenartigen Schlitzen verengt. Mein Vater schüttelt den Kopf, wippt unablässig mit seinem Fuß und fährt sich mit den Händen über die unrasierten Wangen.

«Bitte verschone uns mit irgendwelchen hanebüchenen Erklärungen, Marc! Du hast einen angesehenen Lehrer unserer Schule in Lebensgefahr gebracht und hiernach aufs infamste verhöhnt», erregt sich Egger kurzatmig und wendet sich wieder meinen Eltern zu. «Oder nehmen wir das Gedicht, welches Marc vor einigen Tagen im Rahmen eines Kurztests im Englischunterricht zu Papier glaubte bringen zu müssen ...»

Ein weiteres Blatt wird aus der Mappe gezogen und vor meinen Eltern ausgebreitet.

Marc Herrenberger, Klasse 9 d
English-Test «Poems and Poetry»
Exercise: Write your own poem
Time: 20 Minutes

Knock em dead, kid
by Marc Herrenberger

Knock em dead, kid
Knock em dead!
Knock em dead, kid
Knock em dead!
The blade is red, kid

Knock em dead!
Knock em dead, kid!
Knock em dead!
Knock em! Knock em! Knock em!
Dead!

Mein Vater reibt sich die Augen und wirkt unendlich müde. Meine Mutter sitzt kerzengerade auf dem Holzstuhl, ihr Mund ist ein dünner Strich. «Ich versichere Ihnen», hebt sie dann an, «dass wir, wie gesagt, sehr intensiv mit ...»

Direktor Egger lehnt sich mit einem traurigen Seufzen nach hinten und hebt abwehrend beide Hände in die Höhe. Meine Mutter verstummt.

«Abgesehen davon, dass dieses Gedicht ...», er spuckt das Wort förmlich aus, «... nur einen einzigen Reim enthält ...», er deutet zum Beweis mit dem Zeigefinger auf die Wörter dead und red, «und ansonsten lediglich die unablässige Aufforderung zum Totschlag zum Inhalt hat, ist das Werk noch nicht einmal von Marc selbst! Vielmehr hat eine kleine Umfrage bei einigen durch ihr ungepflegtes Äußeres auffallenden Schülern ergeben, dass es sich schlichtweg um den Refrain eines Liedes der furchtbaren amerikanischen Kapelle namens Mötley Crüe handelt!»

«Das ist keine Kapelle!», werfe ich recht defensiv ein, doch Egger beachtet mich nicht. «Darüber hinaus ist es eine Ungeheuerlichkeit, unseren überaus geschätzten Kollegen aus England mit einer solchen Geschmacklosigkeit zu belästigen. Wenn Sie die Geschichte von Dr. Baker kennen würden ... aber gut, das gehört jetzt nicht hierher.»

In dem Zimmer macht sich bedrückendes Schweigen breit. Lediglich das Ticken der Wanduhr ist zu hören. Reli habe ich schon zur Hälfte verpasst. Was aber viel wichtiger ist: Unser Direx weiß offenbar Bescheid über Dr. Baker. Sehr interessant.

«Ich denke», erklärt Egger dann, «dass wir über kurz oder

lang nicht um einen Schulwechsel herumkommen, wobei ich es fairerweise vorziehen würde, wenn dieser Schritt von Ihrer Seite erfolgen würde.»

«Schulwechsel?», entfährt es mir. «Nein! Auf keinen Fall! Ich will nicht zu den Mongos auf die Gesamtschule!»

«Apropos. Es wäre auch schön, wenn Marc nicht ständig alle Mitschüler als Mongos bezeichnen würde. Abgesehen davon, dass die Bezeichnung Mongoloide, geschweige denn Mongos, für Menschen mit dem Down-Syndrom seit Mitte der siebziger Jahre nicht mehr verwendet wird. Ich weiß, wovon ich spreche. Meine Schwester hat das Down-Syndrom. Und sie ist eine der liebenswertesten und nettesten Personen auf dieser Erde.»

Er schluckt. Ich auch. Meine Eltern auch. Mit leicht zitternder Unterlippe fährt er fort: «Wenn meine Schwester ein paar Jahre früher geboren wäre, dann wäre sie von den Nazis vergast worden!» Dabei blickt er mich an, als wäre das dann meine Schuld gewesen.

Wenn sie ein paar Jahre früher geboren wäre, dann hätte sie eventuell gar kein Down-Syndrom gehabt, schießt es mir durch den Kopf.

«Aber alle sagen Mongo!», versuche ich mich stattdessen zu verteidigen.

«Sei endlich still!», zischt meine Mutter, und dann kocht sie über, redet schnell und laut und wirr und macht ihrer Wut Luft. Mein Vater versucht, sie mit einer fürsorglichen Geste (Schultertätscheln) zu bremsen, doch die Worte sprudeln nur so aus ihr heraus.

«Wir wissen doch auch nicht weiter, Herr Direktor Egger! Es ist so schwer, auch für uns. So habe ich mir mein Leben auch nicht vorgestellt! Also, wenn ich das gewusst hätte! Und Sie können sich nicht vorstellen, was Marc mal für ein lieber Junge war, obwohl er es von Anfang an etwas schwerer hatte. Bereits bei seiner Geburt gab es große Schwierigkeiten.»

Na endlich!

«Genau!», rufe ich weinerlich. «Ich bin nämlich auch behindert! Ich bin eine Zangengeburt!»

Niemand beachtet mich. Ich würde am liebsten meinen linken Fuß samt orthopädischem Maßschuh auf den Tisch knallen. Meine Mutter schnattert: «Und dann diese grauenhafte Musik und diese Zerstörungswut! Alles macht er kaputt! Und auch hinsichtlich seiner Sexualität machen wir uns große Sorgen. Ich fürchte, er ist total verwirrt. Überall diese Fotografien von diesen Transsexuellen an den Wänden!»

«Das sind keine Transsexuellen!», mische ich mich erneut, aber wiederum nicht energisch genug ein. Egger schaut irritiert, meine Mutter spricht einfach weiter. «Auch dass er so gar kein Interesse zeigt am anderen Geschlecht ...»

Wie bitte? Kein Interesse?

«Äh, Mama ...», melde ich mich jetzt etwas lauter zu Wort, da haut Egger mit beiden Händen auf den Tisch.

«Ich könnte mir vorstellen», beeilt er sich nun, «dass Marc noch eine letzte Chance bekommt. Es müsste allerdings wirklich eine augenblickliche Besserung seines Verhaltens und auch seiner schulischen Leistungen eintreten. Und immerhin zeigt er ja ein gewisses Engagement bei der Neueröffnung des städtischen Schwimmbades und der damit verbundenen Einweihung der Wasserrutsche, für die unsere Schule die Schirmherrschaft übernommen hat. Wie ich erfahren habe, ist Marc bei dem geplanten Festakt für die gesamte Beschallungstechnik und die musikalische Untermalung zuständig. Das macht mir Hoffnung.»

«Ich war noch beim Direktor», sage ich, als ich das Klassenzimmer betrete.

«Das weiß ich sehr wohl!», erwidert Pfarrer Moosbacher mit einem diabolischen Grinsen.

Obwohl Reli das einfachste Fach der Welt ist und es im Grunde nur darum geht, ob man eine 1 (ein paarmal etwas gesagt und an den Klassenarbeiten teilgenommen) oder eine 2 (nie etwas gesagt und bei den Klassenarbeiten unentschuldigt gefehlt) bekommt, war ich im vorangegangenen Schuljahr der Einzige in der Klasse, der in Reli eine 3 bekam.

Pfarrer Moosbacher hasst mich.

Obwohl er eigentlich ein sehr weicher und sensibler Typ ist, etwas dicklich mit Halbglatze und dünnem Oberlippenbart, der ständig Tränen in den Augen hat, wenn er uns vom Leidensweg Jesu Christi berichtet, besonders wichtige Stellen aus der Bibel vorliest oder von der unendlichen Güte Gottes berichtet.

Er hasst mich, weil ich es gewagt habe, Fragen zu stellen. Zum Beispiel wollte ich wissen, was denn wohl passiert wäre, wenn Jesus nicht gekreuzigt, sondern geköpft worden wäre. Das wäre dann ja sicherlich nicht so einfach gewesen mit der Auferstehung. In jedem Fall wäre es deutlich unansehnlicher gewesen, auch was die spätere Darstellung der Szene in Kirchen und an Halsketten angeht.

Pfarrer Moosbacher war so geschockt, dass er sekundenlang an seinem Pult saß, laut durch die Nase atmete und dabei «Ich lasse mich nicht provozieren» murmelte.

Eine einfache Antwort auf meine einfache Frage wäre mir lieber gewesen.

Oder auch diese Geschichte mit der unbefleckten Empfängnis. Im Bestreben, meine mündliche Note zu verbessern, hatte ich mich dazu hinreißen lassen, im Unterricht ein spontanes, improvisiertes Referat über das Thema zu halten und dabei von einem Fernsehbericht über eine angesehene weiße Farmersfrau in Südafrika berichtet, die einen milchschokoladenbraunen Sohn auf die Welt gebracht hatte, ihrem verdutzten Mann und der Weltöffentlichkeit aber erzählte, sie wisse absolut nicht, woher dieses Kind stammen könne, schließlich wäre ihr Mann zeugungsunfähig. Während die Bilder von der Frau und ihrem etwas bedröppelt dreinblickenden Ehemann gezeigt wurden, liefen im Hintergrund Dutzende von muskulösen, schwitzenden, schwarzen Farmarbeitern durchs Bild, die Vieh zusammentrieben oder landwirtschaftliches Arbeitsmaterial durch die Gegend schleppten. Nun liegt natürlich die Vermutung nah, dass es sich bei der angeblich ach so unbefleckten Empfängnis der Farmersfrau schlichtweg um eine münchhausenesque Lügenmär handeln könnte. Konsequenterweise könnte man dann natürlich auch von einer ähnlichen Situation bei Maria ausgehen, gerade wenn auch bei Joseph eine Zeugungsunfähigkeit vorgelegen hat.

«Sei endlich still!», rief Pfarrer Moosbacher ungefähr zu diesem Zeitpunkt.

Jetzt läuft er durch den Raum und verteilt die Klassenarbeit, die wir letzte Woche geschrieben haben. Da Pfarrer Moosbacher uns das Thema verraten hatte (Martin Luther – sein Leben, sein Handeln, sein Erbe), konnte ich zu Hause im Brockhaus meiner Eltern nachschauen und war somit bestens vorbereitet. Umso erstaunlicher ist es, dass Pfarrer Moosbacher nun vor mir stehen bleibt, meine Arbeit vor mich legt und dabei den Kopf schüttelt. Ich blicke vor mich auf das Blatt.

Ich habe eine 6.

Mein kompletter Text ist mit einem Rotstift durchgestrichen. Das darf doch nicht wahr sein! Ich hatte den Brockhaustext doch quasi auswendig gelernt und die Lebensgeschichte eins zu eins niedergeschrieben, bis hin zum tragischen Tod, als «Martin Luther am 4. April 1968 um 18.01 Uhr in Memphis (Tennessee) von einem Attentäter erschossen wurde».

Verdammter Mist. Wenn das so weitergeht, werde ich dieses Jahr in Reli eine 6 bekommen. Eine 6 kann man nicht ausgleichen, das würde also bedeuten: Sitzengeblieben wegen Reli!

Meine letzte Chance zur Vermeidung dieses unfassbar schmähvollen Versagens wird das von Pfarrer Moosbacher für Ende nächster Woche angesetzte Referat über Moses sein. Hier muss ich punkten!

Mir raucht der Kopf, und mit einem Mal fühle ich mich wie die Stoppuhr von Herrn Walter: Im freien Fall Richtung Betonboden. Um meine Gedanken zu sortieren, nutze ich die anschließende Freistunde dafür, eine Liste zu schreiben, um zumindest die vielfältigen Aufgaben des vor mir liegenden Wochenendes im Blick zu haben. Da es sich hierbei größtenteils um sensible Informationen handelt, benutze ich hierfür – wie immer in solchen Fällen – die von mir entwickelte Geheimschrift «V». Die Detektivstifte für Geheimschriften aus dem Yps-Heft 29 – rein theoretisch prädestiniert für derlei Angelegenheiten – hatten leider nur wenige Tage lang funktioniert.

Pvrvovbvlvevm zvevrvsvtvövrvtvevs Tvevlvevfvovn
Avrvtvzvbvevsvuvcvh Ovpva
Evnvgvlvivsvcvhvavrvbvevivt bvevsvovrvgvevn
Vvovlvtvivgvivevrvevn
Vvevrvhvüvtvuvnvgvsvmvivtvtvevl
Fvrvavnvkvfvuvrvt Dvovrvivavn Gvrvavy
Avnvnva !v!v!
Svcvhvwvivmvmvbvavdvevrvövfvfvnvuvnvg

Auf dem Heimweg, den ich aufgrund des Elterngesprächs am Morgen zu Fuß antreten muss, höre ich plötzlich das Geräusch schwerer Stiefel, die sich von hinten nähern, und auf einmal läuft Gerlinde neben mir her. Aus dem Augenwinkel erkenne ich den schwarzen, bodenlangen Stoffrock und das große schwarze Vogelnest auf ihrem Kopf.

«Hallo», nuschelt sie, und dann laufen wir eine Zeitlang schweigend nebeneinanderher. Doch offenbar möchte Gerlinde sich unterhalten.

«Was hörst du denn gerade?», fragt sie und deutet auf meine um den Hals hängenden Kopfhörer, und obwohl ich absolut keine Lust habe, mich oberpeinlich mit Mega-Grufti-Dark-Wave-Zahnspangen-Gerlinde zu unterhalten, antworte ich:

«Blind in Texas. Von W.A.S.P.», was mir wiederum drei Minuten schweigsames Marschieren beschert, bevor sie nachbohrt: «Und worum geht's da, in dem Song?»

Jetzt schaue ich sie direkt an.

«Worum soll's da schon groß gehen …?»

«Also, du hörst den Song und weißt gar nicht, worum es da geht?»

Was will die denn? Als ob man Heavy Metal hört, weil es da um irgendetwas geht? Da muss es um nichts gehen! Wenn beispielsweise Ronnie James Dio in «Holy Diver» singt: «Ride the tiger, you can see his stripes but you know he's clean, oh don't you see what I mean?», hat gefälligst niemand zu fragen, worum es dabei geht! Außerdem erklärt es sich doch auch von selbst: Man soll einen Tiger reiten, dessen Streifen erkennbar sind, der dabei aber trotzdem sauber ist. Ganz einfach. Und es ist doch auch egal, was er damit meint. Der Song ist totgeil. Genau wie «Blind in Texas»!

«Natürlich weiß ich, worum es da geht!», behaupte ich und kassiere einen auffordernden Blick, der mich veranlasst, weiterzureden.

«Da geht's drum, dass einer, also der Sänger, der Blackie Lawless, in Texas zum Whiskeytrinken eingeladen wird und dann so viel säuft, dass er blind wird. Darum geht's da!»

«Echt? Das ist ja lustig!», behauptet Gerlinde überraschenderweise, und dann sind wir endlich vor unseren Reihenhäuschen angelangt.

Im Flur erwartet mich Haxxe zähnefletschend, jaulend, knurrend und bellend, während ihm sturzbachartig der Rotz aus den hängenden Lefzen seines Knautschgesichts läuft.

Meine Eltern haben den kleinen süßen Welpen vor zwei Jahren ganz offensichtlich nach rein optischen Gesichtspunkten ausgewählt und sich vorher weder um die Rassemerkmale des zum Kampf gegen Bären und Wölfe gezüchteten Molossers noch um die Erziehung des über fünfzig Kilogramm schweren Ungetüms geschert. Um gute Stimmung zu machen, sage ich dennoch sofort ja, als mich mein schon wieder nur in Unterhosen und Bademantel bekleideter Vater fragt, ob ich bitte mit Haxxe Gassi gehen könne, er müsse ja offenbar ganz dringend und er selber könne nicht, er müsse unserer Nachbarin, der armen Frau Lummenbrink, noch ein paar Getränkekisten in den Keller tragen.

Gassi gehen mit Haxxe ist eine grausame Tätigkeit. Peinlich, anstrengend, gefährlich, langwierig und unendlich nervtötend. Hauptproblem hierbei ist die unbändige Kraft, gepaart mit dem unbeugsamen Eigensinn unseres Hundes. Beides führt dazu, dass der Hund mich stets hinter sich herschleift, ohne auf gebrüllte Kommandos wie «Stopp!» oder «Nicht ziehen!» oder «Bleib stehen, du blödes Arschloch!» zu hören. Auch das von meiner Mutter schweren Herzens gekaufte Würgehalsband mit innenliegenden Metallkrallen ist vollkommen wirkungslos. Ich lasse mich von Haxxe parallel zu den Bahnschienen Richtung Obstwiesen ziehen. Seit neuestem sind die Obstwiesen als Naturschutzgebiet ausgewiesen, da es sich angeblich um ein beliebtes Vogelbrutgebiet für Bodenbrüter handelt. Daher weist ein grünes Schild mit weißer Schrift unter Androhung hoher Geldstrafen darauf hin, dass es verboten ist, Hunde frei laufen zu lassen. Das Problem ist nur, dass sich Haxxe weigert, seine Notdurft zu verrichten, wenn er an der Leine ist. Er kann das dann, aus für Menschen nicht nachvollziehbaren Gründen, stundenlang hinauszögern, und auf das von mir erfundene und unablässig eingesetzte Hundekommando (Kack!) hört er leider auch nicht. Daher bleibt mir keine andere Wahl, als ihn jedes Mal von der Leine zu lassen, sowie wir die Obstwiesen erreicht haben. Und abgesehen von der schlichten Notwendigkeit meines Handelns ist es natürlich auch diskussionswürdig, ob Vögel, die derart dumm sind, dass sie ohne jede Not ihre Nester auf dem Boden bauen, anstatt – wie jeder normale Vogel – die Sicherheit einer Baumkrone zu suchen, überhaupt schützenswert sind. Da ist das Aussterben doch ohnehin vorprogrammiert. Auf dem Naturschutzschild wird erwähnt, dass die Eier dieser saudummen Vögel eine Tarnfärbung aufweisen. Na bravo! Wenigstens nicht neongelb. Bei Haxxe jedenfalls scheint die Tarnung zu funktionieren, er hat noch nie ein Nest geplündert, und als er mich wieder nach Hause geschleift hat, ist mein Vater immer noch bei der armen Frau Lummenbrink. Ich beschließe, die elternfreie Zeit sinnvoll zum Ärgern und Quälen meiner Schwester zu nutzen.

Ich betrete also wie immer unangemeldet ihr Zimmer (das noch kleinere der beiden Kinderzimmer und zur Straßenseite gelegen) und überrasche sie dabei, wie sie in den zum Mikrophon umfunktionierten schweineteuren Braun-Kopfhörer meines Vaters furzt. Zunächst bemerkt sie mich nicht und so kann ich beobachten, wie sie sich hinhockt, mit der einen Hand die Hörmuscheln an den Hintern presst, ein wenig abwartet, dann – auf ihr zwar kindliches, aber dennoch ausgeprägtes Körpergefühl vertrauend – im richtigen Moment den Aufnahmeknopf ihrer Musikanlage drückt und laut furzt.

Meine Eltern hatten meiner Schwester zum letzten Geburtstag eine dufte Kompaktstereoanlage geschenkt. Genauer gesagt war es bis vor kurzem meine Kompaktstereoanlage, ich habe mir jedoch von meinem Konfirmationsgeld endlich eine «richtige»

Anlage geleistet, mit Verstärker, Tuner, Doppelkassettendeck mit Speed-Dubbing, Plattenspieler und 3-Wege-Boxen, und so wanderte meine alte Anlage (übrigens hatte meine Mutter sie Jahre zuvor bei Quelle bestellt und mich somit bewusst dem Spott meines Klassenkameraden Ingo ausgesetzt) flugs in den Keller, um dann einige Monate später auf dem Gabentisch meiner Schwester zu landen. Das ist wohl ein Beispiel für die angebliche Benachteiligung der Zweitgeborenen. Genau so werden die Gerüchte über das schwerere Leben, das diesen Menschen angeblich bevorstehen soll, genährt. Verdammt, nur weil der Schließdeckel des Kassettenteils abgebrochen ist und aus der rechten Box nur noch ein ohrenbetäubendes Rauschen kommt und man gezwungen ist, den immerhin vorhandenen Balanceregler ganz nach links zu schieben, weshalb kein Lied wirklich so klingt wie im Radio und jede Kassette nach dem Abspielen einfach herausspringt, ist dies alles noch keine Entschuldigung dafür, später Alkoholiker zu werden, 18 Semester Philosophie zu studieren oder bei McDonald's die Hamburger zu braten.

Eine Funktion des Geräts wurde in den letzten Wochen sicherlich mehr in Anspruch genommen als alle anderen zusammen – die Aufnahmefunktion. Angefangen hatte alles mit der Erkenntnis, dass man die Kopfhörer meiner Eltern einfach in die Mikrophonbuchse der Anlage meiner Schwester stecken und somit halbwegs passable Aufnahmen erstellen konnte. Meine Schwester war völlig begeistert. Zunächst beschränkte sie sich darauf, das Mitsingen zu ihren Kim-Wilde- und Nena-Schallplatten auf Kassette zu bannen, aber heute Nachmittag hat sie die relativ langweilige Grundidee revolutionär weiterentwickelt, da bei ihr das Phänomen des weiblichen Pupsschämens noch nicht eingesetzt hat.

Irgendwann im Laufe der Pubertät entwickeln die meisten weiblichen Wesen nämlich eine Art Pupsschämen, als könne man (bzw. frau) die Existenz ihres Rektums durch die ständige Unterdrückung eines der natürlichsten und befreiendsten und nicht zuletzt schönsten aller menschlichen Bedürfnisse verschleiern.

«Was machst du denn da?», will ich wissen, und Sophie schreit auf. Zunächst ist die Bestürzung über mein abruptes Erscheinen groß. Schließlich befinden wir uns in einer Phase des familiären Zusammenlebens, in der meine Eltern gerade erneut mit der Lehrerin meiner Schwester über die angeblichen schweren Misshandlungen durch den größeren Bruder gesprochen haben.

«Stimmt es, dass Sophie an deinen alten Socken riechen musste?»

«Hast du Sophie die Haare abgeschnitten?»

«Warum ist der Türrahmen von Sophies Zimmer aus der Wand gebrochen?»

Sicherlich, wir sind nicht immer einer Meinung, und ich bin nun mal der Stärkere, aber eines kann man mir gewiss nicht unterstellen: dass ich eine wirklich glänzende Idee meiner Schwester nicht voll und ganz und mit aller Begeisterung unterstützen würde. Und spätestens nachdem ich die wirklich hervorragenden Aufnahmen von Beginn an gehört habe, bin ich von der Aktion absolut überzeugt.

Da gibt es die Kurzen, fast Tonlosen, dann natürlich die machtvollen Langen, aber auch die machtvollen Kurzen und besonders schön selbstredend die Geknatterten, gerne auch in sich stetig verändernder Tonhöhe, die Gehauchten, die Gepressten, die Übertriebenen, die Provozierten, die Nieten, alles ist dabei. In den nächsten Minuten bereichere ich die Kassette um weitere facettenreiche Ergüsse (wobei das Wort hier etwas unpassend erscheint), doch irgendwann ist einfach die Luft raus, und wir gehen hinüber in mein Zimmer, um die Aufnahmen über die 3-Wege-Boxen einer richtigen Stereoanlage anzuhören.

Nachdem wir die Aufnahmen zum dritten Mal durchgehört haben, komme ich endlich dazu, den ersten Punkt meiner Aufgabenliste ins Visier zu nehmen, und erkläre Sophie detailliert und sehr nett meinen ausgefeilten Plan.

«Ich hab aber doch gar nix in das Telefon geritzt!», erklärt sie daraufhin und dreht mit flinken Fingern an ihrem Zauberwürfel herum.

Ich verdrehe die Augen und versuche, meine Selbstbeherrschung nicht zu verlieren.

«Das weiß ich doch, Sophie! Aber darum geht es gar nicht. Es geht darum, dass du dem Papa *sagst*, dass du etwas in das Telefon geritzt hast.»

«Aber das ist Lügen!»

«Nein. Das ist nicht richtig Lügen. Wir sind doch Geschwister. Bruder und Schwester. Da ist es doch eigentlich egal, wer von uns beiden etwas gemacht hat, oder?»

Ich kann meiner Logik selbst nicht ganz folgen, dennoch lächele ich meine Schwester aufmunternd an. Diese bearbeitet weiter konzentriert ihren Zauberwürfel. Nach vierundvierzig Sekunden sind alle Seiten gleichfarbig. Es ist mir ein absolutes Rätsel, wie sie das schaffen kann.

«Dafür musst du mir ein neues Meerschweinchen kaufen!», erklärt sie dann ungerührt. «Und zwar jetzt gleich!»

Obwohl ich es mir zeitlich im Grunde nicht erlauben kann, besteige ich Minuten später meine Power ec1 und Sophie ihr Kinderfahrrad, und wir fahren los.

Sie muss ständig auf mich warten.

Es kommt mir gar nicht so ungelegen, meine Schwester beim Meerschweinchenkauf zu begleiten, denn das Zoofachgeschäft auf der Fußgängerzone gehört den Sukolewskis, und nach der

Schule muss Anna oft im Laden helfen. Mit ein wenig Glück treffe ich sie gleich.

Der langgezogene, fensterlose Laden ist menschenleer. Aus einem Kassettenrekorder neben der unbesetzten Kasse dudelt gerade «Jeanny» von Falco, ein Song, der davon handelt, dass ein wahnsinniger Serienmörder sein nächstes Teenageropfer beim Kauf eines Lippenstiftes beobachtet, danach in den Wald verschleppt, brutal vergewaltigt und schließlich abschlachtet und – wie ich vermute – sogar zerstückelt.

Endlich mal ein Text mit Hand und Fuß.

Oder viel mehr ohne.

Und darüber hinaus eventuell auch das Lieblingslied von Dr. Baker.

Vollkommen unverständlicherweise löst auch dieses Lied in Deutschland einen Skandal inklusive Radioboykott aus, wobei die öffentliche Aufregung bei weitem nicht so groß ist wie bei «Geil» von Bruce und Bongo.

Meine Augen haben sich mittlerweile an das schummrige, hauptsächlich von den Aquarien erzeugte Licht gewöhnt. Überall brummen kleine Generatoren, Heizstrahler, Belüftungssysteme und Wasserfilteranlagen, und ich laufe mit Sophie zaghaft den Hauptgang entlang.

Vor einem besonders großen Becken mit leuchtenden, gelbweiß gestreiften Fischen bleiben wir stehen. «Oaah. Wie schön», flüstert Sophie.

«Guten Tag!», ruft plötzlich jemand hinter uns.

Wir schrecken zusammen, und ich schreie unmännlich auf.

Ich drehe mich um, und – o ja! – sie ist es. Anna.

«Ach, du bist das», sagt sie wenig euphorisch.

Egal! Sie redet mit mir!

«Ja. Äh. Hallo, Angie.»

«Hallo, Lutscher! Sorry. Angie dürfen mich nur meine Freunde nennen.»

Mist.

Ich glotze sie an. Sie ist so wunderschön.

Ob sie wohl den Blümchen-BH trägt?

«Und?», fragt sie jetzt.

«Ähm. Wir brauchen etwas für meine, ähm, kleine Schwester hier.» Ich deute auf Sophie. «Ich kümmere mich ein wenig um sie, na ja, man tut, was man kann, hehe, okidoki, alles paletti, soooo, na denne ...»

O Gott! Ich habe mich völlig verhaspelt! Mein Kopf fängt an zu glühen. Konzentrier dich!

«... äh ... also: Wir brauchen ein neues Meerschweinchen, weil, das alte Meerschweinchen ist gestern gestorben, und die waren zu zweit, ist ja auch viel schöner zu zweit und ... also die waren schwul ... und, ähm, damit das eine jetzt nicht so alleine ist ...»

«Kleintiere und Nager sind dahinten», unterbricht mich Anna, dreht sich um und verschwindet Richtung Kasse.

Im hinteren Bereich des Geschäfts stehen große Käfige mit diversen Kleintieren. Die Meerschweinchen sind sogar heruntergesetzt und kosten nur noch zwölf Mark fünfzig das Stück. Ich stehe mit Sophie vor dem kleinen Gehege, und sie betrachtet seit sechs Minuten und dreiundzwanzig Sekunden die rund zwanzig Tiere, die in dem Gehege herumhoppeln.

«Wie wär's denn einfach mit dem?», sage ich und will schon hineingreifen, als Sophie «Nein! Das ist doof! Das ist ja einfach nur ein Kurzhaarmeerschweinchen, noch dazu glatt!» ruft.

«Okay? Du magst also kein Kurzhaarmeerschweinchen?»

«Das hab ich gar nicht gesagt!», pflaumt Sophie mich an. «Ein Rosettenmeerschweinchen mit mindestens vier Wirbeln am Körper oder ein Englisches Schopfmeerschweinchen mit einem andersfarbigen Schopf auf dem Kopf mag ich schon. Oder von mir aus auch ein Rex.»

«Ja dann nimm halt so ein Englisches Schlupfdings!»

Ich schaue entnervt auf meine Uhr.

«Gibt's hier aber nicht! Sag mal, du hast ja gar keine Ahnung, oder? Das dahinten ist ein Texelmeerschweinchen. Das ist die Langhaarvariante vom Rex. Hier vorne, das braun-weiße mit den langen, glatten Haaren, die sich auf dem Rücken scheiteln, ist ein Peruaner. Und das hier», sie greift hinein und holt etwas heraus, das wie die lebendig gewordene Perücke von Tony Marshall aussieht, «ist ein Merino, erkennbar an den lockigen Haaren und dem Wirbel auf dem Kopf, und das will ich!»

«Dann nimm das halt, verdammt noch mal! Aber denk auch dran, was du Papa sagen musst wegen dem Telefon, okay?»

«Wegen des Telefons», korrigiert mich meine Schwester und greift sich das Kleintier.

«Ist das auch ein Männchen?», frage ich sie scharf, und sie dreht das Haarbüschel herum, schaut kurz zwischen die Hinterbeine und sagt: «Ja!»

«Bist du sicher? Du weißt, was passiert, wenn das kein Männchen ist, dann ...»

«Es hat einen Penis! Also ist es ja wohl ein Männchen, oder?»

Es ist widerlich, wenn deine kleine Schwester das Wort Penis sagt. Widerlich.

Anna steht nach wie vor an der Kasse. Sie hat bereits eine Transportbox aus Pappe vor sich stehen und lächelt meine Schwester kurz an.

«Oh. Ein Merino. Sehr edel!», sagt sie dann zu ihr.

Sind denn hier alle verrückt geworden?

Das sind einfach nur blöde Meerschweinchen!

«Fünfunddreißig fünfzig!», sagt sie dann zu mir.

«Wie bitte? Dahinten steht zwölf fünfzig!»

«Ab zwölf fünfzig, Lutscher! Ein echtes Merino kostet natürlich mehr.»

Ich bezahle natürlich anstandslos, gerade so, als wäre dieses kleine Vermögen nur ein Klacks für mich, als wäre ich hierfür nicht stundenlang durch das eiskalte Wasser schlüpfriger Becken in norditalienischen Parkanlagen gewatet. Während ich staatsmännisch mein Kleingeld auf den Tresen zähle, als wären es große Scheine, sagt Anna plötzlich:

«Du, Lutscher, ich finde das echt toll, was du da machen willst für die Klasse. Also, das mit der Englischarbeit. Hätt' ich dir gar nicht zugetraut.»

Sie schaut mich an.

Meine Wangen glühen.

Ich sage: «Na ja. Es soll ja zu meinem Schaden nicht sein …»

Meine Speiseröhre ist ausgetrocknet.

Ich spüre ein sehnsüchtiges Ziehen in meinen Hoden.

Anna schaut etwas skeptisch, dann bricht es aus mir heraus.

«Du, Anna, und für dich ist das auch wirklich in Ordnung, ja? Also ganz im Ernst, wenn du da irgendwelche Bedenken hast, moralische Bedenken …»

«Wieso sollte ich da moralische Bedenken haben?», sagt Anna und sortiert das Geld in die Kasse. «Mir ist das im Grunde völlig egal. Von dir finde ich's halt ziemlich krass, aber was soll's!»

«Okay!», rufe ich. «Dann ist ja alles klar. Du, ich hab's ein bisschen eilig. Ich muss noch mit meinem Opa zum Arzt!», rufe ich schnell, schnappe mir die Transportbox und Sophie und verschwinde.

O mein Gott! Das wird das geilste, das allergeilste Wochenende meines Lebens!

Der Arzt presst mit einem nicht gerade optimistischen Gesichtsausdruck die Lippen aufeinander und gibt ein «Hm. Hm. Hm.» von sich.

Dann löst er den Stethoskopkopf von der eingefallenen Brust meines Großvaters und bedeutet ihm, sein Hemd wieder anzuziehen, was Opa Erwin dann auch in Zeitlupe und leise ächzend versucht. Es misslingt, und ich helfe ihm, seine dünnen Arme in die Hemdsärmel zu stecken.

«Darf isch hier rauche?», fragt er dann.

Der Mediziner überhört die Frage und wendet sich an mich.

«Deinem Großvater geht es nicht gut! Sein Zustand hat sich weiter verschlechtert.»

Der Arzt hat sich auf den Schreibtisch in dem kleinen Untersuchungszimmer gelehnt und blickt mich über seine Lesebrille hinweg an, und obwohl er diesen Satz sicherlich schon dutzendfach gesagt hat, sehe ich einen Funken Mitleid in seinen stahlgrauen Medizineraugen.

«Es tut mir leid, das sagen zu müssen», schiebt er hinterher, dann seufzt er und studiert erneut die Unterlagen und Untersuchungsergebnisse, die er in seinen Händen hält.

Ich blicke zu Boden und fange fast unmerklich an, den Kopf zu schütteln.

Was ist das denn für eine idiotische Diagnose!?

Es ist doch jedes Mal das Gleiche!

Natürlich geht es meinem Großvater nicht gut. Der gute Mann ist siebenundachtzig Jahre alt, hatte zwei Herzanfälle, einen Hirnschlag und ist seit über zwanzig Jahren schwerstens zuckerkrank. Darüber hinaus wird seine Krankenakte ergänzt durch grauen Star, fortschreitende Demenz, nervtötende Schwerhörigkeit und hemmungslose Warzenbildung am ganzen Körper.

«Ja», sage ich. «Das wissen wir. Am meisten quält ihn das Rheuma. Da bräuchten wir bitte ein Rezept für sein Medikament und auf jeden Fall auch Ibuprofen.»

«Mir gehen?», ruft mein Großvater und richtet seinen unentwegt wackelnden Kopf abrupt in meine Richtung. Dieses Kopfschütteln muss ihn doch wahnsinnig machen. Wenn er hinten im Auto sitzt, kann man sich den Wackeldackel auf der Heckablage getrost sparen.

«Nein!», rufe ich in einer Lautstärke zurück, als säße ich im voll besetzten Waldstadion auf der Haupttribüne und versuchte jemandem auf der Gegentribüne etwas mitzuteilen. «Noch nicht! Aber gleich!» Der Arzt blickt uns perplex an, und mein Opa nickt einigermaßen zufrieden, was nur Familienmitglieder von seinem Alltagsnicken unterscheiden können, dann fällt ihm noch etwas ein, und er ruft: «Was hat n de Herr Dokktä gsacht?»

«Alles in Ordnung!», gebe ich ebenso lautstark zurück und mache direkt vor seiner riesigen Brille ein Daumen-nach-oben-Zeichen. «Hab isch doch gleisch gsagt», murmelt Opa und sackt auf dem Stuhl röchelnd in die für ihn so typische Halbschlafposition zusammen, gerade so, als würde jemand die Luft aus einem aufblasbaren Gummikrokodil herauslassen.

Der Arzt mustert uns noch einen Moment, murmelt dann etwas beleidigt «Nun denn» und notiert den Namen der Medikamente auf einem Formular. Als er mir das Rezept reicht, hält er kurz inne und blickt mir nochmals ernst in die Augen. «Ich sehe hier in den Unterlagen ... also, dein Großvater ... er wohnt immer noch bei euch zu Hause, nicht wahr? Bei deinen Eltern im Haus, wenn ich das hier richtig sehe?»

Ich erwidere den Blick, beginne aber schon reflexartig den Kopf zu schütteln, die Lippen zusammenzupressen und mit spitzem Mund in Richtung meines Opas zu deuten, doch der Mediziner versteht die Signale nicht, vielmehr fährt er fort: «Ich kann mir vorstellen, dass dies eine große Belastung sein kann, für deine Familie, vor allem aber auch für deinen Opa, dem anderenorts eine viel umfassendere Betreuung zuteilwerden könnte.»

«Psssst!», zische ich, habe ich doch bereits bemerkt, dass Erwins Kopf ein winziges Stückchen nach oben gezittert ist, gerade so, als hätte er Sensoren und Antennen in seiner Kopfhaut ausschließlich für dieses eine Thema, doch der Medizinmann ist einfach nicht zu stoppen, zieht nun einen Hochglanzprospekt der Altenresidenz Rosengarten hervor und reicht sie über den Schreibtisch. «Herr Herrenberger, es ist ja nur meine fachärztliche Empfehlung, nichts weiter: Schauen Sie sich doch bitte einfach einmal eines der hervorragenden Pflegeheime an, die es hier ...»

«Pfleschehaam? Ist des e Pfleschehaam?», ruft Erwin augenblicklich, glotzt auf den Prospekt und blickt sich dann hektisch zuckend um. Er schafft es, mich zu fixieren, sein Blick ist flehentlich und gleichzeitig voller Zorn. «Hat de Doktä Pflescheehaam gsagt? Lutscher! Soll isch in e Pfleschehaam?» Seine geballte Faust kracht auf den Schreibtisch, einige Papiere fliegen umher. Ich blicke den Arzt freundlich lächelnd an und hebe entschuldigend die Schultern, vermutlich sehe ich dabei aus wie ein Idiot. «Komm, Opa, wir gehen jetzt. Niemand hat Pflegeheim gesagt, okay? Niemand!»

«Habbe Sie des gsagt? Pfleschehaam! Ware Sie dess?» Der alte Mann hat sich mittlerweile erhoben und steht o-beinig und mit erhobener Faust vor dem Schreibtisch. «Ihne werd isch helfe! Sie Kurpfuschä! Sie aagebildetä Lackaffe! Niemand treibt misch in en Pfleschehaam. Dess Kapitel is abgehaakt!» Der mittlerweile kreidebleiche Arzt ist aufgesprungen, drückt einen Knopf auf der Tastatur des Telefons und ruft: «Frau Hübsch. Würden Sie bitte die Polizei rufen, Frau Hübsch!» Die Faust kracht erneut herunter. Das hellgraue Hartplastikgehäuse des Telefonapparats rutscht vom Tisch. «Des würd eusch so passe!», kreischt er. «Isch! Humpele in ’er nach Pisse stinkende Polonaise zum fünfundneunzischste Geburtstach von irgendsom alte Penner durschs Pfleschehaam, während allen die durschgeweischten, vollgesaugten Erwachsenenwindeln langsam an de Stützstrümpfe runnerrutsche und de Leischenbestattä sei Flugblättscher verteilt, des würd eusch so passe!»

Immerhin noch bevor die Polizei eintrifft, kann ich den fluchenden und nun wieder auf seinen Rollator gestützten Greis aus dem Zimmer ziehen und im Schneckentempo an Frau Hübsch vorbei zum Ausgang treiben.

«Steckst du mit diesm Hilfsmetzgä unner aaner Decke? Lutscher!?»

«Natürlich nicht, Opa. Jetzt beruhig dich mal. Du bekommst doch nur wieder einen Herzanfall, wenn du dich so furchtbar aufregst!»

«Des käm euch doch grade recht, so e Herzanfall. Hm? Könnts wohl kaum erwarte, bis isch unner de Erde bin!»

Passanten bleiben stehen und stieren uns an.

«Opa! Sei bitte ein bisschen leiser!»

Ich schiebe ihn Richtung Bushaltestelle.

Dort lässt er sich stöhnend auf der Bank nieder. Nach einer Weile greift er nach meiner Hand und blickt mich an.

«Niemand bringt dich in ein Pflegeheim», fühle ich mich genötigt zu sagen. Ein paar Sekunden vergehen.

«Versprichst du mir des, Lutscher?»

Ich nicke unsicher. Wann kommt endlich der Bus?

«Dann sag’s! Los! Versprich ’s mir!»

«Ja, Opa! Okay! Ich verspreche es dir!»

Er zündet sich eine vorsorglich vorgebaute Zigarette an, dann beugt er sich zu mir und ruft: «Hier, Lutscher! Warum habe die Äthiopiäh so dicke Bäuch und so dünne Ärmsche? Fresse viel und schaffe nix!» Er lacht und hustet: «Der is gut, odä?»

Nachdem sich Großvater in dem fast menschenleeren Bus den Behindertenplatz erkämpft hat, wird mir klar, dass nun die Stunde der Wahrheit gekommen ist. Ich krame meine kleine Liste aus der Hosentasche hervor, aber es hilft nichts. Der nächste Punkt lautet vollkommen eindeutig:

Evnvgvlvivsvcvhvavrvbvevivt bvevsvovrvgvevn.

Zu Hause muss ich zunächst enttäuscht feststellen, dass noch immer keine Urzeitkrebse geschlüpft sind und vergnügt im Gurkenglas herumtollen, dann besteige ich aschfahl und mit zittrigen Knien mein Mofa und mache mich auf den Weg. Ich könnte jetzt auch einfach in die Spielothek auf der Fußgängerzone fahren, wo Strucki und Niko gerade stöhnend vor dem brandneuen Atari-Automaten «Indiana Jones and the Temple of Doom» stehen und zwecks Vernichtung digitaler Schlangen mittels digitaler Peitschenhiebe auf den roten Druckknopf einhämmern und dem ausgerechnet von Oktan Yüldiz aufgestellten Highscore hinterherjagen, doch ich gebe dieser Verlockung nicht nach. Es gilt, ein höheres Ziel zu erreichen.

Um nach Neu-Ansbach zu gelangen, muss man den Taunus überqueren. Von Bad Homburg führt eine breite Straße nach oben, zur Saalburg, einem ehemaligen Kastell des von den Römern errichteten Limes, der als Schutzwall gegen die von Nordosten anstürmenden Heiden diente. Von der Saalburg aus führt eine etwas schmalere Straße wieder nach unten, in besagtes Heidengebiet, nach Neu-Ansbach. Menschen, die in Neu-Ansbach leben, sind – abgesehen vielleicht von Bewohnern der Sahelzone – die ärmsten Schweine der Welt. Verhöhnte Eigenbrötler, im Winter bei Schneefall oft tagelang von der Außenwelt abgeschnitten, die, angelockt und verblendet von günstigen Grundstückspreisen wie einst die Indianer beim Anblick der Glasperlen, auf ein normales Leben verzichten.

Auf der Fahrt hoch zur Saalburg versagt die Power eci fast ihren Dienst, was zum einen der geringen Leistung von nur einer einzigen Pferdestärke, zum anderen aber auch der Tatsache geschuldet ist, dass sich die riesige Wetterschutzverkleidung äußerst ungünstig auf die Aerodynamik der Gilera auswirkt und eher die Wirkung eines Bremsschirms hat. Kurz vorm Umkippen gelange ich an den Scheitelpunkt, um dann mit stetig steigendem Tempo bergabzurollen; vor Neu-Ansbach steht die Tachonadel bei siebenunddreißig Stundenkilometern. Geschwindigkeitsrekord!

Mein Adrenalinspiegel steigt weiter an, als ich mit meinem durch die sinnlose, da leistungsmindernde Aufbohrung des Schalldämpfers, brüllend lauten Mofa durch eine erst teilweise fertiggestellte Neubausiedlung Richtung Ortskern knattere. Ebendieser besteht aus einem kleinen Supermarkt, einer Pizzeria und einer Fußpflegepraxis, in deren Schaufenster ein Schild

Sonderaktion!
Hornhauthobel!
30 Prozent Rabatt für Rentner!

verkündet.

Hinter dem Supermarkt fahre ich – genau den Anweisungen von Philipp Straub folgend – zweimal links, einmal rechts, einmal links und befinde mich wie geplant im Hunoldstaler Weg. Links und rechts stehen angegraute Ein- und Mehrfamilienhäuser, in manchen Fenstern ist bereits Licht zu sehen. Zwischen den Gebäuden sehe ich wieder Felder und Wiesen und vereinzelte knorrige Apfelbäume in der Abenddämmerung. In einem Fenster wird eine Gardine zur Seite gezogen, ein misstrauischer Blick folgt mir, ansonsten ist kein Mensch zu sehen.

Das vorletzte Haus ist die Nummer 18.

Mein Herz klopft mir bis zum Hals.

Ich fahre langsam (schnell ginge ja auch nicht) daran vorbei und erkenne vier Klingelschilder. Zweihundert Meter weiter mündet die Straße in einen Feldweg. Ich stelle die Power ec1 hinter einen baufälligen Schuppen, dann laufe ich zurück.

«Baker» steht auf dem untersten Klingelschild. In der Souterrainwohnung herrscht Dunkelheit, wie geplant. Dr. Baker ist bei der Lehrerkonferenz.

Ich schleiche auf die Rückseite des Hauses und krieche unter einen Balkon direkt neben das ebenerdige Wohnzimmerfenster von Dr. Baker. Dann ziehe ich mein Detektiv-Periskop aus der Jacke und fahre es auf die stolze Länge von 70 Zentimetern aus. Etwas umständlich spähe ich mit meinem genialen Yps-Gimmick um die Ecke in die Wohnung. Sie ist leer. Wie geplant. Adrenalin durchflutet meinen Körper, und mir steht der Angstschweiß auf der Stirn, aber jetzt gibt es kein Zurück mehr. Ich überprüfe, an welcher Seite sich der Fenstergriff befindet, setze mich direkt davor und ziehe das linke Bein zum Körper. Ein gezielter Tritt mit dem hohen Absatz meines Spezialschuhs gegen den Fensterrahmen lässt die Schließzapfen mit einem viel zu lauten Krachen aus den Beschlägen springen, und das Fenster schwingt nach innen auf. Während des nun folgenden Panikanfalls humpele ich wie ein kopfloses Huhn über den Hinterhof, dann krieche ich wieder unter den Balkon und lausche. Nach einer guten Minute bin ich mir sicher, dass mich niemand gehört hat, und klettere hinein, in die Wohnung des Mörders. Ich habe Glück. Der Fensterrahmen ist nicht zerstört. Lediglich einige Metallbeschläge haben sich ein wenig gelockert, ich drücke sie zurück in ihre Verankerung und schließe das Fenster wieder.

Das kleine Wohnzimmer ist penibel sauber und aufgeräumt. Genau so hatte ich es erwartet. Die schlimmsten Ungeheuer sollen im Alltag ja oftmals erschreckend normal wirken. Neben dem dunkelbraunen Ledersofa steht ein Diaprojektor, in der Ecke ein kleiner Fernseher, und auf einem kleinen runden Tischchen stehen eine Flasche Whiskey und ein bauchiges, schweres Glas. Auf dem Sofa liegen eine akkurat zusammengefaltete Wolldecke und drei sorgfältig angeordnete Kissen mit Hirschmotiven. Mehrere gerahmte Gemälde an den Wänden zeigen Jagdszenen.

Reiter, Pferde, erlegtes Wild. Natürlich!

Alles passt zusammen.

Ich habe Angst.

Ich schleiche in den Flur, öffne die erste Tür und erblicke einen Kleiderschrank und ein akkurat gemachtes Bett.

Igitt! Hier schläft Dr. Baker.

Auf dem Nachttisch liegt eine Tube Brandcreme, mit der er wohl seine ekelhaften Narben einschmiert. Wie großflächig wohl seine Verbrennungen sind?

Im nächsten und letzten Zimmer wähne ich mich am Ziel. Es ist das Arbeitszimmer und beherbergt nicht viel mehr als ein Holzregal mit Aktenordnern und einen schlichten Schreibtisch, auf dem ein Ablagekasten mit Schubläden aus dunkelgrünem Plastik steht. Mit zittrigen Händen schalte ich die Tischlampe an. Kugelschreiber, Filzstifte, Pfeifenreiniger und mehrere Notizblöcke sind fein säuberlich und stets auf rechte Winkel bedacht nebeneinander angeordnet.

Ich wende mich dem Ablagekasten zu. Die Schubladen sind von Hand beschriftet.

«Daily business» steht auf der obersten Schublade. Darunter folgt das Fach für «Written tests». Und dann, auf der dritten Schublade, stehen die erlösenden Worte: «Upcoming tests».

Mein Herz macht einen Sprung, und tatsächlich halte ich wenige Sekunden später die anstehende Klassenarbeit in den Händen. Es besteht kein Zweifel. Es geht um die Interpretation eines Gedichtes von Shakespeare. «A Fairy Song». Unter dem nicht gerade kurzen Werk stehen die Fragen. Zunächst soll Aufbau und Metrik analysiert, dann das Gedicht interpretiert und schließlich in Bezug zur damaligen Zeit gesetzt werden.

Mir wird schlagartig bewusst, dass ich das Original natürlich nicht einfach mitnehmen kann, und so setze ich mich, krame einen Notizblock hervor und beginne, das ellenlange Gedicht abzuschreiben. Immer wieder rutscht der Kugelschreiber durch meine schweißnassen Finger, und mit jedem Wort steigt meine

Panik. Das dauert alles viel zu lange! Endlich habe ich den letzten Vers notiert und kritzele gerade die Aufgabenstellung darunter, da höre ich ein Geräusch im Treppenhaus. Eine Tür fällt ins Schloss. Mein Herz rast.

Ich stecke den Notizzettel in meine Hosentasche, lege die Klassenarbeit wieder zurück in die Schublade, lösche das Licht und renne zurück ins Wohnzimmer. Gerade will ich das Fenster öffnen, da höre ich einen Schlüssel im Schloss der Wohnungstür. Dann betritt jemand die Wohnung. Fuck! Das war's! Aus. Vorbei. Festnahme wegen Einbruchdiebstahls. Verurteilung. Verstoßung durch die Eltern («Du bist nicht mehr unser Sohn!»), Jugendknast. Sozialer Abstieg. Alkoholiker. Obdachlos.

Zwischen der Armlehne des Sofas und der Wand entdecke ich einen von der Wohnzimmertüre nicht einsehbaren Zwischenraum und quetsche mich hinein. Mit dem Rücken an der Wand und angezogenen Beinen warte ich auf das Ende. Ich höre die Toilettenspülung, dann betritt jemand das Zimmer, öffnet die Whiskeyflasche und gießt sich großzügig ein. Mit einem Seufzen lässt sich die Person auf dem Sofa nieder, und wenige Sekunden später wird die rötliche und – wie jeder weiß – aus den Haaren seiner ermordeten Tochter gewobene Perücke etwa zwölf Zentimeter von meinem Kopf entfernt auf die Armlehne gelegt.

Dann passiert eine gefühlte Ewigkeit gar nichts. Minutenlang herrscht absolute Stille.

Ich frage mich bereits, ob Dr. Baker möglicherweise eingeschlafen ist, als ich ein Surren vernehme und auf der gegenüberliegenden Wand ein grell erleuchtetes Rechteck erscheint. Dr. Baker hat den Diaprojektor angeschaltet.

O mein Gott. Wahrscheinlich wird er sich jetzt irgendwelche vollkommen perversen Massenmörderdias anschauen. Aber zunächst erscheint nur das Bild eines kleinen Mädchens, vielleicht vier oder fünf Jahre alt. Sie spielt dick eingepackt an einem menschenleeren Kiesstrand. Auf dem nächsten Foto ist wieder das Mädchen zu sehen, etwas unscharf und diesmal näher am Wasser. Dann erscheint eine Frau, ebenfalls in eine dicke Jacke gehüllt. Sie hat das Kind auf dem Arm und lacht in die Kamera. Auch das Mädchen lacht. Im Hintergrund sind weiße Felswände zu sehen, die schroff ins dunkelblaue Meer abfallen. Ein Dia folgt dem nächsten. Das Kind sitzt fröhlich zwischen großen Kieselsteinen, die Frau reckt die Arme gen Himmel oder lächelt unscharf ins Objektiv, dazwischen immer wieder weiße Felsen und beeindruckender Wellengang. Mittlerweile sind meine Beine eingeschlafen, und mein Hintern schmerzt. Ich halte das nicht mehr aus.

Ich werde mich jetzt stellen.

Aber wie?

«Guten Abend, Dr. Baker!» oder besser:

«Good evening, Dr. Baker. I have just stolen the upcoming English test, because therefore I will get my first blowjob!»

Just in diesem Moment wird das Gerät ausgeschaltet, und ich höre den alten Mann schlucken. Er seufzt und zieht mehrmals die Nase hoch.

Scheiße.

Ich glaube, Dr. Baker weint.

Wenn er mich jetzt entdeckt, wird alles noch viel schlimmer. Dann wird es gar nicht zu einer Festnahme wegen Einbruchdiebstahls kommen, sondern man wird mich erst in ein paar Jahren finden. Verscharrt, zusammen mit der Power ec1.

Er erhebt sich, stellt das Glas ab und verlässt den Raum.

Kurz darauf höre ich ihn unter der Dusche und schlüpfe fast lautlos durchs Fenster nach draußen.

Während sich das Mofa zurück den Berg hochquält, schreie ich vor Glück und Erleichterung, bis ich heiser bin und mir die Kehle schmerzt.

Ich sitze an meinem Schreibtisch, vor mir ein weißes Blatt Papier, in der Hand meinen Kugelschreiber mit verschiedenfarbigen Minen.

Jetzt, wo meine Tat vollbracht ist, habe ich das dringende Bedürfnis, ein paar Zeilen zu schreiben. Ein paar Zeilen, einen kleinen Brief an Anna, der meinen Gefühlen für sie Ausdruck verleiht und in dem ich ihr mitteilen kann, dass es mir im Grunde um viel mehr geht als nur die schnelle Befriedigung körperlichen Verlangens, dass ich vielmehr sogar gerne hierauf verzichten würde, wenn wir uns dafür richtig kennenlernen und ganz langsam ineinander verlieben könnten. Ich wähle die grüne Mine aus und beginne mit einem Textzitat von Meat Loaf, aus seinem Hit «Bat Out of Hell».

Hallo Anna!
Oh baby, you're the only thing in this whole world
That's pure and good and right
And wherever you are and wherever you go
There's always gonna be some light

Dann blicke ich minutenlang am Gurkenglas vorbei durch das Fenster nach draußen in die Dunkelheit und überlege, was ich noch schreiben könnte. Mir fällt nichts ein. Absolut nichts. Daher schreibe ich:

Du bist wunderschön.
Viele Grüße
Marc

Djatlow

Alexander Akimov hat schweißnasse Hände, während er hektisch verschiedene Kontrollanzeigen überprüft. Mehrere Warnleuchten blinken gleichzeitig auf, ein penetranter Alarmton warnt vor akutem Wassermangel im System. Im Kontrollraum ist die Anspannung mit Händen zu greifen, allen Ingenieuren der Nachtschicht steht die nervliche Belastung ins Gesicht geschrieben. Auch Anatoli Djatlow ist anwesend, läuft aufgeregt zwischen verschiedenen Konsolen hin und her, erteilt Anweisungen und brüllt, dass alle inkompetente Idioten seien. In der vorangegangenen Stunde hatten Akimov selbst und auch andere technische Mitarbeiter ihren Vorgesetzten mehrfach darauf hingewiesen, dass die Durchführung des Tests bei weniger als siebenhundert Kilowatt unzulässig sei, doch Djatlow, Sohn eines Fischers und nach einem langen, steinigen Aufstieg durch die Hierarchien des Systems kurz vor seinem entscheidenden Karriereschritt, ignorierte die Warnungen erneut und bestand auf einem weiteren Herunterfahren der Anlage. Aus Gründen, die Akimov nicht nachvollziehen konnte, hatte sich die Leistung dann binnen Sekunden auf für den Betrieb absolut unzulässige dreißig Megawatt verringert. Zu wenig, um den Test durchführen zu können. Der vor Wut schäumende Djatlow hatte augenblicklich das Ausheben aller Steuerstäbe befohlen, wodurch die Leistung wieder auf zweihundert Megawatt angehoben wurde, und dann den Beginn des Notstromtests angeordnet. Schweren Herzens hat Alexander Akimov jetzt die gigantischen Turbinen von der Dampfzufuhr abgeschnitten und in den Zustand sich ständig verlangsamender Eigenrotation versetzt. Fast augenblicklich und entgegen allen Erwartungen erhöht sich die Leistung des Reaktors schlagartig. Ungläubig blickt Akimov auf die entsprechende Anzeige. Das Wasser, schießt es ihm durch den Kopf. Wir haben viel zu wenig Wasser im System! Er fast einen Entschluss. Er muss die Reißleine ziehen, den Reaktor abschalten. Djatlows Protesten zum Trotz stürzt er zur Mitte des Schaltpults und betätigt den schwarzen Knopf des Havarieschutzes, startet somit die Notabschaltung. Tatsächlich herrscht für einen Augenblick Ruhe, gebannt starren die Männer auf die Leistungsanzeige. Dann verändert sich der Wert. Er verdoppelt sich sekündlich.

SAMSTAG

Voltigieren

«Ich war das nicht!», erklärt Sophie quengelig, aber im Brustton der Überzeugung. Mein Unterkiefer klappt nach unten. Ich kann es nicht fassen und stoße ihr den Ellbogen in die Seite.

«Was soll das!», zische ich ihr durch zusammengepresste Schneidezähne zu und blicke dann wieder meinen Vater an. Dieser wischt sich mit der Hand über die schweißnasse Stirn und durch sein wirr vom Kopf abstehendes Haar. Ob er gerade vom Joggen kommt? Dagegen spricht allerdings sein abgewetzter Bademantel und die Schlafanzughose.

«Ich frage euch jetzt noch einmal», ächzt er genervt. «Wer hat das Wort Möse und daneben einen Penis in unser nigelnagelneues Telefon geritzt?»

Sophie fängt an zu heulen. War ja eigentlich klar, dass sie einem in Gestapomanier durchgeführten Verhör nicht standhalten wird.

«Ich höre?», drängelt mein Vater und blickt uns müde an. «Isch war des!»

Alle drehen sich herum und blicken auf Opa Erwin, der urplötzlich neben der Kellertür steht.

«Isch hab des gemacht!», wiederholt er jetzt. «Sieht doch supper aus, oder?» Er blickt mich an, und seine Mundwinkel zucken kurz nach oben.

Mein Vater ist sprachlos, er stammelt vor sich hin und verschwindet kopfschüttelnd nach oben. Die Nacht der Nächte ist offenbar gerettet.

Ein Blick auf die Casio verrät mir, dass ich dringend losmuss. Mit meinem Katzenstrumpf im Rucksack fahre ich mit der ec1 zum schlimmsten Termin der Woche, denn samstags um zehn Uhr habe ich Voltigieren. Da ich mit meinem entwicklungsverzögerten Arm und dem verkürzten Bein keinen angesagten Sport wie Fußball, Handball, Tennis oder Rugby betreiben kann, ohne dabei in den Selbstmord gemobbt zu werden, haben meine Eltern zusammen mit meinem Orthopäden Dr. Zitz entschieden, dass Voltigieren die optimale Körperertüchtigung wäre. Beim Voltieren sitzt bzw. kniet oder steht man auf einem im Kreis trabenden Pferd und vollführt gymnastische und akrobatische Übungen. Eine Freizeitbeschäftigung wie geschaffen für neunjährige, pferdeverliebte Mädchen.

Immer wieder hatte ich versucht, Alternativsportarten anzubieten, war jedoch sowohl mit Fallschirmspringen als auch mit Motocross und schlussendlich sogar mit Dart gescheitert, vor allem, weil Dr. Zitz behauptet hatte, die Bewegungsabläufe beim Voltigieren wären ideal, um meine «körperliche Behinderung ein wenig in den Griff zu bekommen», vor allem, wenn ich dabei meinen Katzenstrumpf tragen würde, denn «wir wollen doch das Wachstum anregen!».

Das Schlimmste beim samstäglichen Voltigieren ist aber nicht der ekelhaft verschwitzte Katzenstrumpf und auch nicht meine unglaublich verbissene Voltigiertrainerin Frau Schmidt, die vermutlich ahnt, dass ich Pferde hasse wie die Pest und zudem Angst vor ihnen habe. Das Schlimmste ist, dass Philipp Straub es herausgefunden hat und nun gemeinsam mit Oktan Yüldiz und anderen Folterknechten regelmäßig neben dem Außenlongierplatz des Reiterhofes erscheint, um mich zu verhöhnen.

Ich knie gerade zitternd auf dem schwankenden Rücken des riesigen Gauls und klammere mich an den vorderen Haltegriffen des Spezialsattels fest, als ich die knatternden Mopeds höre. Kurz darauf folgen die üblichen «Lutscher! Lutscher! Lutscher»-Anfeuerungsrufe, die von rhythmischem Klatschen begleitet werden.

Die wie immer erbarmungslose Frau Schmidt hält die Longe in der einen und eine Peitsche in der anderen Hand und brüllt: «Fahne!»

Ich strecke den rechten Arm nach vorne und das linke, katzenstrumpfüberzogene Bein nach hinten, was nicht gerade zur Stabilisierung meiner Position führt, vor allem, weil der Spezialschuh doch recht schwer ist. Philipp Straub ruft: «Miau!», und nach ein paar Runden befiehlt Frau Schmidt: «Jetzt Prinzensitz! Aber anmutig, bitte! Stell dir vor, du bist ein Schwan!»

«Prinzensitz!», grölen meine Zuschauer und biegen sich vor Lachen. Für Zangenman wäre dies alles ein Kinderspiel. Die Zange könnte nur auf die linke Hand gestützt einen einarmigen Handstand auf dem Pferderücken absolvieren und dabei lächelnd «When the Saints Go Marching in» trällern, mich hingegen bringt Voltigieren an alle psychischen und körperlichen Grenzen.

Beim abschließenden Versuch des freien Standes auf dem Pferd falle ich wie immer herunter, lande rücklings im Sand und ernte viel Applaus dafür.

«Das wird nie was mit dir!», sagt Frau Schmidt wenig aufmunternd.

«Ich weiß!», antworte ich, klopfe mir den Staub aus den Klamotten und laufe zu meiner Power ec1. Dort erwartet mich komischerweise Philipp Straub.

«Hey Lutscher!», ruft er. «Hast du den Englischtest besorgt?»

«Klaro! Logisch! War ganz easy», antworte ich.

Straub macht ganz große Augen und wirkt ernsthaft erstaunt. «Im Ernst jetzt?», fragt er.

«Ja klaro!», erkläre ich erneut. «Ihr könnt das Teil am Sonntag abholen, wie vereinbart. Also Anna. Anna kann ihn abholen, wie vereinbart.»

Philipp Straub zuckt mit dem Kopf, um seine blonde Ponysträhne neben sein Auge zu befördern. Dann blickt er mich mit schmalen Augen und einem seltsamen Blick an und deutet mit dem Zeigefinger auf mich. Plötzlich lacht er auf, schüttelt den Kopf und sagt: «Lutscher, du bist noch viel verrückter, als ich gedacht habe!»

Seit rund zwanzig Minuten sitze ich auf meiner Power EC1 und beobachte durch das geschlossene Visier meines Integralhelms die Apotheke. Jetzt ist der Moment gekommen, auf den ich gewartet habe: Ein älterer Herr verlässt das Geschäft, und endlich ist der Verkaufsraum menschenleer. Ich möchte morgen einfach nicht unvorbereitet sein und ganz auf Nummer sicher gehen.

Ich stürme mit pochendem Herz an den Verkaufsschalter und zische: «Kondome, bitte. Und Scheidenzäpfchen.»

Die Apothekerin – eine elegante Erscheinung mit bereits ergrauten, aber wohlfrisierten Haaren – blickt mich irritiert an und fragt: «Wie bitte? Ich kann Sie kaum verstehen.»

Ich klappe das Visier des Helms nach oben und will gerade eilig meine Einkaufswünsche wiederholen, als die mir vollkommen unbekannte Frau fragt:

«Marc? Bist du das?»

Ich erstarre. Sie lächelt versonnen.

«Mensch! Bist du groß geworden. Ich weiß noch, wie du mit deiner Mutti hier gestanden bist und kaum über den Tresen schauen konntest. Mir kommt es vor, als wär es gestern gewesen. Magst du immer noch die Sahnebonbons so gerne? Warte mal …»

Sie kramt in einer Schublade unter der Kasse herum und hält mir kurz darauf eine kleine Schüssel mit Süßigkeiten vor den Helm.

«Wie geht's denn deinen Eltern so?»

Hinter mir bimmelt die Türglocke. Ich drehe mich panisch um und erblicke die arme Frau Lummenbrink, die mit depressivem Blick und in Begleitung der komplett in Schwarz gekleideten Gerlinde hinter mich tritt und dabei matt «Oh, hallo Marc» flüstert. Gerlinde glotzt mich ungeniert an.

«Warum hast'n du den Helm auf?», fragt sie neugierig und aufgrund ihrer Zahnspange ein wenig wässrig.

«Ich ... hab ... Kopfschmerzen», antworte ich. «Schlimme Kopfschmerzen. Bin auf den Kopf gefallen, beim Sport. Möglicherweise eine Schädelverletzung, und ...»

«Was kann ich denn jetzt für dich tun, Marc?», unterbricht mich die Apothekerin, auch weil gerade die Türglocke schrill bimmelt und weitere Kunden eintreten.

«Eine Zahnspangenbürste, bitte!», rufe ich. «Ich brauche eine neue Zahnspangenbürste, meine alte ist ... kaputtgegangen.» Sofort schießen mir wieder die Bilder durch den Kopf. Diese unsäglichen, widerlichen Bilder, auf denen der leicht angewinkelte Borstenkopf mit dem spitz zulaufenden Borstenbündel meiner Spezialbürste nicht mehr sichtbar ist. Irgendwann werde ich dieses Arschloch erwischen. Irgendwann, und wenn es Jahre dauert, läuft er mir über den Weg, der Junge mit dem syltförmigen Muttermal auf dem Hintern.

In der nächsten Apotheke habe ich mehr Glück. Kein Mensch ist im Laden, der Apotheker kennt mich nicht und blickt mich nicht einmal an, als er mir gelangweilt einen 3er-Pack Fromms feucht gefühlsecht und eine Packung Scheidenzäpfchen auf den Tresen legt. Nachdem ich zu Hause alles in meinem Zimmer deponiert habe, mache ich mich endlich auf den Weg zu Ingo.

Unser Plan ist perfekt. Wasserdicht, bis ins letzte Detail.

Die offizielle Version: Struckis Eltern sind über Nacht bei Bekannten in Heidelberg. Damit Strucki nicht so alleine ist, übernachten Niko und ich bei ihm und machen einen duften Videoabend. Gegen Mitternacht werden wir schlafen gehen und natürlich trinken wir keinen Alkohol. Versprochen! Sogar die Videokassetten – «Das Phantom-Kommando» mit Arnold Schwarzenegger und «Rambo II – Der Auftrag» mit Sylvester Stallone hat Strucki besorgt, um im Vorfeld nicht den leisesten elterlichen Zweifel an unserem Vorhaben aufkommen zu lassen.

Die inoffizielle Version: Wir gehen bis zum Morgengrauen in Frankfurts angesagteste und weltbekannte Diskothek Dorian Gray und feiern bis zum Abwinken. Dann schlafen wir ein paar Stunden, und morgen um halb zwölf kommt Anna zu mir und bläst mir einen, weil ich die Englischarbeit besorgt habe. Genau wie es Philipp Straub versprochen und Anna beim Meerschweinchenkauf bestätigt hat.

Als ich mein Mofa vor der Doppelgarage der Struckmanns neben die schwarze Ciao von Strucki abstelle, warten Niko und Strucki bereits vor der großen Haustüre. Strucki trägt seine weiße Jeans, ein weißes Hemd und einen türkisfarbenen Blazer mit Schulterpolstern. Um seinen Hals hat er sich eine dünne schwarze Lederkrawatte gebunden. Auch Niko hat sich in Schale geschmissen. Er trägt einen dunkelblauen und sehr engen, vielleicht sogar zu engen Anzug. Lediglich sein unvermeidlicher Militärparka passt nicht ganz ins Bild, und auch der riesige dunkelgrüne Armeerucksack, der vollgepackt vor ihm auf dem Boden steht, wirkt etwas befremdlich.

«Wie siehst du denn aus?», begrüßt mich Ingo.

Ich blicke an mir herunter und zucke mit den Schultern.

«Wie immer halt ...», antworte ich, doch Ingo hat sich schon in ein wütendes Gemurmel gesteigert, mehrfach höre ich «pissig» und «ungeil».

Niko greift in den Rucksack, holt drei Dosen Karlskrone heraus und reicht sie herum. «Hab mal sechzig Dosen beim Aldi geholt. Sind vielleicht nicht richtig kalt, aber egal, oder?»

Mannhaft und ohne sichtbare Regung der Gesichtsmuskulatur trinken wir das lauwarme Bier.

«Wie kommen wir jetzt eigentlich nach Frankfurt?», fragt Ingo zwischen zwei Schlucken und offenbart damit erste Schwächen der genialen Abendplanung.

«Na, mit den Mofas?», schlage ich vor.

«Du willst mit den Mofas bis zum Frankfurter Flughafen fahren? Das sind dreißig Kilometer. Da brauchen wir ja ewig. Außerdem hat Niko nicht mal ein Mofa!»

«Ich könnte Niko hintendrauf nehmen!»

«Was meinst du, wie schnell deine pissige Gilera noch fährt, wenn Niko mit seinem zwanzig Kilo schweren Rucksack hintendrauf sitzt! Vielleicht noch zwölf Stundenkilometer? Mann, Lutscher!»

«Dann fahren wir halt S-Bahn oder Straßenbahn, keine Ahnung!»

«S-Bahn? Voll pissig!»

«Wir trampen!», ruft Niko und beendet damit das Streitgespräch.

«Trampen?», fragen wir.

«Trampen!», sagt Niko. «Einfach durch den Wald laufen bis zur Landstraße und den Daumen raus! Ist doch hammergeil!»

Der Waldboden ist bedeckt von blühendem Bärlauch, an den Laubbäumen wachsen ganz frische und kleine hellgrüne Blättern, die Sonne steht tief und scheint diffus zwischen den Stämmen hindurch. Es riecht nach Erde und Frühling. Niko hält die Kamera beim Laufen dicht über den Boden, das Objektiv berührt die kleinen weißen Blüten, und dann reißt er sie in die Höhe, filmt von unten in die Baumkronen. «Hammerhammergeil!», flüstert er dabei. Ich krame eine neue Bierdose aus seinem Rucksack und frage mich, warum wir nicht einfach hierbleiben. Wir könnten uns auf den Waldboden hocken und Bier trinken und später bei Ingo auf dem Sofa hocken, noch mehr Bier trinken, Tiefkühlpizza essen und «Das Phantom-Kommando» schauen, anstatt nach Frankfurt in einen Technoclub zu fahren, beschissene Technomusik zu hören und zwischen beschissenen Technomongos herumzustehen. Ganz im Ernst. Es gibt Dinge, die sind einfach scheiße, darüber kann man auch gar nicht diskutieren, weil es sich ja um Fakten handelt. Französische Spielfilme beispielsweise. Sind. Scheiße. Oder Landminen. Sind. Scheiße. Und das Gleiche gilt eben auch für Technomusik und alle stilistischen Vorläufer und für alle, die Technomusik machen, verbreiten oder hören. Sind. Alle. Scheiße. Das hätte ich mir natürlich auch ein bisschen früher überlegen können, daher behalte ich meine Gedanken für mich und verkneife mir das Einbringen eines Änderungsvorschlags für die Abendgestaltung. Ingo und Niko laufen zielstrebig geradeaus, haben sicherlich schon vierzig Meter Vorsprung, daher beeile ich mich und humpele mit leichten Schmerzen im linken Bein hinter ihnen her.

Endlich. Wir stehen an der Landstraße, und ich blicke auf die weit entfernten und von der untergehenden Sonne beleuchteten Wolkenkratzer der Frankfurter Skyline. Niko steht am Straßenrand, streckt seinen Daumen in die Höhe, und Ingo macht sinnloserweise ein paar ruckartige Breakdancebewegungen.

Ich stehe relativ unmotiviert daneben, zerknülle eine leergetrunkene, papyrusdünne Karlskrone-Dose und schmeiße sie rebellisch ins Gras.

Ein Auto nach dem anderen rast an uns vorbei. Langsam entfaltet sich die ungewohnte und beschwingende Wirkung der ersten Biere in meinem Körper.

«Habt ihr gewusst, dass der Bandname KISS eine Abkürzung für Knights in Service of Satan ist?»

Keiner meiner Freunde zeigt irgendeine Reaktion.

«Ist doch totgeil, oder? Und AC/DC bedeutet After Christ Devil Comes!»

Ein Tanklastwagen mit der Aufschrift Texaco rauscht an uns vorbei.

«Langsam könnte mal jemand anhalten», befindet Niko und reckt den Daumen noch etwas weiter nach vorne.

«Manche Leute behaupten aber auch, es würde Anti Christ! Die Christ! bedeuten. Also Antichrist! Stirb Christ! Wahnsinn, oder?»

Ingo tastet sich an einer imaginären Wand entlang.

«Und W.A.S.P. ist eine Abkürzung für We are sexual perverts! Auch nicht schlecht, gell?»

«Na endlich!», ruft Niko, und Ingo zieht sich seine Kopfhörer von den Ohren.

Ein heruntergekommener, riesiger amerikanischer Chevrolet Impala mit ausländischem Kennzeichen hat angehalten, und wir steigen ein. Am Steuer sitzt ein vollkommen aufgedrehter Mann um die vierzig. Mit weit aufgerissenen Augen und unüberhörbarem österreichischem Akzent brüllt er: «Na, ihr Buam? Wo soll's denn hingehen?»

Dann lacht er irre, wartet eine Antwort gar nicht erst ab, gibt vielmehr sofort wieder Gas und trinkt gierig aus einer Plastikflasche, in der sich eine bräunliche Flüssigkeit befindet.

«Ach, des is köstlich, einfach köstlich! Wollts ihr ema probieren, ihr Buam! Hob i selbst erfundn! Ich! Is meine Erfindung!»

Er hält die Flasche hinüber zu Niko, der auf dem Beifahrersitz Platz genommen hat und schnell den Kopf schüttelt.

«Was?», brüllt der Österreicher. «Bist du narrisch! Getrunken wird jetzt!»

Er reicht die Flasche nach hinten, und da Ingo keinerlei Reaktion zeigt, muss ich sie ergreifen. Der Mann beobachtet mich im Rückspiegel und reißt plötzlich das Lenkrad herum, um im letzten Moment und mit quietschenden Reifen die Auffahrt auf die Autobahn zu nehmen.

«Jetzt scheißts euch net gleich in die Hosen, ihr Buam! Is jo net emo Alkohol drin! Nur Taurin!», ruft er, nachdem sich das schlingernde Auto auf die rechte Spur eingefädelt hat.

Ich führe die Flasche an meine Lippen und nehme einen Schluck. Die Geschmacksknospen meiner Zunge scheinen zu explodieren, als sich die unfassbar süße Flüssigkeit, eine zuckergesättigte Lösung, in der anscheinend noch mehrere Tüten Gummibärchen aufgelöst wurden, in meiner Mundhöhle ausbreitet.

Es schmeckt grauenvoll.

Fast so schlimm wie das Schildkrötenwasser.

«Und?», tönt es von vorne. «Is guat, wos?»

«Hm», sage ich nickend, presse die Lippen zusammen und schlucke die Brühe endlich herunter. «Ist echt ganz lecker!»

Ich krame schnell eine neue Dose Karlskrone aus dem Rucksack, reiße sie auf und spüle mir den widerlichen Geschmack von der Zunge. «Ja, auf geht's! Dann nimmsts noch ema en Schluck!»

Ich reiche die Flasche an Ingo weiter und lächle aufmunternd.

«Grad wegen dem Taurin, wo i neigemischt hob. Des is tausendmal stärker wie Koffein. Des bringt's, sog i euch! Des gibt pfundig Power! Des wird ausm Hoden vom Bullen gewonnen. Direkt aus n Bulleneiern! Quosi ausgequetschte Bulleneier!»

Ingo reißt die Augen auf und verschluckt sich hustend.

«Des is wos ganz wos Feines! Wie gesogt! Hob i selbst erfunden. Demnächst komm i domit ganz groß raus, des wird e Riesenwirbel mochen, sog i euch! Ihr werds schon sehn!»

Dann lacht er wieder wie ein Wahnsinniger.

«Wir wollen übrigens nach Frankfurt, zum Flughafen ...», sagt Niko jetzt.

«Fucking Bull will ich's nennen! Fucking Bull! Guat, oder?»

Wir schweigen.

«Wos denn los, ihr Buam? Gefällt euch der Name net, oder wos?»

«Na ja», bringt Niko etwas eingeschüchtert hervor. «Ist vielleicht ein bisschen aggressiv, irgendwie.»

«Aggressiv?», brüllt der Mann.

«Das Bull ist vollkommen in Ordnung», beeile ich mich zu sagen, «nur das Fucking ist halt ein bisschen krass!»

Der Mann überlegt.

«Ich würde für das Fucking vielleicht lieber was anderes nehmen», schlage ich vor. «Cool Bull. Oder Black Bull. Oder Fat Bull oder so!»

Der Mann überlegt immer noch. Dann sagt er:

«Ihr hobts doch keine Ahnung, ihr Buam! Gor keine Ahnung! Fat Bull. So ein Schmarrn.»

Auf einmal beginnt der Motor zu stottern.

Er schlägt mit beiden Fäusten auf das Lenkrad und schreit:

«Jo Himmelherrgottsakrament! Des hinterfotzige Drecksauto! Schon wieder leer! Mit Autos hob i einfach kein Glück!»

Ich beuge mich nach vorne und sehe, dass er recht hat. Die Tanknadel befindet sich bereits am Anschlag im roten Bereich, und wenige hundert Meter weiter rollt der Wagen auf dem Standstreifen aus.

«Ja auf, ihr Buam! Schiebts mal e bisserl! Da vorne in drei Kilometern kommt a Parkplatz!»

Eine halbe Stunde später schieben wir das tonnenschwere Gefährt samt Fahrer auf einen unbeleuchteten, völlig verdreckten Autobahnparkplatz.

Als ich durch das Fahrerfenster blicke, schaut mich der Österreicher mit glasigen Augen an, sein Gesicht ist schweißnass, sein Kopf nach hinten gesackt. Er atmet schwer, obwohl er im Gegensatz zu uns doch rein gar nichts geleistet hat.

«Ohhh, so ein vermaledeiter Mist», schnauft er. «Mia geht's grad gor net guat. I bin völlig om Ende. I glaub i hob zu viel getrunken heut, von meim Fucking Bull. Bestimmt scho drei Liter heut, wenn's langt!»

Ich blicke zu Ingo und Niko, die sich erschöpft auf die Bordsteinkante gesetzt haben.

«Und wo kriegn ma jetzt bloss Sprit her!», jammert der Mann und wischt sich den Schweiß von der Stirn.

Ha! Ein seltener Gedankenblitz!

«Haben Sie einen Schlauch und einen Benzinkanister?»

«Ajo! I glaub scho! Schausts emo im Kofferraum!»

Es stehen jede Menge Fahrzeuge herum, die meisten sind leer, in einigen allerdings erkenne ich Menschen im funzeligen Schein der Innenbeleuchtung. Was für Mongos! Als gäbe es an einem Samstagabend nichts Besseres zu tun, als auf einem Parkplatz im Auto zu sitzen.

Ich krieche lautlos neben einen weißen VW Golf, überprüfe, dass niemand im Fahrzeug sitzt und greife nach dem Tankdeckel. Bei einem silbernen Mercedes SL und einem aufgemotzten Toyota Corolla habe ich mein Glück bereits versucht, doch leider umsonst. Beide Tankdeckel waren verschlossen. Doch der Tankdeckel des Golf lässt sich aufdrehen, und ich schiebe den Schlauch hinein. Sekunden später habe ich den Mund voller Benzin, spucke und würge ein wenig – obwohl es besser schmeckt als Schildkrötenwasser und viel besser als Fucking Bull –, dann läuft der Treibstoff gluckernd in den Benzinkanister.

«Fertig!», sage ich, nachdem ich den Tank des Chevrolets ein wenig aufgefüllt und den Kanister wieder im Kofferraum verstaut habe, und der Österreicher schaut mich mit nach wie vor diffusem Blick an. «Das müsste auf jeden Fall bis zur nächsten Tankstelle reichen.»

«I brauch noch fünf Minutn, ihr Buam. Dann geht's scho wieder.» Er schließt die Augen und versucht, seine Atmung zu kontrollieren.

Die Nachtluft riecht nach Wald und Frühling und bleihaltigen Abgasen. Auf der nahen Autobahn rauschen die Fahrzeuge an uns vorbei. Lediglich einzelne Sportwagen modulieren den konstanten Ton ab und an kurzzeitig in die Höhe.

«Und jetzt?», will Niko wissen.

«Keine Ahnung!», sagt Ingo. «Ich geh erst mal pissen!»

Niko und Ingo verschwinden, und ich setze mich mit einer neuen Dose Karlskrone an eine der festinstallierten Tischgarnituren.

Auf einmal und wie aus dem Nichts setzt sich ein schnauzbärtiger, grobschlächtiger Mann mit großporiger Haut und traurigen Augen neben mich auf die Bank.

Er erinnert mich ein wenig an Klaus Kinski, und ich schaue ihn etwas irritiert an, schließlich sind alle anderen Bänke unbesetzt, da beugt sich der Fremde aber schon zu mir herüber und flüstert:

«Na? Was haste denn da gerade Geiles an dem Auto getrieben, hä? Bist wohl ein kleiner Spanner, was? Du geile Sau!»

Ich glotze ihn entgeistert an. Er rückt ein Stückchen näher. «Soll ich dir mal ein bisschen an deinem kleinen Spatz rumfummeln? Schön einen wichsen?»

«Wie bitte?»

Ich habe mich bestimmt verhört.

«Na, einen wichsen. Schön einen wichsen.»

«Nein, äh, vielen Dank», sage ich und schaue schnell in eine andere Richtung, gerade so, als gäbe es dort in der Dunkelheit etwas unendlich Spannendes zu entdecken.

Wir sitzen eine Weile schweigend nebeneinander.

Ein paar Nachtvögel singen im angrenzenden Waldstück ihre traurigen Melodien.

«Warum denn nicht?», versucht der ältere Herr nun erneut sein Glück.

Ich stehe auf und versuche Niko und Ingo zwischen den Büschen und Bäumen auszumachen.

Klaus Kinski lässt nicht locker und läuft neben mir her. «Vielleicht einen blasen?», fragt er mit großen Augen. Mein Herz rast.

«Ohne Gummi!», legt er nach, aber in der Stimme des Fremden sind erste Zweifel erkennbar. Er hält mich am Arm fest und fixiert mich mit seinen stechend blauen Augen.

«Du weißt aber schon, dass das hier ein Schwulenparkplatz ist, oder?»

Die schemenhaften Gestalten in den Autos ergeben plötzlich Sinn. Auch die herumliegenden Papiertaschentücher und aufgerissenen Kondompackungen.

«Nein, das wusste ich nicht!», bringe ich hervor.

Klaus nickt und überlegt.

«Bist wohl gar nicht schwul?», fragt er dann.

«Was? Nein, ich bin nicht schwul!», erkläre ich genervt. «Und jetzt lassen Sie mich bitte in Ruhe!»

Wo verdammt noch mal bleiben Ingo und Niko?

«Oh!», entfährt es meinem Gegenüber. «Wie unangenehm!»

«Schon gut!»

«Ich übrigens auch nicht!», behauptet Klaus dann. «Ist nur ein Nebenjob sozusagen.»

Ein goldfarbener Mercedes fährt auf den Rastplatz und parkt in einiger Entfernung. Die Innenbeleuchtung wird dreimal an- und wieder ausgeschaltet.

«Ah, der Heribert!», freut sich Klaus. «Überpünktlich heute!» Er dreht sich um, ruft noch «Tschüssi!» und geht. Im gleichen Moment kommen Ingo und Niko aus dem Wald gerannt. Sie zittern. «Scheiße!», flüstert Ingo. «Die ficken da überall rum!»

Niko will auch etwas sagen, glotzt dann aber vollkommen gebannt zu dem goldenen Mercedes.

«Ich glaub's ja nicht», sagt er. «Das ist doch die Karre vom Egger!»

Und er hat recht. Keine fünfzig Meter von uns entfernt steht das Auto von unserem Direktor. Gerade öffnet Klaus Kinski die Beifahrertür und steigt ein.

«Ihr Buam!», ertönt es plötzlich hinter uns. «I wär dann so weit. Mir gehts wiada besser!»

«Sekunde noch», flüstert Niko, schaltet seine Filmkamera an und schleicht sich davon. Kurz darauf erkenne ich ihn schemenhaft neben dem Mercedes kauern, die laufende Kamera in die Höhe gereckt.

Zehn Minuten später stehen wir vor der Abflughalle B des Frankfurter Flughafens.

Ich blicke den breiten Rückleuchten des amerikanischen Straßenkreuzers hinterher.

Fucking Bull!

Bevor man mit so einer Scheiße Erfolg hat, wird ja wohl eher die Berliner Mauer abgerissen, oder Arnold Schwarzenegger wird Politiker.

Wir laufen eine halbe Ewigkeit durch das mit schwarzem Gumminoppenboden ausgelegte Labyrinth der menschenleeren Tiefebene des Frankfurter Flughafens. Wir führen Männergespräche.

«Was genau ist eigentlich so geil an Titten?», frage ich in die Runde. Die beiden überlegen eine Weile. «Sie sind rund», antwortet Niko, und ich glaube schon, dass das Thema hiermit abschließend diskutiert ist, als Ingo leicht besserwisserisch nachlegt.

«Ich habe da mal etwas drüber gelesen», behauptet er. «Also im Grunde genommen sind Titten bei genauer Betrachtung nur Fettgewebe mit Milchdrüsen und runzligen Nippeln, und das klingt ja eigentlich gar nicht so geil. Umso mysteriöser ist es doch, dass Männer Titten so sehr lieben. Manche Verhaltensforscher behaupten, dass Männer Titten so sehr lieben, weil sie der Anblick an den weiblichen Arsch erinnert, wobei sich doch die Frage stellt, warum Männer dann nicht einfach die ganze Zeit auf den weiblichen Arsch glotzen. Aber Achtung! Das ist nämlich gar nicht mehr so einfach! Denn seit der Mensch aufrecht geht, ist es für den Mann mitunter sehr umständlich, der Frau ständig auf den Arsch zu glotzen, und daher hat sich die Frau im Laufe der Evolution eine Art Ersatzarsch direkt vorne unter dem Kopf wachsen lassen.»

«Weißt du überhaupt, wo wir hinmüssen?», frage ich Ingo, ohne auf seine Ausführungen einzugehen, meine Fußsohlen beginnen bereits zu schmerzen.

Ingo antwortet nicht, läuft dafür aber umso energischer und zielsicherer weiter. Irgendwann fragen wir eine türkische Putzfrau, die einsam mit einem Wischmopp einen kleinen Bereich Noppenboden reinigt, nach dem Weg.

«Disko? Grade!», sagt sie und deutet weiter den Gang hinunter, und tatsächlich: Nach einem weiteren Halbmarathon stehen wir vor einer eindrucksvollen Stahldoppeltüre. Ein großes rundes Emblem darauf verkündet verheißungsvoll «Get into Magic», darunter steht in verschnörkelter Schrift der Name des Etablissements.

Ingo greift nach dem Metallknauf der Tür, zieht daran, drückt, versucht ihn zu drehen, doch es hilft nichts. Die Tür ist verschlossen.

«Vielleicht muss man klopfen», schlage ich vor.

Ingo klopft zögerlich dagegen.

«Ich höre auch gar keine Musik», gibt Niko zu bedenken, da wird die Tür vehement geöffnet, und ein etwa zwei Meter zehn großer Mann mit schwarzer Bomberjacke, schwarzer Hose, schwarzen Sicherheitsstiefeln und schwarzen, an den Seiten kurzgeschorenen, ansonsten zu einem dünnen Pferdeschwanz gebundenen Haaren tritt vor uns.

«Was wollt ihr denn?», bellt er. Sein Gesicht erinnert mich an die Abbildungen eines Neandertalers aus dem Biologiebuch. Ingo hält ihm unsere gefälschten Schülerausweise hin, laut denen wir bereits neunzehn sind, und dann erklärt uns der Mann, dass wir ja wohl nicht mehr alle Tassen im Schrank und abgesehen davon noch nicht mal Haare am Sack hätten und dass das hier keine Teeniedisko sei und der Club ohnehin erst in knapp zwei Stunden um 22 Uhr aufmachen würde, vor Mitternacht aber keine Sau da und Einlass ohnehin nur für Clubmitglieder wäre und wir mit diesem offensichtlich mit Bierdosen befüllten Armeerucksack ohnehin niemals hineinkämen und wir uns jetzt ganz schnell verpissen sollten.

Dann zieht er die Tür von innen zu.

«So eine verdammte Scheiße!», brüllt Ingo mich an. «Das war mir ja so klar, dass wir hier mit dir nicht reinkommen, mit deiner voll pissigen Lederjacke und deiner Mongobrille, den Spastenschuhen und der saudoofen Zahnspange!»

«Wir können's doch in zwei Stunden noch mal versuchen», erwidere ich zaghaft.

«Blödsinn!», kreischt Ingo, dreht sich um und läuft den endlosen Gang zurück.

Kurz darauf sitzen wir in der S-Bahn Richtung Frankfurter Innenstadt und trinken tapfer weiteres warmes Karlskrone-Bier.

An der Konstablerwache steigen wir aus.

In den Eingangsbereichen der geschlossenen Geschäfte rollen die ersten Stadtstreicher ihre stinkenden Schlafsäcke aus, vor einer Spielothek gammeln einige weißgesichtige Spielsüchtige herum.

«Pssst!», ertönt es plötzlich, und wir blicken uns um, können aber nichts entdecken.

«Pssst!»

Unsere Köpfe gehen hin und her, da schält sich eine Gestalt aus dem Schatten einer kümmerlichen Platane, läuft an uns vorbei und raunt erneut und jetzt fast schon genervt: «Pssst! Brauchst du?»

Ich erblicke einen spindeldürren dunkelhaarigen Jungen in meinem Alter. Er trägt eine bordeauxrote Bomberjacke und eine an den Seiten aufknöpfbare Jogginghose von Adidas aus einhundert Prozent Polyester.

Nach wenigen Metern dreht er abrupt um, läuft zurück und verschwindet wieder im Schatten des Bäumchens. Dort bleibt er auf wippenden Schuhsohlen stehen, schielt zu uns herüber und zischelt: «Brauchst du! Kriegst du korrekt!»

«Ich glaube, der will was von uns!», erkläre ich das Offensichtliche, und Ingo verdreht die Augen.

«Mann, Lutscher!! Du schnallst ja gar nix! Wir stehen hier auf der Konstablerwache! Der will uns Haschisch verkaufen!»

Niko beteiligt sich nicht an der Diskussion. Er läuft, ohne eine gruppendynamische Absprache abzuwarten, hinüber, und dann folgen wir Brauchst Du, der sich immer wieder nach uns umdreht, über eine Treppe nach unten, zurück in die S-Bahn-Station, laufen minutenlang über diverse unterirdische Bahnsteige, Überführungen und Unterführungen, fahren mit einer Rolltreppe wieder nach oben und landen schließlich in einem mit Sperrmüll vollgestopften Hinterhof eines mehrstöckigen Wohngebäudes. Mein Herz klopft schon wieder bis zum Hals! Offenbar ist mein körpereigener Adrenalinvorrat selbst nach dem gestrigen Einbruch bei Dr. Baker und der Begegnung auf dem Parkplatz noch immer nicht aufgebraucht.

Brauchst Du steckt sich den Zeigefinger bis zum Anschlag in den Mund und pult darin herum, bis er einen braunen Krümel zutage fördert, den er kurz an seiner Jogginghose abwischt und dann gegen eine Gebühr von zehn Mark an Niko weiterreicht.

«Isch geb immer korrekt!», ruft er uns noch hinterher.

Niko und Ingo sind bester Dinge und laufen feixend vor mir her. Ich hingegen bin nach wie vor aufgeregt wie eine Kakerlake bei plötzlichem Einschalten des Küchenlichts.

«Was machen wir, wenn die Polizei uns jetzt anhält und durchsucht?», frage ich hektisch.

«Es ist gerade mal kurz nach neun! Warum sollten die ausgerechnet uns anhalten? Die haben doch echt was Besseres zu tun!», behauptet Niko souverän.

«Und wenn doch?», hake ich nach. «Was antworten wir denn, wenn sie uns fragen, was wir hier machen?»

«O Mann, Lutscher!», ruft Ingo. «Dann sagen wir einfach, dass wir im McDonald's waren. Es ist nicht illegal, abends durch Frankfurt zu laufen.»

Ich lasse nicht locker.

«Was ist, wenn sie uns den Magen auspumpen und feststellen, dass wir gar nicht bei McDonald's waren?»

Nun schweigen die beiden. Offenbar überlegen sie. Nach ein paar Schritten wendet sich Ingo an Niko und raunt verunsichert: «Dürfen die uns einfach den Magen auspumpen?»

Niko zuckt mit den Achseln und deutet auf den schmutzigen Fußgängereingang eines Parkhauses. Kurz darauf drücken wir uns auf dem obersten Parkdeck in eine vollständig mit Taubenkot verdreckte Ecke und lassen einen krummen Joint kreisen, während wir uns die Lungen aus dem Hals husten und als Gegenmaßnahme weitere Bierdosen aufreißen.

Sinnlos kichernd stolpern wir ziellos durch vermüllte Seitenstraßen, als Niko abrupt stehen bleibt und begeistert beide Arme mit ausgestreckten Zeigefingern nach vorne reckt.

«Totgeil!», brüllt er und deutet dabei auf ein kleines Programmkino. Ein selbstgemaltes Plakat kündigt «Die große Andy Warhol Gruselnacht! Doppelvorstellung!» an.

Gezeigt wird sowohl «Andy Warhols Frankenstein» als auch «Andy Warhols Dracula», wobei ich von beiden Filmen noch nie im Leben etwas gehört habe.

Ganz im Gegensatz zu Niko. «Ey Leute», beschwört er Ingo und mich, «das ist der Hammer, ehrlich. Einfach der Hammer! Auch kameratechnisch. Das ist in Spacevision gedreht, kommt absolut 3-D-mäßig! Da müssen wir rein! Das ist Kult! Absoluter Kult!»

Bereits wenige Minuten nachdem wir uns mit frischgeöffneten Bierdosen in die durchhängenden Sitze des winzigen und gähnend leeren Kleinstkinos gefläzt haben, ist mir klar, dass Andy Warhol definitiv geisteskrank und zudem sexuell vollkommen gestört, mindestens aber ein totaler Penner gewesen sein muss.

«Andy Warhols Frankenstein» von 1973 handelt – soweit man von einer Handlung sprechen kann – im Wesentlichen davon, dass der von dem deutschen Schauspieler Udo Kier gespielte Dr. Frankenstein ein makelloses Pärchen erschaffen möchte, aus dessen Genen dann eine neue Superrasse hervorgehen soll. Hierfür müssen den beiden Protagonisten natürlich zunächst diverse Formen der Kopulation beigebracht werden. Im Wesentlichen besteht der Film also aus einer zusammenhanglosen Aneinanderreihung langatmiger Sexszenen. Aus Langeweile beginnen Ingo und ich damit, Bierdosen auf ex zu trinken, geräuschvoll zusammenzudrücken und in den menschenleeren Raum zu werfen. Gegen Ende des unsagbar gehaltlosen Machwerks kommt dann doch noch ein wenig Schwung in die ganze Angelegenheit, denn Udo Kier landet persönlich auf seiner künstlichen Braut und wühlt während des Geschlechtsverkehrs mit einer freien Hand in deren freigelegten Gedärmen herum.

Das Licht geht an. Endlich. Ich drehte mich zu Niko herum, sage: «Was für eine Scheiße!», und möchte mich schon erheben, um das Kino schnellstmöglich zu verlassen, doch Niko strahlt mich nur begeistert an.

«Ist doch Wahnsinn, oder?», freut er sich. «Wie Warhol die stereotypen Situationen und Klischees des Horrorfilms bis zum Exzess übersteigert. Für mich führt er das sadistische Schreckenskino der Nachkriegsära und sogar die voyeuristischen Sexfilme ad absurdum!»

Ich glotze ihn an und bemerke nebenbei, dass ich schon ziemlich besoffen bin.

«Und jetzt wird's noch besser!», behauptet Niko mit blutunterlaufenen, aber dennoch leuchtenden Augen. «Gib mal noch ein Bier!»

Auch Ingo ist mittlerweile recht betrunken und kichert nur schicksalsergeben: «Mir alles egal!»

Ich möchte noch protestieren, doch da verdunkelt sich der Raum schon wieder, und der nächste Film startet.

«Andy Warhols Dracula» ist leider noch schlechter als «Andy Warhols Frankenstein».

Mit Entsetzen muss ich feststellen, dass wiederum Udo Kier die Hauptrolle spielt, diesmal also den langzahnigen und darüber hinaus unendlich traurigen Grafen. Auf der Suche nach frischen Jungfrauen verschlägt es ihn nach Italien, wo in den kommenden neunzig Minuten wiederum pausen- und sinnlos rumgebumst wird, bis Udo Klier am Schluss endlich mit einer Axt zerstückelt wird.

Wir stehen leicht wankend vor dem Kino, es ist mittlerweile fast halb zwei, und betrunkene Ratlosigkeit gemischt mit unterschiedlich dosierter Enttäuschung macht sich breit. Niko allerdings ist nach wie vor begeistert wie Freddy Mercury nach einer durchgekoksten Nacht in New Yorks bester Schwulendisko und reißt sich ein weiteres Bier auf, das er in atemberaubender Geschwindigkeit herunterstürzt.

«Unglaublich! Die Filme wurden damals mit einem Budget von weniger als dreihunderttausend Dollar gedreht!», erklärt er dann.

«Ach ja? Das hätt ich gar nicht gedacht!», antworte ich mit schwerer Zunge.

«Voll pissig!», stößt Ingo hervor, und wir blicken ihn fragend an.

«Alles voll pissig! Der ganze Abend!»

Ich kann ihm nicht widersprechen. Auch Niko verkneift sich weitere Lobhudeleien auf die cineastischen Meisterleistungen.

Ingo ist noch nicht fertig. «Ihr könnt mich mal am Arsch lecken!», ruft er ziemlich undeutlich. «Ich fahr jetz' heim und geh in die Tennis Bar! Voll edel!»

Damit dreht er sich um und läuft in die Richtung, in der er offenbar die nächste S-Bahn-Station vermutet, und Niko und ich trotten hinter ihm her.

Natürlich fährt keine S-Bahn mehr, und so stehen wir reichlich angetrunken mitten in Frankfurt und kramen in unseren Hosentaschen nach Geld.

Ich habe achtunddreißig Mark dabei, Strucki als Sohn reicher Eltern sogar achtzig und Niko immerhin vierundzwanzig. Während wir uns nach einem Taxistand umsehen, ruft Niko plötzlich: «Jungs! Moment mal!» Er lehnt sich an eine Straßenlaterne und lässt den mittlerweile federleichten Rucksack zu Boden gleiten. «Mit geht's gar nicht gut! Ich hätte vielleicht was essen sollen, verdammt!»

Auch ich bemerke ein nagendes Hungergefühl, und nach kurzer Suche entdecken wir eine Menschentraube vor einer geöffneten Imbissbude. Um uns herum herrscht fast so etwas wie ausgelassene Partystimmung, während im Sekundentakt Currywürste über den Tresen geschoben und neue Bestellungen aufgenommen werden. Aus einem kleinen Lautsprecher proklamieren Dead or Alive: «You spin me right round, baby, right round, like a record, baby, right round, round, round!»

Ich stehe vor der Theke, und eine von einem Fettfilm überzogene, sehr dicke Frau mit rotem Gesicht fragt mich: «Normal oder Puperzenburner?»

Neben uns stehen ein paar ebenfalls alkoholisierte Menschen, größtenteils mit Migrationshintergrund, denen von Klagelauten begleitet Tränen die Wangen herunterlaufen. Offenbar haben sie gerade von einem schlimmen Familienunglück erfahren. Eventuell ist ihre komplette Sippe ausgelöscht worden, bei einem furchtbaren Busunglück, während einer Reise zu den alten Großeltern in der fernen Heimat Ostanatolien.

Die fettige Frau blickt mich immer noch an und fragt noch einmal und bereits leicht genervt: «Normal oder Puperzenburner?», während aus der Reihe hinter mir die ersten Beschwerden laut werden, wie lange das denn noch dauern solle, was denn da los wäre, da vorne, welcher Idiot denn den ganzen Betrieb aufhalten würde, man wäre schließlich nicht zum Spaß hier.

Einige der hinter mir Wartenden skandieren sogar: «Arschloch! Arschloch! Arschloch!»

Strucki drängt sich neben mich.

«Dreimal Puperzenburner, bitte! Wir sind ja keine Luschen!» Er legt einen Zehnmarkschein auf den Tresen, kann es sich nicht verkneifen, großspurig «Stimmt so!» zu rufen, und die Fettfrau reicht uns drei Pappschälchen mit reichlich von Soße übergossener Wurst und drei Brötchen.

Kurz nachdem ich beherzt auf ein erstes großes Wurststück gebissen habe, verspüre ich einen Schmerz im Mund- und Rachenraum, als hätte ich eine komplette Großpackung Abflussfrei geschluckt und danach mit Unkraut-Ex nachgegurgelt. Meine Stirn beginnt zu glühen, und extremes Kopfschwitzen setzt ein. Ich blicke verzweifelt zu meinen Freunden. Auch ihnen läuft der Schweiß über das Gesicht, während Niko panisch in seinem Rucksack kramt und die restlichen Bierdosen herumreicht, die wir in uns hineinstürzen.

An einem Stehtisch entdecke ich weitere Nachtschwärmer, Männer mit übergroßen Blazern, Frauen mit gefärbten, hochtoupierten Haaren und neonleuchtenden Plastikohrringen. Auch sie haben alle hochrote Köpfe, schütten sich flaschenweise kaltes Bier in den Rachen und klopfen sich gegenseitig jammernd auf den Rücken.

Als wir den Taxistand erreichen, sind wir endgültig völlig betrunken, abgesehen davon körperlich und psychisch am Ende. Mit aufgerissenen Mündern und heraushängenden Zungen besteigen wir ein Taxi, und Strucki verkündet: «Einmal Bad Homburg, Tennis Bar!»

Der dunkelhäutige Taxifahrer blickt uns an, dann fragt er:

«Habt ihr Drogen genommen? Ich fahre euch nicht, wenn ihr Drogen genommen habt!»

«Nein!», hechele ich laut durch den Mund atmend, um durch den Luftzug der geschundenen Mundhöhle Linderung zu verschaffen. «Nur Wurst gegessen!»

Eine halbe Stunde später stehen wir schon wieder durstig und mit nach wie vor brennenden Zungen auf dem mit luxuriösen Automobilen vollgestellten Parkplatz der Tennis Bar, einem vollkommen überteuerten Etablissement direkt neben der Spielbank mitten im weitläufigen Kurpark. Tagsüber tatsächlich ihrem Namen entsprechend eine Art Treffpunkt für die in makellosem Weiß gekleidete Oberschicht, die kurz zuvor noch auf den angrenzenden Tennisplätzen ihrer elitären Sportart frönte. Nachts zwischen dreiundzwanzig Uhr und fünf Uhr morgens allerdings im Wesentlichen bevölkert von reichen Alkoholikern, aufgebrezelten Nutten, Zuhältern mit Oberlippenbart und entweder euphorischen, meist aber frustrierten, in jedem Fall also trinkwütigen Spielern. In unregelmäßigen Abständen treten auf der kleinen Bühne der Tennis Bar echte Weltstars auf, die nach ihrem offiziellen Gastspiel in Frankfurt hier zu horrenden Eintrittspreisen ein exklusives Mitternachtskonzert geben. Bananarama waren vor kurzem erst da gewesen. Auch Boney M., Nik Kershaw und Udo Jürgens gaben sich bereits die Ehre und stopften ihre Taschen mit ein paar leicht verdienten Tausendern voll.

«Ich habe so einen Scheißdurst», nuschelt Niko, während ich mit glasigen Augen auf einen Ferrari 308 GTS stiere, das Auto, mit dem Privatdetektiv Thomas Magnum über die Straßen von Hawaii rast. Daneben steht ein weißer Porsche Carrera Targa mit den typischen seitlichen Ziehharmonika-Elementen an der Stoßstange, dann ein dunkelgrüner Jaguar XJ 12, und neben dem Jaguar steht ein ... ein lindgrüner VW Jetta mit braunen, teils aufgeplatzten Veloursitzen und einem Riss in der Frontscheibe. Unser Auto.

Im Hintergrund wird die Eingangstür der Tennis Bar geöffnet, und ein Mann torkelt heraus. Für einen kurzen Moment ist ein feuchtfröhliches Stimmengewirr und der schmatzende Bass von Tears for Fears zu hören, bevor mehrere Menschen lauthals «Shout, shout, let it all out» krakeelen. Ich rufe «Ach du Scheiße!» und ziehe meine Freunde hinter den Ferrari. Kurz darauf wankt in einem Abstand von wenigen Metern mein Vater an uns vorbei, steigt umständlich in den Jetta und fährt los.

Die Eingangstüre der Tennis Bar wird nicht von einem Türsteher bewacht, und so stehen wir kurz darauf mitten im Getümmel an der zentral platzierten, hufeisenförmigen Bar, hinter der mehrere livrierte Barkeeper hektisch Cocktails mixen und Champagnerflaschen köpfen. Der Laden ist brechend voll. Auf der schummrigen Tanzfläche bewegt sich dicht gedrängt eine wabernde Masse im Takt der Musik, und um kreisrunde Tische sitzen in plüschigen Sitzecken lachende, rauchende Menschen vor Unmengen von Gläsern und grölen: «Girls just wanna have fun!»

Wir scheinen unfassbarerweise nicht aufzufallen. Ob wir dies dem sehr kläglichen Beleuchtungskonzept zu verdanken haben, ist uns natürlich vollkommen egal, und kurz darauf brüllt uns ein Barkeeper über den Tresen hinweg sogar an, was wir trinken wollen. Ingo bestellt ohne weitere Rückfragen drei Long Island Ice Tea, woraufhin der Barkeeper aus zirka acht verschiedenen Flaschen hochprozentigen Schnaps in große Gläser schüttet, bis diese randvoll sind, und zu guter Letzt noch einen winzigen Schuss Coca-Cola obendrauf gießt. Da ich meine kompletten Barreserven für die Bezahlung der Taxifahrt verbraucht habe, muss Strucki bezahlen. Und er scheint in Spendierlaune zu sein, denn nachdem wir den Long Island Ice Tea in beachtlicher Geschwindigkeit heruntergeschüttet haben, bestellt er drei Tequila. Aus den Boxen dröhnt «Life is Life» von Opus, und gerade verkündet der Sänger die inhaltlich wie auch grammatikalisch äußerst fragwürdige These:

When everyone gives everything and every song everybody sings. Then it's live!

Und jetzt alle: Nanananana!

Um uns herum hat sich aus mir unbekannten Gründen eine Gruppe seitengescheitelter Japaner gesellt, die laut lachen und dabei sehr große, schiefe Zähne zur Schau stellen und für uns alle weitere Tequila bestellen. Die Musik und das Gelächter vermischen sich in meinem Schädel zu einem undefinierbaren Klangbrei. Auch meine optische Wahrnehmung lässt stark zu wünschen übrig. Die ohnehin vollkommen identisch aussehenden Japaner machen mir schwer zu schaffen und scheinen sich ständig zu vermehren. Sie kommen mit ihren riesigen, speicheltriefenden Zähnen immer wieder viel zu nah vor mein Gesicht.

Ich muss mich mittlerweile am Tresen festhalten. Nach dem vierten Tequila schaffe ich das nicht mehr und beschließe, dass es eventuell praktischer wäre, sich einfach am Boden festzuhalten. Erst in diesem Moment bemerke ich, dass ich den Mund voller Krümel habe, auf denen ich genüsslich herumkaue. Erdnüsse! Ich habe tatsächlich gerade in die auf dem Tresen bereitgestellten Schälchen gegriffen und mir, ohne nachzudenken, die vermaledeiten und fälschlicherweise als Nuss bezeichneten Hülsenfrüchte in den Mund gesteckt.

Ich Mongo!

Ich schlage hart auf, und dann werde ich von Außerirdischen entführt.

Absolute Dunkelheit umfängt mich. Ich spüre, wie sich ein schwarzer Antimateriestrahl auf mich herabsenkt und mich atomisiert emporhebt, als wäre ich leichter als Luft. Im Innern des Raumschiffs werden kurz darauf meine Masseteilchen wieder zusammengesetzt, und meine von kosmischem Betäubungsstaub benebelten Sinne lassen mich vage Schemen und sich bewegende Figuren erkennen.

Das darf doch alles nicht wahr sein.

Als hätte ich nicht schon genug am Hals.

Überall blinken und piepen die Steuermodule des Raumschiffs, und jetzt scharen sich die Aliens um mich und gaffen mich gierig an, berühren mich. Sie sind nicht wie immer vermutet grün, sondern eher orange, wie ich jetzt durch verquollene Augenschlitze erkennen kann. Es sind zwei. Ich stelle mich tot, was mir nicht besonders schwerfällt. Jetzt fangen sie an, mir leicht ins Gesicht zu schlagen. Ich spüre, wie mir eine Nadel in die Armbeuge gesteckt wird. O mein Gott, sicherlich werden sie mich gleich in eine erbärmlich erniedrigende Stellung drehen und mit ihren widerlichen langen Alienfingern meine Körperöffnungen untersuchen. Als würde der Puperzenburner alleine nicht schon ausreichen.

Wäre doch die Zange hier. Er würde mich sicherlich retten, in der fulminanten Episode Zangenman vs. Aliens.

«Herr Herrenberger?! Können Sie mich hören?», fragt ein Außerirdischer nun fast fürsorglich.

Sie kennen meinen Namen!

Sie sprechen unsere Sprache! Unglaublich.

Ich öffne zögernd und im Rahmen meiner Möglichkeiten zunächst das eine, dann das andere Auge.

Ich liege auf einer Ambulanztrage in einem Krankenwagen, zwei Rettungssanitäter haben sich über mich gebeugt.

Offenbar bin ich doch nicht von Außerirdischen entführt worden, was für ein Glück!

«Okay! Er ist wieder da! Alles in Ordnung!», behauptet einer von ihnen, obwohl es mir alles andere als in Ordnung geht.

«Hey Lutscher! Super Aktion! Du hattest einen totgeilen Kreislaufkollaps!», höre ich eine vertraute, stark lallende Stimme und erblicke das Gesicht von Niko, der vor der geöffneten Schiebetüre des Fahrzeugs inmitten einer gaffenden Menschenmenge steht. Neben ihm steht Strucki, ebenfalls total besoffen, mit winzigen Augen, rotem Gesicht und offenem Mund.

«Warum hast du Erdnüsse gegessen?», stammelt er.

Einige Menschen lachen.

«Ist das nicht der kleine Herrenberger?», höre ich jemanden aus der Menge rufen.

Und ein anderer antwortet: «Na ja, der Apfel fällt nicht weit vom Stamm!»

«Herr Herrenberger», meldet sich nun der Rettungssanitäter erneut zu Wort. «Sie waren fast zwanzig Minuten bewusstlos, Sie zeigen Symptome einer starken allergischen Reaktion, wir haben ihnen Adrenalin und Kortison verabreicht, es müsste Ihnen gleich bessergehen, die Schwellungen nehmen schon ab. Bitte atmen Sie jetzt ruhig und gleichmäßig. Darüber hinaus scheinen Sie stark alkoholisiert zu sein …»

«AufgakeimFall!», kontere ich schnell.

«… daher möchten wir Sie unbedingt zur Beobachtung mit ins Krankenhaus nehmen …»

«AufgakeimFall!», widerhole ich, und dann werde ich auf der Trage festgeschnallt. Auf der Fahrt ins Krankenhaus verliere ich erneut das Bewusstsein.

Alexander Akimov sitzt auf dem Beifahrersitz eines UAZ-469-Geländewagens der sowjetischen Armee. Der Fahrer – ein junger Soldat – stellt ihm unablässig Fragen, ihm steht die Angst ins Gesicht geschrieben, aber Akimov hat nicht die Kraft zu antworten, sein Kopf schmerzt, seine Augen brennen. Über ihnen kreisen Dutzende von Hubschraubern und schütten Blei, Bor, Dolomit, Sand und Lehm durch das nach mehreren Explosionen geborstene Dach des Reaktorgebäudes auf den freiliegenden, brennenden Reaktorkern von Block 4. Akimov und drei weitere Werksmitarbeiter fahren Richtung Prypjat. In der nur vier Kilometer entfernten Stadt hat gerade die Evakuierung der 48 000 Einwohner begonnen. Mit den Evakuierungsmaßnahmen hätte schon vor vielen Stunden begonnen werden können, doch Anatoli Djatlow hatte darauf bestanden, dass jedwede Meldung über einen Unfall zu unterbleiben habe. Den Verantwortlichen in Moskau wurde bis vor wenigen Stunden lediglich von einem kleinen Zwischenfall berichtet, dass der Reaktor aber intakt sei und lediglich gekühlt werden müsse. Die Sachlage war bei Tageslicht allerdings mit bloßem Auge erkennbar. Block 4 stand in Flammen, auf dem Werksgelände lagen Bruchstücke der Brennstäbe sowie Graphitelemente des explodierten Reaktorkerns herum. Das Fahrzeug passiert die Haupteinfahrt, der junge Soldat biegt auf die Landstraße ein und beschleunigt. Akimov dreht seinen Kopf und blickt zum Reaktor. Aus Block 4 steigt eine weiße, nebelartige Rauchsäule weit in den Himmel empor und verschwindet in den Wolken. Immer wieder fliegen Hubschrauber in die Rauchsäule hinein und lassen ihre tonnenschwere Fracht in das klaffende Loch fallen. Etwas weiter weg steht ein etwas kleinerer Hubschrauber praktisch bewegungslos in der Luft. In diesem Hubschrauber sitzt ein Militärfotograf und macht Aufnahmen von der Szenerie. Insgesamt verschießt er 5 Filme. Auf keinem Foto ist später etwas zu erkennen, sie sind alle schwarz. Der Geländewagen passiert das Ortsschild von Prypjat. Im Hintergrund ist das Riesenrad des kleinen Vergnügungsparks zu erkennen, es dreht sich nicht mehr. Auch Alexander Akimov hat hier gewohnt, doch er wird seine Wohnung nie wieder betreten.

SONNTAG

Anna, lass mich rein, lass mich raus

Mein Gott, ist mir übel. Noch nie zuvor ist mir so übel gewesen. Ich versuche darüber nachzudenken, ob ich eventuell den Kopf bewegen kann, ohne zu schreien oder mich direkt zu übergeben, und spüre ein taubes Kribbeln in den Fingern. Mein Magen macht ein langgezogenes, klagendes Geräusch. Die erste Sinneswahrnehmung stellt sich nach mehreren wachen, aber bewegungslosen Minuten ein, die gereizten Nasenschleimhäute haben tatsächlich den Anfang gemacht und melden den unverwechselbaren und einzigartigen Geruch von altem Zigarettenqualm und Alkohol. Erinnerungsfetzen fliegen wie kleine, widerliche Insekten durch mein Gehirn. Schales Bier in halbvollen Gläsern, farbige Longdrinks, überquellende und umgestoßene Aschenbecher, tanzende, lachende Menschen, laute Musik, kleine Gläser mit einer durchsichtigen Flüssigkeit, Zitronenscheiben, Salz auf dem Handrücken. Irgendetwas nagt in meinem Hinterkopf. Irgendetwas ist anders oder wartet darauf, erledigt zu werden. Irgendetwas habe ich vergessen. Und warum liege ich überhaupt zu Hause in meinem eigenen Bett und nicht bei auf einer Luftmatratze in Struckis Zimmer?

Scheiße! Ich halte mir meinen Radiowecker direkt vor die Augen und blinzele durch verquollene Schlitze auf die Anzeige. Dann stoße ich einen Schrei aus.

10:53:08 ist dort zu lesen, wobei sich die :08 gnadenlos in eine :09 und dann sogar in eine :10 wandelt.

Um 11:30:00 will Anna vorbeikommen!

Ich setze mich auf und bemerke, dass ich nach wie vor vollständig bekleidet bin, sogar einen Spezialschuh habe ich noch an. Dann renne ich ins Badezimmer und entleere meinen kompletten Mageninhalt in die Kloschüssel. Offensichtlich habe ich in der vergangenen Nacht auch diverse Zitronenscheiben inklusive Schale verzehrt.

Ich blicke in den Spiegel. Mein Gesicht ist weiß, die Augen klein und gerötet, wenigstens die Frisur sieht aus wie immer. An meinem vollkommen unbehaarten und nicht gerade muskulösen Brustkorb entdecke ich einige Saugnäpfe, wie ich sie schon einmal bei medizinischen Überwachungsgeräten gesehen habe. Die Kabelenden baumeln lose nach unten. Wo kommen die denn her? Ich entferne die Saugnäpfe mit einem Ploppen, sie hinterlassen kreisrunde rote Flecken auf meiner Haut. Wenigstens scheint außer mir niemand zu Hause zu sein.

Nach einer kalten Dusche und einem halben Glas Nesquik-Erdbeermilch geht es mir leider kein bisschen besser. Dennoch schleppe ich mich nach oben in mein Zimmer, um alle notwendigen Vorbereitungen zu erledigen. Nach einem erneuten panischen Blick auf meine Uhr muss ich mir allerdings endgültig eingestehen, dass ich körperlich und geistig nicht in der Lage bin, die vor mir liegende Aufgabe zu erfüllen.

Ich habe es versaut.

Völlig frustriert und mit hämmernden Kopfschmerzen lasse ich mich auf meinen Schreibtischstuhl sinken. Da fällt mir der braune Umschlag wieder ein, den Ingo mir gegeben hatte. Mit schweißnassen Händen krame ich das Kuvert aus meiner Schreibtischschublade hervor. XXX ist in Ingos zittriger Teenagerhandschrift daraufgekritzelt. Ich reiße den Umschlag auf, und ein Hochglanzmagazin namens «Spermageile Nymphomaninnen», Ausgabe Nr. 34, landet in meinem Schoß. Es handelt sich um eine Art Foto-Lovestory, wie man sie aus der Bravo kennt, allerdings für Erwachsene und mit jeweils nur einem großen Bild auf jeder Seite. Ich stiere ungläubig auf die erste Szene. Jedes Bild ist unnötigerweise mit einem erklärenden Text versehen.

(1) Sekretärin Sabrina ist heute nicht bei der Sache. Obwohl sie ganz viel Arbeit hat und noch in der Probezeit ist, denkt sie den ganzen Tag schon ans Ficken und reibt sich ihre geile, enge Muschi.

Ich blättere um. Mein Mund steht offen.

(2) Ihr Chef Peter kommt ins Zimmer. Peter ist auch schon ganz geil, deswegen holt er seinen großen Schwanz heraus.

Mit weit aufgerissenen Augen schlage ich die nächste Seite auf. Das ist unglaublich! So etwas habe ich noch nie gesehen, und es dürfte auch gar nicht existieren.

(3) Sabrina fängt sofort an, Peters geilen Fickstängel zu lutschen. Sie ist so geil, dass ihre heiße, feuchte Muschi zuckt.

O mein Gott! Sind die denn verrückt geworden? Das kann doch nicht sein! Da ist doch unmöglich Liebe im Spiel!

(4) «Hey! Was macht ihr denn da?», ruft Hans, der Geschäftspartner von Peter, und hat auch schon seine knallharte Bumsgurke herausgeholt.

Ich fliege geradezu durch die folgenden Seiten. Nun kommt es doch tatsächlich zum Geschlechtsverkehr. Das ist absolut infam und niederträchtig! Unfassbar! Und dennoch: In meiner Unterhose regt sich etwas. Ich habe gerade die letzte Seite erreicht ...

(24) Sabrina ist überglücklich. «Den Job kriegst du auf jeden Fall!», sagt Peter und geht mit Hans ein Bier trinken.

... als es an der Haustür klingelt.

«Hallo, Anna!»

Aus meinen Händen tropft der Schweiß auf unsere ockerfarbenen Flurfliesen.

«Hi, Marc!»

Vor der Gartenpforte entdecke ich Philipp Straub auf seiner MTX, der sich gerade eine Zigarette anzündet und sich ansonsten nicht die Mühe macht, in unsere Richtung zu blicken.

Ich trete einen Schritt zurück, doch Anna macht keinerlei Anstalten, das Haus zu betreten. Vielmehr schaut sie mich erwartungsvoll an.

«Und?», sagt sie nach einer Weile. «Hast du's?»

«Jaja», stammele ich. «Logisch! Alles paletti!»

«Find ich ja ganz schön krass von dir, die ganze Aktion. Hätt ich dir gar nicht zugetraut!»

«Echt jetzt? Na ja. Dir hätt ich das irgendwie auch nicht zugetraut. Ganz schön crazy, das alles!»

Ich versuche mich an einem gewinnenden Lächeln, schaffe aber nur ein dümmliches Zahnspangengrinsen.

Anna schaut etwas irritiert, dann fragt sie: «Wo ist es denn?»

«Ähhh. Oben. Bei mir im Zimmer. Komm doch jetzt einfach erst mal rein ...»

Haxxe will Anna augenblicklich zerfleischen, sowie diese das Haus betreten hat, und ich muss den Riesenköter mit aller Kraft an seinem Halsband festhalten. Schnell drängele ich das hübscheste Mädchen der Welt die Treppe hinauf und in mein Zimmer hinein. Ich bin so verliebt in sie, dass ich es kaum aushalten kann.

«Hier riecht's aber komisch. Nach Zitronen irgendwie. Sag mal ... hast du was getrunken?»

«Neenee. Quatsch. Alles okay.»

Anna blickt auf die etwa vierzig Mötley-Crüe-Poster, mit denen ich jeden Quadratzentimeter meines Zimmers zugeklebt habe, und wirkt nun etwas ungeduldig. «Dann gib doch mal her, ich hab jetzt auch nicht ewig Zeit!»

Ich greife hinter mich ins Regal und überreiche ihr mit einer feierlichen Geste die Englischklausur und – fast noch wichtiger – meinen kleinen Liebesbrief, den sie auch sofort und mit sich weitenden Augen durchliest. Dann fällt ihr Blick auf mein Bett. Ich habe alles Notwendige akkurat bereitgelegt: ein großes Handtuch (wegen eventuellem Austritt von Körperflüssigkeiten), eine Packung Kleenex (supersoft) und (falls es wider Erwarten zum Äußersten kommen sollte) auch Gleitmittel (sicher ist sicher), außerdem die tags zuvor erworbenen Präservative und die Packung Scheidenzäpfchen (doppelt hält besser).

«Was soll das denn?», fragt Anna mit unsicherer Stimme.

«Na ja», antworte ich mit verschmitzt-verschämtem Lächeln. «Ich hab halt gedacht, vielleicht bleibt's ja nicht beim ... du weißt schon ...»

«Beim was denn?»

«Na ja. Beim Blasen halt.»

Anna weicht mit ängstlichem Gesichtsausdruck vor mir zurück. Ihre Augen blicken ungläubig hin und her – zu dem nach wie vor geschlossenen Rollladen. Zu dem Haufen schmutziger Wäsche neben der Tür. Zu den Yps-Gimmicks im Regal. Zu meiner auf dem Flohmarkt erstandenen Sammlung unterschiedlich großer Macheten. Zu dem maßstabgetreuen Plastiktotenkopf neben meiner vertrockneten Yukkapalme. Zu meiner kleinen Sammlung fahrig zusammengebauter Panzermodelle unterschiedlichster Maßstäbe. Zu dem fleckigen Bettvorleger, auf dem der verschwitzte Katzenstrumpf liegt. Zu dem nach wie vor nicht von lustigen Urzeitkrebsen bevölkerten Gurkenglas mit sich eintrübendem Wasser auf dem Fensterbrett. Zu meinen auf dem Boden verteilten Hair-Metal-Schallplatten.

«Das ist doch ... das ist doch ...», stottert sie und deutet neben die Yukkapalme. «Woher hast du mein Halstuch, verdammt!»

Sie stößt mit ihrem süßen Hintern gegen meinen Schreibtisch und dreht sich reflexartig um.

«Was ist das denn?», ruft sie hysterisch und zieht das nur äußerst provisorisch unter einigen Schulunterlagen versteckte Pornomagazin hervor, wodurch die heimlichen Fotografien, die ich von ihr gemacht habe, aus meinem Matheheft rutschen. Ihre Augen weiten sich vor blankem Entsetzen.

«Du bist ja total krank!»

Ihre Stimme überschlägt sich.

«Du ekelhaftes Schwein!»

Sie holt aus und schlägt mir mit der flachen Hand mitten ins Gesicht. Das tut erstaunlich weh. Dann stößt sie mich auf mein Bett und rennt aus dem Zimmer. Ich rufe noch: «Anna! Das ist alles ein Missverständnis!», doch sie poltert schon schockiert und weinend die Treppe hinunter und rennt aus dem Haus. Draußen beginnt sie augenblicklich, ihren Freund zu beschimpfen, und ich bin gerade unten angekommen, als Philipp Straub ins Haus stürmt und so laut «Lutscher!» brüllt, dass sich Haxxe mit eingezogenem Schwanz hinterm Sofa verkriecht.

Philipp schlägt mich mit einem Schwinger zu Boden und setzt sich auf meinen Brustkorb. Seine blonde Haarsträhne baumelt vor meinem Gesicht herum, und das Blut rauscht mir in den Ohren, als würde ein Güterzug durch meinen Kopf fahren.

«Sag mal, spinnst du? Du Mongo!», brüllt er und landet einen kräftigen Faustschlag in meinem Gesicht.

Ich hechele: «Neneneineihmhmhmissverständn...»

«Hast du den Scheiß wirklich geglaubt? Hast du wirklich geglaubt, dass mein Mädchen dir einen bläst?! Bist du total behindert!?»

«Dededegroßesmissverst...»

Er packt mich am Kragen und schüttelt mich durch, sodass mein Hinterkopf mehrmals auf den gefliesten Boden schlägt.

«Außerdem, was interessiert dich Anna überhaupt? Jeder weiß doch, dass du schwul bist, du blöde Tunte! Sogar Rektor Egger hat's gesagt.»

Er atmet kurz durch, sein Kopf ist krebsrot.

«Wenn ich wegen dir Ärger mit Anna bekomme, dann ist das hier gerade mal der Anfang!»

Gerade will er zu einem neuen Schlag ausholen, da ertönt ein ohrenbetäubender Schuss, fast glaube ich bewusstlos zu werden, so laut ist der Knall. Philipp rollt sich panisch von mir herunter und blickt wirr umher. Opa Erwin steht im Treppenabgang und hält eine Schrotflinte in der Hand. Aus einem Einschussloch an der Decke bröseln Staub und Putz.

«Verpiss disch, du Wichser!», sagt er seelenruhig.

Philipp springt mit angstgeweiteten Augen auf, schreit noch: «Ihr seid ja alle verrückt! Scheiß Zangengeburt!», und schlägt die Tür hinter sich zu, während ich keuchend und zitternd auf dem Boden liege und heule.

Nach einer Weile kommt Haxxe mit nach wie vor ängstlich eingezogenem Schwanz hinter dem Sofa hervorgekrochen, setzt sich neben mich und schleckt mir mehrmals über mein lädiertes Gesicht. Das ist sicherlich nett gemeint, verursacht bei mir aufgrund des ekelerregenden Mundgeruchs nach verrottendem Fleisch allerdings lediglich einen erneuten, starken Brechreiz.

Als ich kurz nach fünfzehn Uhr meine ec1 vor dem Schwimmbad abstelle, räumt Ingo gerade fahrig und offensichtlich verkatert unser Equipment aus dem großen Range Rover seines Vaters, der seinerseits ungeduldig hinter dem Steuer sitzt. Die zwei Stunden Schlaf nach Annas Besuch haben mich ein wenig auf Vordermann gebracht, und mir ist nicht mehr speiübel. Dafür habe ich ein blaugrünes Veilchen und mehrere rötliche Schwellungen, vor allem am Mund und an den Wangen. Und an der Stirn. Also eigentlich im ganzen Gesicht. Ich habe alles mit ein wenig Abdeckstift von meiner Mutter übermalt, so sieht es nicht mehr ganz so schlimm aus. Außerdem hat sich ein Teil meiner Zahnspange von den oberen Zähnen gelöst und ragt ein kleines Stückchen aus meinem Mund heraus. Ich befinde mich in einem Zustand androider Seelenlosigkeit, und so ignoriere ich auch Ingos zunächst vorwurfsvollen Blick ob meines Zuspätkommens und dann seine Fragen hinsichtlich meines leicht lädierten Aussehens, packe meinen voll pissigen Guyatone-Gitarrenverstärker mit rechts und den Gitarrenkoffer etwas umständlich mit links und schleppe alles Richtung Eingang, wo uns der Bademeister in Empfang nimmt und schweigend ans Schwimmbecken führt. Alles blitzt und blinkt wie neu. Neben dem Wasserbecken am Ende der eindrucksvoll geschwungenen Röhrenrutsche ist ein Messingschild an die Betonwand geschraubt.

Wasserrutsche «Poseidon»
Erbaut unter der Schirmherrschaft der
Kaiserin-Friedrich-Schule.
«Dem Bürger zum Wohle»
Heribert Egger (Schuldirektor)
April 1986

Auf einem langgezogenen Podium steht ein Rednerpult, an welches sich unsere kleine Bühne anschließt. Während Ingo sein Schlagzeug aufbaut, hänge ich hinter ihm ein nicht besonders professionelles, dafür aber großes Bettlaken mit unserem Bandnamen auf.

«Seit wann heißen wir denn Blooddigger?», möchte Ingo mit einem Mal wissen.

«Is ja wohl besser als gar nix ...», maule ich zurück, aber er lässt nicht locker.

«Der Name ist voll ungeil! Die beiden Ds lassen sich nur total behindert aussprechen!»

«Hast du schon mal einen Bandnamen mit zwei Os, zwei Ds und zwei Gs gesehen?» Ich schreie fast. «Das ist ja wohl total kultig! Außerdem glaube ich kaum, dass wir jetzt Zeit haben, unseren Bandnamen zu diskutieren, und außerdem ist mir total übel, und in einer knappen Stunde geht's hier los!» Ich versorge meinen Gitarrenverstärker und das kleine Mischpult der Gesangsanlage mit Strom.

Ein kurzer Mikrophoncheck («One, two, one, two, check»), gefolgt von einem missratenen Powerriff auf der Gitarre. Alles perfekt. Auch Ingos Schlagzeug funktioniert sensationell, und gerade als ich das Rednerpult mit einem Mikrophon ausstatte, strömen die ersten Gäste in die Schwimmhalle. Und keine zehn Minuten später schreitet auch Direktor Egger händeschüttelnd und mit einem Gewinnerlächeln durch die Menge.

Was genau die Schirmherrschaft unserer Schule für die Wasserrutsche bedeuten soll, weiß kein Mensch, und so liegt die Vermutung nahe, dass sich Direktor Egger – nebenbei stellvertretender Vorsitzender der örtlichen CDU – als Politiker und Alphatier in Szene setzen möchte, und ganz offensichtlich hat dieses Vorhaben auch bestens funktioniert. Neben rund einhundert Schülerinnen und Schülern versammeln sich nach und nach einige Journalisten und Fotografen diverser meist regionaler

Zeitungen, viele Lehrer – so auch Dr. Baker und Herr Walter – sowie Dutzende von Eltern, die gekünstelt Konversation betreiben und sich gegenseitig mit Plastiksektflöten zuprosten. Auch meine Eltern sind anwesend, lächeln angestrengt und haben sich zu meinem Glück recht weit weg von der Bühne platziert. Sogar meinen Großvater haben sie mitgebracht. Er stützt sich auf seinen Rollator, blickt mich an und streckt dann den Daumen in die Höhe. Außerdem sind viele langjährige Förderer der Schule und nicht zuletzt politische Wegbegleiter und auch Widersacher von Egger in der nach Chlor stinkenden und überhitzten, ansonsten aber piekfein grundsanierten Schwimmhalle erschienen.

Ein kurzer Applaus brandet auf, und Egger macht eine abwehrende, aber dennoch selbstgefällige Handbewegung, während er seinen Blick voller Stolz durch den Raum schweifen lässt. Alles, von den hellbraunen Bodenfliesen bis zu den orangefarbenen Umkleidekabinen, ist hochmodern gestaltet! Andächtig legt er den Kopf in den Nacken und betrachtet die immerhin achtzig Meter lange hellgelbe Rutsche, deren Eingang sich hoch oben unter dem neu abgehängten Hallendach befindet. Lediglich als er unsere Instrumente und das Banner mit dem Bandlogo entdeckt, glaube ich, einen Hauch von Irritation in seinem Gesicht zu bemerken. Offenbar ist er überrascht über meine professionelle Organisation der gesamten Technik.

Mit einem Mal steht Niko neben mir.

«Sag mal, was ist denn mit deinem Gesicht passiert?», fragt er entgeistert. Seine Fahne ist nur geringfügig von Pfefferminzbonbons überlagert. «Und was bitte soll denn der Scheiß?» Niko glotzt mit offenem Mund und verklebten Augen auf unsere Instrumente. Mit einem Schlag bin ich furchtbar nervös.

«Was denn?», möchte ich wissen.

«Sag mal, bist du denn völlig bekloppt, Marc? Was macht ihr denn da?»

«Das weißt du doch ganz genau! Wir sind für die Technik und

die musikalische Untermalung der Veranstaltung zuständig und haben unseren Kram aufgebaut, ich wüsste nicht, was daran ...»

«Ich glaub's ja nicht!», zischt Niko durch zusammengekniffene Zähne. «Marc! Das ist doch hier kein Aufritt von der Band! Technik und musikalische Untermalung bedeutet: Mikrophon ans Rednerpult und danach Musik vom Band.»

Musik vom Band? Ach du Scheiße.

Egger schreitet zum Podium und klopft gegen das Mikrophon. Im Gegensatz zu dementsprechenden Filmszenen gibt es keine laut fiepende Rückkopplung.

«Meine sehr verehrten Damen und Herren, liebe Eltern, liebe Freunde», hallt es durch den riesigen Raum. «Was lange währt, wird endlich gut, und so freue ich mich sehr, heute, nach über sechsmonatiger Bauzeit, unser schönes, renoviertes Schwimmbad eröffnen zu dürfen.»

Die Zuschauer klatschen, und Egger hält den Beifall inhalierend inne, um sodann mit seiner brillanten Rede fortzufahren.

Ich haste hinter dem Podium in Richtung Ausgang, springe auf die ec1, und dreizehneinhalb Minuten später bin ich zurück und schließe nassgeschwitzt mein Kassettendeck an unsere Gesangsanlage an. Direktor Egger kommt gerade zum Ende.

«... und so freue ich mich, dass einige ausgewählte Schülerinnen und Schüler unserer Schule nun die neue Wasserrutsche erstmalig benutzen dürfen.»

Er deutet neben sich auf eine Reihe von Jugendlichen in Badehosen. Auch Philipp Straub ist unter ihnen.

«Und so sage ich: Auf geht's, ihr jungen Leute! Auf ein fröhliches und heiteres Zusammensein bei Getränken und Musik!» Er blickt zu mir und zieht die Augenbrauen nach oben, dann breitet er die Arme aus, als wolle er die Zuschauerschar umarmen und schließt mit einem «Dankeschön!».

Donnernder Applaus ertönt, und mit einem Mal fällt es mir wie Schuppen von den Augen: Das ist meine große Chance! Ich drücke die Play-Taste und stürze hinter das Podium, dann reiße ich Philipp Straub von hinten die Badehose herunter. Wie besessen glotze ich auf seinen Hintern, dabei umklammere ich seine Oberschenkel. Ein entsetztes Raunen geht durch den Saal, ich bemerke den völlig verstörten Blick von Direktor Egger, einige Kameras klicken im Schnellbildmodus, aber das Fatale ist: Ich kann keinen syltförmigen Leberfleck erkennen, sosehr ich mich auch anstrenge.

Philipp windet sich aus meiner Umklammerung und brüllt: «Hast du noch alle Tassen im Schrank, du verrücktes Arschloch!» Dann zieht er seine Badehose nach oben und steht nun endlich nicht mehr vollkommen entblößt vor den fassungslosen Anwesenden.

Er will sich gerade erneut auf mich stürzen, als der erste laute Furz aus den Lautsprecherboxen ertönt. Die Furzkassette! Wie kommt die Furzkassette in mein Kassettendeck? Ein erneutes Raunen geht durch die Menge, und ich ergreife die Flucht nach vorne, zum Rednerpult ans Mikrophon, während die Tonaufnahmen der eingelegten Kassette gnadenlos weiterlaufen.

«Das ist alles ein Missverständnis!», schreie ich stark schwitzend. «Jemand hat sich meine Zahnbürste in den Arsch gesteckt! Außerdem hat Dr. Baker seine komplette Familie umgebracht, und Direktor Egger weiß Bescheid! Und Direktor Egger fährt nachts auf Schwulenparkplätze!»

Schon wieder schallt ein besonders unangenehm klingender Darmwind durch die Halle. «Und außerdem heiße ich Marc und nicht Lutscher! Und auch nicht kleiner Prinz!»

Niko hat endlich die Stopp-Taste gefunden.

Es herrscht betretenes Schweigen. Meine geschwollene Nase fängt erneut an zu bluten, das Blut tropft auf mein T-Shirt.

Ich atme lautstark ins Mikrophon, dann humpele ich erstaunlich schnell zu meiner elektrischen Gitarre, rufe: «Musik! Wir brauchen Musik! Ihr wollt Musik? Hier ist Musik!», und fange zeitgleich mit einer ohrenbetäubenden Akkordfolge an zu brüllen:

«Shout! Shout! Shout! Shout at the Devil!»

Plötzlich werde ich von einigen Personen grob ergriffen – ich erkenne den Sportlehrer und meinen eigenen Vater – und zu Boden geworfen. Aus den Augenwinkeln kann ich erkennen, dass mein Großvater als Einziger applaudiert. Er ruft: «Super, Lutscher! Des war ma rischtisch geil!»

Zwei Sanitäter treten neben mich.

«Du schon wieder!», sagt der eine, und ich erblicke einen der Außerirdischen der vergangenen Nacht. «Wärst vielleicht doch mal lieber im Krankenhaus geblieben, anstatt dich im Morgengrauen einfach vom Acker zu machen, oder?»

Dann führen sie mich mit sanftem Druck durch die Schwimmhalle Richtung Ausgang, meine besorgten Eltern im Schlepptau.

Derweil brüllt Direktor Egger mit hochrotem Kopf etwas von «sofortigem Schulverweis» und «widerlichen Gerüchten» und dass unser «hochgeschätzter Englischlehrer seine Familie bei einem tragischen Autounfall verloren» hätte.

Dr. Baker hat sich zum Mikrophon gedrängt. Auch er möchte endlich Klarheit schaffen, deutet auf seine Perücke und ruft in die zu Salzsäulen erstarrte und vollkommen verständnislos dreinblickende Menschenmenge: «Das sind nischt de Haare von meine Tochtr!!!»

Inder

Als ich aufwache, fühle ich mich wie in Watte gepackt. Ich liege auf einem Stahlrohrbett, das Kopfteil ist leicht erhöht, meine Handgelenke sind am Bettrahmen fixiert. Neben mir steht noch ein weiteres, leeres Krankenbett. An der gegenüberliegenden Wand sitzt meine Mutter und blickt aus dem Fenster in die Abenddämmerung. Mitten im Raum steht mein Sanitäter und tuschelt leise mit einem schwarzhaarigen Mann um die vierzig. Seine Haut ist hellbraun, er hat einen dichten schwarzen Oberlippenbart und trägt eine graue Cordhose, einen Pullover mit braunen und grünen Rauten und hellbraune Sandalen über weißen Tennissocken. Offensichtlich eine Reinigungskraft. Nachdem der Sanitäter das Zimmer verlassen hat, blickt mich der Mann mit dunklen Augen über den oberen Rand einer kleinen Lesebrille an und lächelt. In der Hand hält er ein Klemmbrett.

«Hallo, Marc, du bist aufgewacht, das ist schön. Ich bin Dr. Bhattacharyatan. Wir haben dir vorhin erst mal ein kleines Beruhigungsmittel gegeben, geht's dir jetzt etwas besser?»

Ich nicke zögerlich, und Dr. Bhattairgendwas löst behände meine Handfesseln.

«Marc, ich würde dir gerne ein paar kleine Fragen stellen, wenn das für dich in Ordnung ist, alles ganz harmlos, okay?»

«Okay», bringe ich hervor, während sich der offenbar aus Indien stammende Arzt schon eine kleine Notiz auf dem im Klemmbrett steckenden Schreibblock macht.

«Marc, was machst du denn, wenn du so richtig wütend bist? So richtig sauer! Das kennst du doch, oder?»

Was will der denn von mir?

«Ich weiß nicht», antworte ich zögerlich. «Ich höre Heavy Metal, schätzungsweise. Aber ich höre auch Heavy Metal, wenn ich nicht wütend bin ...»

Der Arzt hört mir nicht mehr zu, notiert etwas und murmelt dabei langgezogen und bedeutungsvoll *Heavy Metal*.

«Marc, wie oft onanierst du denn so?», fragt er dann.

Ich glotze ihn an, dann zu meiner Mutter, die nach wie vor stoisch aus dem Fenster blickt.

«Ich ... ich ...»

«Marc, das muss dir nicht peinlich sein», fährt der Inder nun lächelnd fort.

Das ist mir aber peinlich. Saupeinlich!

Mein Gehirn entscheidet sich zu einem Übersprungsgedanken. Ich muss an die BILD-Aktion «Ein Herz für Kinder» denken. Auf fast allen Autos, Straßenlaternen, Kinderwagen, Aktentaschen, Schaufenstern und sonstigen Flächen in jeder deutschen Stadt klebt dieser Aufkleber der als gemeinnütziges Projekt getarnten Werbeaktion. Ein großes rotes Herz und darüber die Worte:

EIN
HERZ FÜR
KINDER

Jedenfalls bis zu dem Zeitpunkt, als einige lustige Schlitzohren herausfanden, dass man das K sehr leicht mit einer Schere herausschneiden und zwei Zeilen weiter oben vor dem ersten Wort wieder aufkleben kann, und so ist es – wie bei jeder guten Idee – zu einer Art Jugendsport geworden, die Aufkleber entsprechend umzugestalten, sodass vielerorts immer öfter

KEIN
HERZ FÜR
INDER

zu lesen ist. Eine tolle Idee in jedem Fall, eine Aussage allerdings, über die ich zuvor noch nie wirklich nachgedacht habe, die ich in diesem Moment aber voll und ganz nachvollziehen kann, ja sogar unterstützen würde.

«Täglich?», bohrt Dr. Bhattadingsbums jetzt nach. «Oder mehrmals täglich? Dreimal die Woche? Nur so ein ungefährer Richtwert.»

«Nein, äh, ... ich weiß nicht ...»

«Also gar nicht?», fragt er, es klingt aber eher wie eine Feststellung und er macht sich schon wieder eine Notiz.

«Gut!», behauptet er dann immer noch milde lächelnd und bezieht dies wohl eher nicht auf die vorangegangene Frage, dafür kommt er direkt zur nächsten.

«Marc, trinkst du Alkohol, um mit Schwierigkeiten besser fertigzuwerden?»

«Ich trinke eigentlich gar keinen Alkohol», antworte ich wahrheitsgemäß. Dr. Bhattawasauchimmer zieht die Augenbrauen nach oben und fixiert mich. Dann nickt er langsam und ohne den Blick von mir abzuwenden, während er im Blindflug eine längere Passage auf das Formular kritzelt und jetzt nicht mehr lächelt.

«Marc, hast du manchmal Lust, Dinge kaputt zu machen? Einfach so? Kennst du das? Wenn man einfach etwas kaputtschlagen möchte.»

Ich schüttele langsam meinen Kopf.

«Eigentlich nicht, nein ...»

«Marc», mischt sich meine Mutter nun ein. «Sei doch bitte endlich ehrlich! Dr. Bhattacharyatan will dir doch helfen!»

Der Arzt blickt meine Mutter fragend an.

«Sein Mofa zum Beispiel», seufzt meine Mutter jetzt. «Ein Geschenk zum Geburtstag. Nagelneu. Keine drei Tage später hat er es vollkommen zerstört. Mutwillig. Hat sogar Löcher hineingebohrt, mit unserer Schlagbohrmaschine.»

Dr. Dings kritzelt wie verrückt.

«Nur in den Schalldämpfer, um den Sound ...», verteidige ich mich, doch meine Mutter fährt unbeirrt fort.

«Oder unser Telefon! Auch nagelneu! Zerstört! Meinst du, wir wissen nicht, dass du das warst? Oder seine schöne Lederjacke, übrigens auch ein Geschenk von uns ...»

Der Inder braucht noch einen Moment, um seine Aufzeichnungen zu beenden, dann steckt er sich den Stift in die Brusttasche, legt den Kopf leicht schief, macht ganz große, traurige Inderaugen, setzt sich unvermittelt neben mich auf das Krankenbett, streckt seinen indischen Zeigefinger nach vorne und pocht mir damit mehrmals gegen die Stirn.

«Da sitzt er, der kleine Übeltäter!»

Ich presse meinen Kopf so weit wie möglich ins Kissen hinein.

«Der präfrontale Cortex!»

Er stiert mich an, und ich nicke.

«Im Moment, mein lieber Marc, befindet sich dein komplettes Gehirn in einer Umbauphase. Momentan werden Milliarden von Zellen in deinem Gehirn einfach eliminiert, und pro Sekunde werden ungefähr 30 000 Nervenverbindungen gekappt! Und vor allem der präfrontale Cortex», er tippt mir schon wieder gegen die Stirn, «ein im Grunde nur recht kleiner Teil des sogenannten Frontallappens des Gehirns, ist sehr stark von diesen Umbauarbeiten betroffen und während dieser Renovierung im Grunde leider außer Betrieb. Da der präfrontale Cortex allerdings das Kontrollzentrum des vernünftigen Handelns ist, findet bei dir momentan kein Überdenken und Abwägen von impulsiven Entscheidungen statt. Hast du das verstanden?»

Ich will nur, dass er weggeht, und nicke eifrig.

«Auch die Fähigkeit zu sinnvoller Planung und vorausschauendem Handeln ist durch den Gehirnumbau ausgeschaltet! Und wenn dieser Umbau zu heftig vonstatten geht, zum Beispiel weil noch weitere Unwegsamkeiten wie deine körperliche Beeinträchtigung hinzukommen, dann ist das wie bei einem Haus: Es kann zu gravierenden und weitreichenden Störungen in der Statik kommen, und es besteht die Gefahr, dass das ganze Haus in sich zusammenstürzt.»

Endlich steht er auf.

«Und deswegen würde ich sagen», resümiert er beim Hinausgehen, «wir behalten dich auf jeden Fall mal für eine Nacht zur Beobachtung hier, und morgen sehen wir weiter!»

An der Türe dreht er sich kurz um.

Jetzt lächelt er wieder.

MONTAG

Lobotomie

Mitten in der Nacht wird ein weiterer Patient eingeliefert, der ununterbrochen stöhnt, stark schwitzt und auf dem Bett neben mir festgeschnallt wird. Nachdem das Pflegepersonal das Zimmer verlassen hat, stiert er mich aus blutunterlaufenen Augen an und zischt dabei ununterbrochen: «Ich bring dich um, du Sau! Ich bring dich um, du Sau!», und da wird mir schlagartig klar, dass ich mich eventuell nicht in einem normalen Krankenhaus befinde. Offenbar hat man mich in eine Irrenanstalt eingeliefert. Im Morgengrauen ist mein Zimmergenosse eingeschlafen, dafür betritt eine schlechtgelaunte Krankenschwester das Zimmer und reicht mir ein Schälchen mit insgesamt sechs sehr großen Tabletten, die ich in ihrer Anwesenheit hinunterspülen muss. Als ich sie nach meinen Eltern frage, sagt sie ohne jeden inhaltlichen Zusammenhang zu meiner präzisen Frage: «Der Doktor kommt gleich!», und mit einem Mal habe ich schreckliche Angst, dass mich Dr. Bhattacharyatan mit Elektroschocks behandeln oder sogar lobotomisieren wird. Beim Lobotomisieren werden dem Patienten seitlich neben den Augäpfeln lange Stahlspitzen ins Gehirn geklopft, um die Nervenbahnen zwischen dem präfrontalen Cortex und dem Resthirn zu trennen. Das stelle ich mir sehr unangenehm vor, und so bin ich wahnsinnig erleichtert, als am späten Vormittag endlich meine Mutter auftaucht und mich mit nach Hause nimmt, zumal es eine wundervolle Nachricht gibt, denn Dr. B. schreibt mich drei Tage krank.

Zu Hause angekommen, muss ich feststellen, dass meine Mutter mein Zimmer aufgeräumt hat. Die Schmutzwäsche ist vom Teppichboden verschwunden, auf dem sich deutliche Staubsaugerspuren abzeichnen, alle Flächen sind feucht gewischt, mein Bett ist frisch bezogen, die Rollläden hochgezogen, das Fenster gekippt. Ich muss zugeben: Es sieht richtig nett aus, und es riecht auch nicht mehr so muffig.

Meine Mutter besteht sogar darauf, mir mein Lieblingsessen zuzubereiten und es mir ans Bett zu bringen, und so stopfe ich kurz darauf einen großen Teller Kartoffelbrei von Pfanni mit viel Salz, einem großen Klacks Ketchup und Röstzwiebeln in mich hinein, und als sie den leeren Teller abholt, sagt sie: «Du hast Besuch!»

Ingo und Niko stehen im Zimmer. Sie haben sich auf Anweisung meiner Mutter die Schuhe ausgezogen. Beide tragen weiße Tennissocken. Ingo setzt sich an meinen Schreibtisch, Niko im Schneidersitz auf den Fußboden, dann schauen sie unsicher, ja fast verzweifelt im Zimmer umher, gerade so, als hätten sie die Nacht festgeschnallt auf einem Stahlrohrbett neben einem mordlüsternen Wahnsinnigen in einer Irrenanstalt mit indischem Chefarzt verbracht.

«Was ist denn mit euch los?», will ich wissen.

Die beiden schauen sich etwas ratlos an. Eine eigenartige Atmosphäre macht sich breit, eine fast mit Händen greifbare Anspannung liegt in der Luft.

«Alles okay?», bohre ich nach.

«Na ja», sagt Niko endlich, «geht so ... also, wir müssen dir etwas sagen. Und das ist irgendwie ziemlich ungeil.»

Ingo reibt sich mit den Handflächen in seinem Gesicht herum und murmelt fast unverständlich: «Also, es geht um die Fotos ... die Fotos von der Skifreizeit, mit deiner Zahnbürste ...»

«Das waren wir», fährt Niko fort, «tut uns echt leid!»

Ich weiß nicht, was er meint, und blicke ihn verständnislos an. Die Bedeutung seiner Worte dringt einfach nicht zu meinem präfrontalen Cortex vor. Ähnlich muss es den Indianern gegangen sein, die die riesigen Segelschiffe von Christopher Kolumbus vor der Küste schlichtweg nicht sehen konnten, einfach weil ihre Gehirne die von den Augen gelieferten Informationen nicht verarbeiten konnten.

«Das mit deiner Zahnbürste!», wiederholt Ingo. «In der Skifreizeit! Das waren wir, verdammt!»

«Wir dachten, es wäre lustig! Tut uns echt leid!», ergänzt Niko, und dann plappern sie wild durcheinander.

«Wir hatten was getrunken und außerdem …»

«… wir wussten zuerst gar nicht, dass das deine Zahnbürste ist, und wollten eigentlich …»

«… deine Kamera hat da so rumgelegen, da haben wir gedacht, wir machen ein paar lustige Fotos …»

«… und dann haben wir uns da irgendwie voll reingesteigert …»

«… und auf einmal hat sich Strucki die Hose runtergezogen …»

«… es war natürlich auch ein interessantes Motiv und …»

«… dann fanden wir es natürlich selbst voll ungeil von uns …»

«… und wir wollten es dir später auch sagen, aber haben uns irgendwie nicht getraut, aber du hättest es ja eh rausbekommen irgendwann …»

«Ich glaub euch kein Wort!», stoppe ich den Redeschwall, da steht Ingo auf, zieht kurz seine Hose ein wenig nach unten, und zeigt mir seinen nackten Hintern, und dann sehe ich es, direkt neben der Ritze: Sylt!

Wäre ich Zangenman, wären die beiden jetzt tot. Mit bis zur Unkenntlichkeit zerquetschten Schädeln würden sie vor mir auf dem Boden liegen, während Gehirnmasse und Blut langsam in den Teppich einsickern. Sicherlich ist Totschlag illegal und grundsätzlich keine schöne Angelegenheit. Aber es gibt doch bestimmt Fälle – absolute Ausnahmefälle natürlich! –, bei denen jeder Richter der Welt sagen würde: Absolut nachvollziehbar und somit nicht strafbar.

Aber da ich nicht Zangenman bin, sondern Marc «Lutscher» Herrenberger, leben die beiden noch, und da ich minutenlang nichts sagen kann, stehen sie irgendwann auf und schleichen Richtung Tür.

«Vielleicht war's auch ein bisschen aus Frust oder so», erklärt Ingo an der Zimmertür. «Es ist ja schon nicht so leicht mit dir. Die Leute glotzen ja auch, wenn du neben einem herhumpelst oder mit deinem pissigen Mofa ankommst. Ständig muss man

Rücksicht nehmen. Nicht mal ein Snickers kann man in deiner Nähe essen, der Wind könnte ja ein Erdnussatom in deine Nähe wehen. Und immer diese Scheiße mit der Zangengeburt. Ich kann's nicht mehr hören! Und dann unsere Band. Hast du dich mal Gitarre spielen hören? Ganz ehrlich. Das ist eine Katastrophe! Ich habe da eigentlich überhaupt kein' Bock drauf! Aber ich muss ja! Weißt du überhaupt, dass deine Eltern bei meinen angerufen haben, damit ich mit dir die Band gründe? Hast du das gewusst?» Und obwohl ich weiterhin nichts sage, schiebt er noch ein «Ist aber so!» hinterher.

Niko sagt: «Sorry noch mal», und dann gehen die beiden.

Ich fühle mich völlig leer, und um nicht in eine von Weinkrämpfen begleitete Spontandepression zu fallen, ziehe ich die härteste Scheibe aus dem Regal, die ich besitze: «Ride the Lightning» von Metallica. Ich setze die Nadel des Plattenspielers direkt vor den Song «Trapped Under Ice», und die Jungs brettern los.

I don't know how to live through this hell
Woken up, I'm still locked in this shell
Frozen soul, frozen down to the core
Break the ice, I can't take anymore
Freezing – Can't move at all
Screaming – Can't hear my call
I am dying to live, cry out:
I'm trapped under ice

Scheiße! Das macht ja alles noch viel schlimmer. Ich reiße die Nadel mit dem üblichen Kratzen von der Schallplatte herunter, da betritt Sophie mein Zimmer und sagt: «Kannst du das Schildkrötenwasser wechseln, das ist schon wieder total braun.»

Wie in Trance laufe ich hinter ihr her und frage mich, was Zangenman wohl in meiner Situation machen würde. Wahrscheinlich hätte er Ingo und Niko nicht wirklich umgebracht, das wäre trotz größtmöglicher Demütigung nicht seine Art, dafür ist er viel zu edel, zu gut. Mittlerweile hocken wir in Sophies Zimmer vor dem Terrarium und stieren ins braune Wasser. Die Schildkröten sind in der Kloake, in die sich das Wasser schon wieder verwandelt hat, nicht zu sehen. Jetzt kommen sie zu uns nach vorne ans Fenster geschwommen, aufgrund der starken Verschmutzung sind nur ihre winzigen Gesichter zu sehen, aus denen sie uns anstieren, während sie mit den kleinen Krallen ihrer Füße unablässig und panisch an der Scheibe kratzen.

Zangenman würde langsam mal sein Leben in den Griff bekommen und nicht immer nur Mist bauen, schießt es mir durch den Kopf.

«Das ist doch kein Leben!», sage ich dann.

Sophie blickt mich fragend an.

«Das da!», ich deute auf die fünf an der Scheibe herumstrampelnden Tiere. «Ist kein Leben!»

«Spinnst du jetzt?», protestiert Sophie «Denen geht's voll gut bei mir!»

«Denen geht's beschissen!»

«Jeden Morgen freuen die sich, mich zu sehen, dann stehe ich auf, rufe ihre Namen, und dann schwimmen die an die Scheibe ...»

«Sophie!», erkläre ich jetzt. «Ganz ehrlich! Das sind Wasserschildkröten! Die freuen sich nicht, wenn sie dich sehen, die haben dich auch nicht lieb oder denken irgendetwas. Die wissen noch nicht mal, dass sie Namen haben! Die wissen noch nicht mal, dass sie Schildkröten sind! Das Einzige, was die wissen, ist, dass es hier in unserem Terrarium megascheiße ist. Das Einzige, was die wollen, ist, von hier zu verschwinden. Verstehst du?»

Sophie denkt nach. Ihre kleinen Finger streichen dabei über den lindgrünen Teppichboden, und ich befürchte schon, dass sie anfängt zu weinen.

«Echt?», fragt sie.

«Echt!»

«Und was machen wir jetzt?»

Nach kurzem Überlegen kommt mir etwas in den Sinn.

«Vor ein paar Wochen war ich doch mit meiner Klasse auf dem Schulausflug in den Palmengarten in Frankfurt. Und weißt du was die da haben?»

«Nö.»

«Da haben die ein riesiges Gewächshaus mit tropischen Pflanzen und Palmen. Fast so groß wie ein Fußballfeld. Und überall zwischen den ganzen Pflanzen sind megageile Wasserbecken, die alle miteinander verbunden sind. Und weißt du, was da in den megasaugeilen Wasserbecken rumschwimmt?»

Kurze Pause. Ihre Finger fahren immer hektischer über den Teppich.

«Wasserschildkröten?»

«Ganz genau!», rufe ich. «Dutzende von Wasserschildkröten. Und jetzt packen wir die Schildies alle ein und fahren nach Frankfurt in den Palmengarten, ok?»

Schweigen. Dann sagt sie ganz leise: «Okay.»

Trockene Tropen

Wir fahren mit der S-Bahn nach Frankfurt, Haltestelle West, laufen die Adalbertstraße hinunter, und stehen kurz nachdem wir die Bockenheimer Warte passiert haben, vor dem Haupteingang des größten botanischen Gartens Deutschlands. Aus dem durchweichten Boden ihres kleinen, hellblauen Rucksacks mit Schlumpfmotiv tropft es unablässig. Aus dem Innern sind beharrlich Kratzgeräusche der Schildkröten zu hören, die ich zwecks Vermeidung todbringender Vertrocknung immer wieder mit lauwarmem Wasser aus einer Plastikflasche begieße. Die Dame am Eintrittsschalter bemerkt es glücklicherweise nicht, und so betreten wir kurz darauf das warme Tropicarium. Leider kann ich mich an die örtlichen Gegebenheiten nicht mehr besonders gut erinnern, da ich bei unserem Schulausflug den Großteil der Zeit damit verbracht hatte, die weitläufigen Außentümpel nach Geldstücken abzusuchen und so bin ich etwas verunsichert, als wir in das gut besuchte Glashaus vordringen.

Ich stehe mit Sophie vor einem Schild.

Trockene Tropen (Dornwald), ist dort zu lesen.

«Hier gibt's ja gar kein Wasser!», sagt Sophie, während ich einen weiteren Schluck Wasser in ihren Rucksack kippe. Habe ich mich etwa getäuscht?

Wir laufen den gepflasterten Weg entlang, der zwischen dornigem Gestrüpp und Kakteen verläuft und erreichen das nächste und wiederum nicht besonders ermunternde Schild:

Trockene Tropen (Savanne)

Ich entdecke einen Mitarbeiter, der zwischen Stachelpflanzen auf dem Boden kniet und mit einer winzigen Schere an einigen vertrockneten Blättern herum schnippelt. Sein muskulöser Körper steckt in einem grünen Arbeitsanzug, und auf seinem breiten Rücken steht das Wort «Palmengarten».

«Entschuldigen Sie», sage ich hilfesuchend, und der Mensch dreht sich zu uns herum. Es ist Oktan. Er richtet sich auf und blickt mich zunächst überrascht und dann feindselig an.

«Was machst du denn hier?», kann ich nicht vermeiden zu fragen.

Oktan fixiert mich misstrauisch. Dann sagt er: «Ausbildung zum Zierpflanzengärtner.»

«Zierpflanzengärtner?», frage ich und muss breit grinsen, da packt er mich am Kragen und reißt mich nach vorne. «Wenn du irgendjemandem davon erzählst», zischt er, «ich schwöre dir, dann ...»

Aus Sophies Rucksack sind panische Kratzgeräusche zu hören. Oktan lässt mich los.

«Was habt ihr da?»

Er wartet keine Antwort ab, sondern beugt sich nach vorne und blickt hinein.

«Seid ihr verrückt geworden? Ihr wollt die hier aussetzen? Das ist verboten!»

«Ich dachte, hier gibt's Wasser!», sage ich, ohne auf seinen Hinweis einzugehen.

«Hier gibt's auch Wasser! Nebenan, in den feuchten Tropen, aber wie gesagt: Das ist absolut verboten. Wenn hier jeder seine Wasserschildkröten aussetzt, dann ...»

«Oktan!», rufe ich, und er verstummt. «Ich mache dir jetzt einen Vorschlag: Du zeigst uns jetzt die feuchten Tropen, und von mir erfährt keiner was von deiner tollen Ausbildung zum Zierpflanzengärtner, okay?»

Kurz darauf führt Oktan uns in ein weiteres riesiges Glasgebäude, an Mangroven vorbei, mitten hinein in die üppige Vegetation eines feuchten und von kleinen Teichen durchzogenen Regenwaldes.

Am Ende eines kleinen, wenig frequentierten Seitenweges innerhalb der labyrinthartigen Anlage deutet er auf einen ruhigen, klaren Bach, auf dessen Grund hellgrüne Wasserpflanzen zu erkennen sind. Auf dem trockenen Teil der Wasserwurzel einer großen Mangrove sitzen zwei Wasserschildkröten.

«Hier», flüstert er und deutet auf die Wasseroberfläche.

«Gefällt's dir?», frage ich Sophie.

Statt zu antworten, kniet sie sich auf den feuchten Boden und nimmt ihren Rucksack vom Rücken. Dann dreht sie ihn vorsichtig um, und fünf kleine Reptilien rutschen ins Wasser und verschwinden in Windeseile unter Steinen und Wurzeln.

Sie blickt noch eine Weile ins Wasser, dann nimmt sie meine Hand. Als wir an Oktan vorbeilaufen, schaut sie kurz zu ihm hoch und sagt: «Danke!»

Als wir wieder nach Hause kommen, dämmert es bereits, und ich erwarte eine fulminante Standpauke, doch uns erwartet lediglich eine spürbar gedrückte Stimmung. Im Wohnzimmer läuft die Tagesschau. Mein Vater sitzt auf dem Sofa und glotzt, eine halbleere Flasche Chivas Regal in der Hand, mit verquollenen Augen auf den Bildschirm, der den Chefnachrichtensprecher der ARD, Werner Veigel, zeigt. Im Hintergrund ist eine Landkarte Europas und große Teile Russlands zu sehen. Unten links stehen die Worte «Unfall in Atomkraftwerk». Auch Großvater Erwin steht auf seinen Rollator gestützt daneben. Als er mich sieht, winkt er mich zu sich heran und flüstert: «Pass uff, Lutscher. Da is e Riesenscheiße passiert, des sach isch dir!»

«Was ist denn los?», will ich wissen, doch er reagiert nicht. Ich habe offenbar zu leise gesprochen. Es kommt mir so ungerecht vor: Opas Ohren werden immer größer, und er hört trotzdem immer weniger.

Wir lauschen den Worten von Werner Veigel.

«... Schäden am Reaktor auf. Durch die radioaktive Strahlung sollen auch Menschen zu Schaden gekommen sein. Weiter heißt es in der Meldung, den Betroffenen werde Hilfe geleistet. Es wird aber nicht gesagt, wann sich das Unglück ereignet hat oder wodurch es verursacht wurde. In den letzten beiden Tagen war an mehreren Orten Schwedens und Finnlands erhöhte Radioaktivität gemessen worden. An einigen Stellen wurde die übliche Strahlungsmenge um das Fünf- bis Sechsfache übertroffen.»

Mein Vater deutet vage in Richtung Fernseher. «Da ist es: Das ultimative Manifest menschlicher Überheblichkeit und des so oft darauf folgenden Scheiterns! Ich hab's euch immer gesagt», philosophiert er nuschelnd und führte die Flasche zum Mund. Seine Haare stehen in alle Himmelsrichtungen vom Kopf ab, er ist sehr schlecht rasiert. Immer wieder nickt er kurz ein, und wenn er aufwacht, brabbelt er wirres Zeug.

Etwa eine Stunde später ist er endgültig eingeschlafen.

DIENSTAG

Zwiebeln mit schimmeligem Brot

Meinem Vater geht es sehr schlecht. So schlecht, dass ich nicht zu ihm ins Schlafzimmer gehen soll. Lediglich meine Mutter darf zu ihm, und als sie wieder nach unten kommt, kann ich sehen, dass sie geweint hat. Dann ruft sie unseren Hausarzt Dr. Frank an und bittet ihn in eindringlichen Worten um einen Hausbesuch. Nachdem Dr. Frank meinen Vater untersucht hat, lässt es sich nicht vermeiden, dass ich trotz Flüsterton ein paar Wortfetzen des Gesprächs zwischen dem Arzt und meiner Mutter aufschnappe, schließlich sitze ich mit meinem zigarettendrehenden und sichtlich nervösen Opa am Küchentisch. Von einem Nervenzusammenbruch ist da die Rede, von alarmierenden Zeichen und von völliger geistiger Erschöpfung.

Mein Opa bringt es auf den Punkt.

«Der Bub is fertisch! Den könne mer vergesse im Moment! Aber eins sach isch euch: Isch hab die ganze Nacht Radio gehört. Dess wird ganz übel, dess mit dem Tschernobyl. Ganz übel. Wege der Strahlung. Da müsse mir mal en bissi aktiv werde, jetzt, ganz im Ernst. Sonst wird des schlimmer als wie nach em Kriesch!»

«Bitte, Erwin!», ruft meine Mutter. «Jetzt nicht auch noch deine alten Geschichten vom Krieg. Ich bitte dich!»

«Nein, isch sach ja nur», beharrt Opa Erwin. «Weil dess wischig is, bevor's hier nix mehr gibt, so wie nach em Kriesch. Nach em Kriesch, als isch von Russland zurückgelaufen bin, da hat isch so Hunger. Dess will isch nie wieder habe so was. Es gab ja nix!»

Meine Mutter verdreht die Augen.

«Da hab isch zwei Woche lang ...»

«Nur rohe Zwiebeln gegessen ...», ergänzt meine Mutter kopfnickend.

«Aja! Genau! Hab isch dess schon mal erzählt? Nur rohe Zwibbeln gab's! Und als isch dann endlich zu Hause war, da hing mir die Haut in Fetze von de Fußsohle runner. Und daheim gab's auch wieder nur Zwibbeln, aber wenigstens geschmort waren se dann! Und später ...»

«... habt ihr schimmliges Brot gegessen, ich weiß», fährt meine Mutter fort.

Mein Großvater schlägt mit beiden Händen auf den Tisch, Tabakreste fliegen durch die Luft. Er deutet mit seinem knorrigen Zeigefinger auf meine Mutter.

«Dess will isch nie wieder erlebe, dass es nur Zwibbeln und schimmlisch Brot gibt! Nie wieder! Ihr wisst doch gar nett, wie gut's eusch geht!»

Dr. Frank meldet sich zu Wort. «Ich glaube, ich werde hier nicht mehr gebraucht», sagt er dezent, macht einige Schritte Richtung Haustür und deutet dann nach oben. «Viel Ruhe braucht Ihr Mann jetzt erst mal, ich habe ihm ein Beruhigungsmittel gespritzt, und in ein paar Tagen sollten wir dann über die weiteren dringend notwendigen Schritte nachdenken. Auf Wiedersehen!»

Kurz verweilt sein Blick auf dem Einschussloch in der Decke. «Viel Ruhe, wie gesagt ...», murmelt er nochmals, dann zieht er die Türe hinter sich zu.

«Lutscher! Jetzt hör mir ma zu!», vernehme ich Opa Erwins beschwörende Stimme, und er legt seine alte, fleckige Hand mit der nikotingelb verfärbten Haut zwischen Zeige- und Mittelfinger auf meinen Unterarm. «Mir beide! Nur mir beide müsse dess jetzt in die Hand nehme und die Grundversorschung für die nächste paar Woche gewährleiste, bis die atomare Wolke dursch ist, verstehste!»

Ich nicke.

«Und mir müsse uns beeile, bevor die annern auch uff den Trischter komme und's am End vielleicht zu Plünderungen kommt, so wie damals. Hab isch alles erlebt, im Kriesch …»

Ich nicke weiter, hoffe aber inständig, dass nicht weitere Kriegserlebnisse geschildert werden.

«Dessdewesche gehst du jetzt raus zum Audo und montierst de Dachgepäckträscher und die Skibox obbedruff, und in der Zeit schreib isch e Liste mit was mer alles brauche!»

Ich habe gerade die Skibox aus der Abstellkammer im Keller nach draußen vor den Jetta gezogen, da wird im ersten Stock des Nachbarhauses ein Fenster geöffnet. Das bis auf die schwarz geschminkten Augen und Lippen schneeweiße Mondgesicht von Gerlinde erscheint; heute hat sie ihre pechschwarzen Haare streng nach hinten gebürstet und mit Gel fixiert, und der Bereich über ihren Ohren ist frisch rasiert. Im Hintergrund läuft «Boys Don't Cry» von The Cure.

«Was machst'n du da?», will sie – offenbar schon wieder extrem gesprächig – wissen.

«Ich soll die Box aufs Auto montieren, weil wir jetzt einkaufen gehen, wegen Tschernobyl», erkläre ich und versuche, den zentnerschweren Plastikkasten anzuheben.

«Soll ich dir helfen?», fragt sie von oben, und gefühlte Sekundenbruchteile später steht sie neben mir. Gemeinsam befördern wir die Kiste mit ausgestreckten Armen auf das Autodach, und für einen kurzen Moment kann ich durch den weiten Ärmel ihres schwarzen T-Shirts ihre spärliche Achselbehaarung und die glatte weiße Haut darunter sehen, während sie ihre großen Brüste an der Karosserie platt drückt. Sie trägt keinen BH.

«Voll doof, das mit Tschernobyl», sagt sie dann.

«Weiß nicht. Glaub schon», sage ich, dann lächelt sie ein kurzes Zahnspangenlächeln und verschwindet so schnell, wie sie gekommen ist, und als ich die letzten Befestigungsschrauben festdrehe, kommt Opa Erwin aus dem Haus, steuert auf die Fahrertüre zu und lässt sich unendlich langsam auf dem Fahrersitz nieder.

«Kannst du überhaupt Auto fahren?», frage ich ihn mit erhobener Stimme, damit er es auch versteht. «Soll nicht lieber Mama fahren?»

«Natürlisch kann isch Audo fahrn!», erwidert er brüskiert und verstellt den Sitz in die vorderste Position, sodass er faktisch zwischen Lehne und Lenkrad eingeklemmt ist. «Isch kann sogar Panzer fahrn! Jagdpanzer! Der Hetzer, des war de beste Panzer, den mer hatten, damals an de Ostfront. Da werd isch ja wohl so 'n Jetta fahre könne!»

Ich blicke auf den Einkaufszettel und runzele die Stirn, während mein Großvater das Lenkrad mit beiden Händen fest umklammert. Der Rauch seiner im Mundwinkel vor sich hin glühenden Zigarette steigt ihm in die zusammengekniffenen Augen. Wir fahren Richtung Innenstadt. Der Tachometer zeigt knappe 30 Stundenkilometer, gerade überholt uns der nächste, wütend hupende Autofahrer, was bei Erwin allerdings keinerlei Reaktion hervorruft.

«Jodtabletten?», frage ich und deute auf das oberste Wort auf dem Einkaufszettel.

«Wege der Strahlung!», erklärt Erwin zigarettenbedingt etwas undeutlich. «Dess schützt die Schilddrüsen!»

«Kerzen?»

«Aja! Wenn's hier bald zappeduster is, hammer wenigstens Licht!»

«Silikon?»

«Denk doch mal nach, Lutscher! Wir müsse die Fenster abdischte! Vor allem Richtung Osten!»

Ich überfliege weitere fragwürdige Einträge, da biegen wir ab und fahren im Schritttempo auf den Parkplatz vom HL.

«Ach Gott, ach Gott! Grundgüdiger! Schau dir dess an, wie se alle panisch ihre Hamsterkäufe zu de Audos schiebe. Wir hätte keine Stunde später losfahre dürfe!»

Ich weiß absolut nicht, was er meint!

«Opa, hier sieht es aus wie immer. Die Leute kaufen ganz normal ein ...»

«Spätestens heute Abend», fährt er meinen Einwand ignorierend fort, «herrsche hier Chaos und Verwüstung, dess sach isch dir. Wenn die Regale leergekauf sind und die Leute merke, dass es nix mehr gibt ...»

Er kurbelt das Fenster herunter, schmeißt den Zigarettenstummel auf den Asphalt und brüllt eine Frau an, die vollkommen unschuldig den Inhalt ihres Einkaufswagens in den Kofferraum ihres Fahrzeugs räumt. «Habbe Sie uns noch bissi Klopapier übrisch gelasse? Dess wär ganz nett gewese!»

Kurz darauf laufen wir mit zwei Einkaufswagen durch die Gänge des Supermarktes, Großvater Erwin stützt sich auf seinen, und ich belade beide, wobei ich seine Anweisungen strikt befolge. Nachdem wir den Inhalt der ersten beiden Einkaufswagen im Auto verstaut haben, wiederholen wir die Prozedur, dann fahren wir in den Baumarkt und anschließend wieder nach Hause. Das Fahrzeug und die Dachbox sind vollgestopft mit Konservendosen, Brödli, Dauerhartwurst, Tütensuppen, Reis, Pasta, Trockenfrüchten, Keksen, Toilettenpapier, Hundefutter, Jodsalz und Jodtabletten, kistenweise haltbaren Getränken in Plastikflaschen und Tetrapacks, Unmengen von Kerzen, diversen großen Brettern sowie Silikontuben.

Während ich alles ins Haus räume, verkündet Erwin: «Dess ganze Zeug müßte erst ma für drei Monade reische! Bis die Wolke dursch ist! Und jetzt lasse mir die Badewanne vollaufe. Hier wird nett mehr gebadet, dess is zusätzliches Trinkwasser! Unverseuchtes Trinkwasser!» Er schnappt sich eine Tube Silikon und fährt mit dem Treppenlift in den Keller.

«Was ist denn mit Papa?», frage ich meine Mutter, nachdem ich die letzte Einkaufstüte auf der Arbeitsplatte in der Küche abgestellt und mich neben sie an den Küchentisch gesetzt habe.

Sie blickt mich lange an. Ihre Augen sind rot. Sie hat keine Schminke aufgetragen, weder ihren geliebten Lidschatten noch den Kajal, und ihre Haare hängen strähnig auf die Schultern.

«Ich war so blind! Wie kann man nur so blind sein?», flüstert sie und schaut mich an. «Hast du denn gar nichts gemerkt?»

Innerhalb von Sekundenbruchteilen setzt mein Gehirn ein imaginäres Puzzle zu einem unschönen Bild zusammen:

Mein Vater ist fast immer zu Hause. In der Mülltonne liegen ständig leere Wein- und Schnapsflaschen. Den ganzen Tag trägt er seinen Bademantel über einem ausgeleierten Jogginganzug. Die ständigen Stimmungsschwankungen. Das unrasierte Kinn. Der eigentümliche Geruch.

«Papa arbeitet gar nicht mehr bei der Werbeagentur, oder?»

Meiner Mutter läuft jetzt eine Träne über die Wange, und sie schüttelt langsam den Kopf.

«Papa hat gar keinen Job mehr, oder?»

Das Kopfschütteln wird heftiger. Ich bin völlig entgeistert, mein Mund steht offen.

«Und der Werbespot mit dem Segelflugzeug, für Perendium?», stottere ich. Meine Mutter blickt mich unendlich traurig an.

«Ist gar nicht von deinem Vater ...»

«Und die Werbespots für Tai Ginseng und Abflussfrei und Domestos?»

«... sind auch alle nicht von ihm!», schluchzt meine Mutter jetzt. «Dein Vater ist arbeitslos! Seit fast sechs Monaten!» Sie drückt ihr nasses Gesicht an meine Schulter und lässt den Tränen freien Lauf. «Und er hat ein massives Alkoholproblem!»

Ich nehme sie in den Arm, sie beruhigt sich ein wenig, und so verharren wir eine gefühlte Ewigkeit.

«Wir werden das Haus nicht halten können», sagt sie dann etwas gefasster. «Schon im letzten Monat konnte die Kreditrate nicht mehr bezahlt werden, gestern war schon die zweite Mahnung in der Post ... und wenn wir schon dabei sind ...», sie greift nach meinem Unterarm und drückt ihn, «... ich glaube, dein Vater hat ein Verhältnis mit Frau Lummenbrink.»

Dank meines in akuter Selbstzerstörung befindlichen präfrontalen Cortexes empfinde ich nicht viel mehr als eine undefinierte dumpfe Leere, eine gewisse Müdigkeit.

Nach einer Weile frage ich: «Stimmt es, dass ihr mit Struckmanns gesprochen habt, um sie zu darum zu bitten, dass Ingo mit mir die Band gründen soll?»

Sie blickt mich wieder lange an.

«Was wäre daran denn so schlimm?»

«Mama! Ihr müsst doch nicht irgendjemanden dazu überreden, mich zu betreuen. Ich meine, ich bin doch nicht behindert oder so.»

Sie umarmt mich und flüstert: «Ich will doch nur, dass es dir gutgeht. Sonst will ich nichts. Nur dass es dir gutgeht.» Sie erdrückt mich fast. «Und ein bisschen behindert bist du halt schon, mein Schatz.»

Wie bitte? Ich muss kurz nachdenken.

So habe ich das noch nie gesehen.

Natürlich ziehe ich die Karte mit der Zangengeburt wie einen Trumpf aus dem Ärmel, wenn ich mir dadurch einen Vorteil verschaffen kann, einen besseren Sitzplatz im Kino oder Lehrermitleid bei der Notenvergabe. Ganz bestimmt werde ich später auch versuchen, einen Behindertenausweis zu ergattern, damit ich beim Einkaufszentrum immer direkt am Eingang auf einem der stets freien Behindertenparkplätze parken kann, von denen es so viele gibt, als würden dort täglich die Paralympics stattfinden. Und tatsächlich sind mein linkes Bein und der linke Arm ein wenig mangelhaft, und ich trage orthopädische Maßschuhe. Aber behindert? Also richtig behindert? Mongos sind behindert. Spastis sind behindert. Glasknochen-Eddie ist verdammt noch mal behindert!

Aber ich doch nicht.

«Ist deine Mutter da?», frage ich, als Gerlinde die Türe aufmacht.

«Nein, die ist lieber auch mal einkaufen gegangen. Hat wohl auch ein bisschen Schiss bekommen, als sie eure Vorräte gesehen hat, aber warum willst du ...»

«Hat deine Mutter ein Verhältnis mit meinem Vater?»

Gerlinde bekommt riesengroße Augen und schaut mich mit offenem Mund an.

«Was?», kichert sie dann ungläubig und zieht mich ins Haus. «Bist du jetzt vollkommen verrückt geworden?»

«Meine Mutter vermutet, dass mein Vater ein Verhältnis hat mit deiner Mutter. Und ich möchte wissen, ob das stimmt!»

«Natürlich nicht!», erklärt Gerlinde und lacht laut. «Dein Vater bringt uns die Getränkekisten in den Vorratskeller und repariert mal einen Wasserhahn. Letztens hat er den Fernseher neu eingestellt, als alle Programme weg waren. Und das war's. Also wirklich. Ein Verhältnis. So ein Blödsinn!»

Trotz dieser beruhigenden Nachricht merke ich urplötzlich, dass es mir mental absolut beschissen geht. Mein Kinn fängt an zu zittern, und mir schießen Tränen in die Augen. Ich werde doch jetzt bitte keinen Nervenzusammenbruch haben! Von wegen boys don't cry.

«Was ist denn los mit dir?», will Gerlinde wissen.

«Was los ist?», bringe ich hervor. «Ich kann dir sagen, was los ist! Mal ganz abgesehen von meiner wirklich mangelhaften linken Körperhälfte ist mein Vater arbeitsloser Alkoholiker, wir haben bald kein Dach mehr über dem Kopf, und der katastrophale Verlauf der Neueröffnung vom Schwimmbad wird schätzungsweise zum endgültigen Schulverweis und damit auf direktem Weg zu den Mongos in der Gesamtschule führen. Mein vermeintlich bester Freund hat sich meine Zahnspangenzahnbürste in den Arsch gesteckt, weil er von seinen Eltern gezwungen wird, mit mir zu musizieren, und mein vermeintlich zweitbester Freund hat das Ganze dann auch noch mit meinem eigenen Fotoapparat fotografiert. Ich hatte noch nie Sex und alle denken, ich wäre schwul, und laut der psychologischen Untersuchung eines indischen Psychologen bin ich zumindest verhaltensgestört. Ich bin vollkommen umsonst bei Dr. Baker eingebrochen, um den nächsten Englischtest zu stehlen, und darüber hinaus ist Tschernobyl explodiert und meinem Großvater zufolge ganz Europa auf Jahrhunderte hinaus atomar verseucht. Das ist los!»

Gerlinde schaut mich immer noch mit großen Augen an.

«Du bist bei Dr. Baker eingebrochen?»

Ich nicke.

«Und du hattest noch nie Sex?»

Ich schüttele den Kopf.

«Nicht mal einen Zungenkuss?»

«Na ja, doch. Passiv, könnte man sagen. Einen passiven Zungenkuss, an Ostern.»

Gerlinde nimmt ohne ein weiteres Wort meine Hand und zieht mich die Treppe hinauf in ihr Zimmer. Die Wände sind schwarz gestrichen und mit Postern von den stets depressiv dreinblickenden Mitgliedern der Band The Cure verziert. Sie setzt sich auf ihr Bett und zieht mich neben sich, dann lupft sie in einer fließenden Bewegung ihr T-Shirt nach oben und zeigt mir ihre unfassbar großen Brüste. Sie sind wirklich gigantisch, nicht so groß wie Wasser-, aber doch bestimmt wie Honigmelonen. Oder zumindest sehr große Pampelmusen.

«Gerlinde!», sage ich, während ich ihre Brüste anstarre.

«Willst du mal anfassen?», fragt sie mich, aber es klingt mehr wie eine Aufforderung.

Ich greife vorsichtig zu. Sie sind ganz weich. Ich streichele über die zarte Haut und die kleinen Nippel. Einem Urinstinkt folgend, nehme ich vorsichtig ihre linke Brustwarze zwischen meine Lippen; Gerlinde stöhnt kurz auf und schließt ihre Augen. Offensichtlich bin ich sehr gut im Bett. Getrieben von einer beginnenden Erektion, verstärke ich meine Bemühungen und lecke an ihrem Nippel herum, gerade so, als wäre ich schwer zuckerkrank und Gerlindes Brüste die einzig verbliebende Insulinquelle weltweit.

Sie gibt einen Klagelaut von sich und entzieht sich meinen Liebkosungen.

«Nicht so fest», flüstert sie dann mit einer samtweichen Stimme. «Das tut ein bisschen weh!»

«Sorry!», sage ich. «Tut mir leid! Tut mir echt leid!»

«Macht nichts», wispert sie und lächelt mich an. Ich schaue in ihr Gesicht und stelle fest, dass sie eigentlich sehr schön ist. Wunderschön. Das definitiv schönste Mädchen auf der ganzen Welt. Tausendmal schöner als Anna Sukolewski!

«Du bist süß», behauptet sie und beugt sich nach vorne, unsere Lippen berühren sich, und dann schiebt sie ihre Zunge zwischen meinen Lippen hindurch. Das fühlt sich schön an, und dann umkreisen sich unsere Zungen, und alles ist ganz feucht und warm, und während ich mit meiner Zunge in ihrem Mund herumfuhrwerke, drücke ich sie nach hinten und liege auf ihr. Ich öffne den Knopf meiner Jeans, dabei berühre ich die Innenseite ihrer voluminösen, aber dennoch wunderschönen, geradezu wahnwitzig schönen Oberschenkel durch ihre hauchdünne schwarze Perlonstrumpfhose, doch mit einem Mal spüre ich einen kleinen Ruck, der durch meinen Schädel fährt, im gleichen Moment ein unangenehmes Ziehen an meinen oberen Schneidezähnen.

Unsere Zahnspangen haben sich ineinander verhakt.

Das durch den Schlag von Philipp Straub vom linken Schneidezahn gelöste Fixierungselement hat sich offenbar unter Gerlindes Drahtgestell geschoben, sich dort ein wenig verdreht und schlussendlich verklemmt.

Ich versuche mich zu befreien, doch unsere Köpfe vollführen

nur einen von leisem Fluchen begleiteten Synchrontanz. Immer wieder vor und zurück, dann zur Seite, einem eigentümlichen Balztanz verrückt gewordener Tropenvögel nicht unähnlich.

Mit nach oben gezogenen Oberlippen glotzen wir uns aus einer Entfernung von knapp zwei Zentimetern an. Das Sprechen fällt natürlich schwer.

«Waff follen wia jefft machen?», fragt Gerlinde.

«Verdammffe Scheiffe!», antworte ich, und im gleichen Moment spüre ich ein widerliches Kribbeln auf den Armen, und mein Hals wird trocken und dick. Und während ein Spuckefaden von meiner Unterlippe an ihrer Kinnlade herunterläuft und langsam meine Augen zuschwellen, rufe ich im Rahmen der eingeschränkten Möglichkeiten und obwohl ich natürlich genau weiß, was gerade passiert:

«Hafft Du Erdnüffe gegeffen? Du hafft doch nifft etfa Ernüffe gegeffen!»

Die Zimmertüre wird aufgerissen. Die arme Frau Lummenbrink steht im Raum und stößt einen spitzen Schrei aus. Verständlicherweise, denn das Bild, das sich ihr bietet, muss grotesk sein.

Ihre Tochter liegt rücklings mit hochgeschobenem Rock und verzweifeltem Blick auf dem Bett. Auf ihrer Tochter und im wahrsten Sinne des Wortes an ihren Lippen hängt ein sabberndes Monster mit verquollenen Augen, das vage an den Nachbarsjungen erinnert.

Nachdem Gerlinde einige kurze Erklärungen und präzise Anweisungen formuliert hat, verschwindet die arme Frau Lummenbrink und kniet kurz darauf neben uns auf dem Bett. Mit einem kleinen Drahtschneider fuchtelt sie neben unseren Mündern herum und ruft dabei: «Stillhalten!» Mehrmals knallt der gehärtete Werkzeugstahl der Zange unschön gegen meine Zähne, und ich befürchte schon, dass mir die Oberlippe durchgeschnitten wird, da höre ich ein Knipsen, der Draht in meinem Mund ist durchtrennt, mein Kopf ist befreit, und ich falle nach hinten. Schwer atmend liege ich neben Gerlinde auf dem Bett. Ich stelle erleichtert fest, dass mich nur eine leichte Atemnot plagt. Ich horche in mich hinein, überprüfe weitere Symptome. Übelkeit? Nein. Herzrasen? Nein. Alles deutet darauf hin, dass ich dieses Mal glimpflich davonkomme, und tatsächlich geht es mir von Minute zu Minute besser. Ich beschwöre Mutter und Tochter, keinen Krankenwagen zu holen. Nicht schon wieder! Gerlinde besteht darauf, mir wenigstens einen feuchten Waschlappen auf das Gesicht zu legen, und als ich eine knappe Stunde später aufstehe, um nach Hause zu gehen, sind der Juckreiz, die Hautrötungen und die Schwellungen fast komplett verschwunden. «Bist du sauer?», fragt Gerlinde, doch dann kann sie sich nicht mehr zurückhalten und bekommt einen spontanen Lachanfall. Immer wieder prustet sie los und rollt sich auf ihrem Bett hin und her, unfähig, auch nur ein Wort zu formulieren. Als sie sich wieder beruhigt, ist ihre schwarze Schminke tränenverschmiert und bis an die Mundwinkel heruntergelaufen. «Du bist so lustig!», sagt sie, während wir die Treppe hinunterlaufen. Kurz bevor ich das Haus verlasse, fällt mir noch etwas ein.

«Also, wenn wir das irgendwann noch mal versuchen, dann solltest du vielleicht vierundzwanzig Stunden vorher keine Erdnüsse mehr essen, okay?»

«Ich kann Erdnüsse sowieso nicht leiden», antwortet Gerlinde und schenkt mir einen Schlafzimmerblick.

Kurz darauf stehe ich Luftlinie vier Meter entfernt in unserem winzigen Flur. Meine Mutter sitzt immer noch am Küchentisch, und gerade setzt sich Opa Erwin neben sie, wobei es unter dem Tisch zu einem kurzen Gefecht zwischen seinen Füßen und dem knurrenden Haxxe kommt. Er stellt eine kleine schwarze Kiste vor sich auf den Tisch, und als er mich sieht, winkt er mich heran.

«Also, Lutscher», erklärt er und legt seine schrumpeligen Hände auf das Kästchen, «die Mudder hat mir grad erzählt, dass hier bald finito is, so finanzteschnisch gesehe.»

Er reibt Daumen und Zeigefinger der rechten Hand aneinander. «Pinkepinke, verstehsde? Nix gewese außer Spese!» Nach einem kurzen Hustenanfall fährt er fort. «Und da hab isch mir gedacht, da wird's emal Zeit, dass de Opa die schwarze Kist rausholt. Dess kann isch ja wohl nett zulasse, dass mer hier ausziehe müsse! Jetzt ma uffgepasst!»

Er klappt den Deckel des ominösen Objekts nach oben, und ich sehe eine Innenpolsterung aus rotem Samt, in die über die komplette Breite mehrere Schlitze eingearbeitet sind. In den Schlitzen stecken sehr viele Goldmünzen.

Meine Mutter atmet deutlich hörbar ein, beim Ausatmen flüstert sie erstaunt: «Erwin!»

«Krügerrand», sagt dieser. «Achtunddreißig Krügerrand sind dess! Die hab isch gekauft Neunzehnachteseschzisch, da hat einer nett emal vierzisch Mack gekostet. Fuffzehnhunnert hab isch für alle zusamme bezahlt damals.»

Er fummelt eine der Münzen heraus und drückt sie mir breit grinsend in die Handfläche.

«Und heute ...?», fragt er dann eher rhetorisch, um sogleich fortzufahren: «... heute kost so en Krügerrand fast sibbehunnert

Makk! Dess heißt, hier liege ma locker sechsundzwanzischtausend Mack uff'm Tisch!»

Mittlerweile steht auch Sophie neben mir, und auch sie blickt wie gebannt ins Innere der kleinen Schatztruhe.

«Des is doch ma geil, oder?», fragt mein Großvater.

«Totgeil!», raune ich fast automatisch.

«Oberaffentittengeil ...», flüstert meine Mutter.

Nach einer Schweigeminute finde ich als Erster die Sprache wieder.

«Sag mal, Opa. Was hast du außer Schusswaffen und Goldschätzen denn noch alles da unten im Keller versteckt?»

«Dess willste gar net wisse, Lutscher!»

Zurück in meinem Zimmer, lasse ich mich rückwärts auf mein Bett fallen. Die Sonne scheint durch das etwas schlierige Fenster und blendet mich, sodass ich die Augen zusammenkneife und bunte Flecken auf den Innenseiten meiner Augenlider erscheinen, die wild hin und her springen, wenn ich meine Augäpfel bewege. Eine ganze Weile beschäftige ich mich mit diesem faszinierenden Spiel, die Sonne sinkt derweil Millimeter für Millimeter nach unten und scheint nun genau durch das Gurkenglas auf dem Fensterbrett. Ich fixiere das Gefäß, richte mich langsam auf und stütze mich auf meine Ellenbogen. War dort eine Bewegung im Wasser? Eine winzig kleine Bewegung? Ich springe innerhalb von Sekundenbruchteilen auf und starre aus einer Entfernung von wenigen Zentimetern in das Wasser, und – ja! – da ist etwas. Genau drei Stück. Drei winzig kleine Urzeitkrebse tollen im Wasser umher. Ich verwerfe den zwar sehr romantischen, aber reichlich unlogischen Gedanken, es könne sich um Vater, Mutter und Kind handeln, recht schnell, dafür greife ich den Braun-Kopfhörer und stülpe ihn über das Gurkenglas. Ich möchte meine neuen Zimmergenossen gebührend empfangen, entscheide mich für einen Gassenhauer von W.A.S.P., und Sekunden später dröhnt in voller Lautstärke der phantastische Song «The Torture Never Stops» durch die Ohrmuscheln. Die Schallwellen verursachen kleine Wellen auf der erzitternden Wasseroberfläche, konzentrische Kreise, die im Takt der Musik sanft an die Glasinnenwand plätschern. Und so unglaublich es auch sein mag: Bei genauerem Hinschauen kann ich erkennen, dass die Urzeitkrebse rhythmisch mit ihren winzigen Köpfchen nicken.

Es ist der blanke Wahnsinn.

Meine Urzeitkrebse sind Heavy-Metal-Fans.

HEUTE

Viele Tage exzessiven Schreibens liegen hinter mir. Meine Fingerkuppen sind gereizt vom ununterbrochenen Einhämmern auf die Tasten, und auch meine Ellenbogen schmerzen. Nur zum Schlafen und Essen und für kurze Aufenthalte im Badezimmer habe ich mein Homeoffice verlassen. Lediglich ein einziges Telefonat habe ich in den letzten Tagen geführt. «Schmeißt das Mofa nicht weg!», rief ich meinem Vater zu, würgte des Gespräch dann möglichst liebevoll ab und schaltete mein Smartphone wieder aus. Auf dem Fußboden stapeln sich leere Pizzakartons und Wasserflaschen. Neben dem Laptop liegen diverse Notizzettel, allesamt vollgeschrieben mit meiner nur für mich lesbaren Handschrift, halbvolle Kaffeetassen und der wild verstreute Inhalt der alten Kiste aus meinem Jugendzimmer. Und wieder nehme ich einige verblichene Fotos in die Hand und muss wehmütig lächeln.

Die Zeit ist ein gefräßiges und nimmersattes Ungeheurer.

Ist das jetzt von mir? Oder von Wilhelm Busch oder Goethe? Vielleicht ist es auch einfach ein Textzitat von Ronnie James Dio.

Time is a ravenous beast in the night

You can catch it on the rainbow of shattered dreams!

Oder so ähnlich.

Jedenfalls ging auch nach dem April des Jahres 1986 das Leben einfach weiter, Tage wurden zu Wochen und Monaten und Jahren. Also lege ich die Finger erneut auf die Tastatur, denn nun soll sie folgen, die beliebte und abgesehen davon auch unverzichtbare Rubrik:

Was geschah mit …

… Gerlinde

Gerlinde wurde meine erste Freundin. Zunächst stahl ich mich immer wieder heimlich zu ihr hinüber, wenn ihre Mutter nicht da war, wir knutschten (vorsichtig!) herum und praktizierten Petting. Petting ist ein heute nicht mehr gebräuchlicher, weil inhaltlich auch überholter Begriff für alles außer Reinstecken.

Das hat man damals zu Beginn einer jugendlichen Beziehung tatsächlich erst einmal eine Weile lang gemacht. Nach ein paar Wochen allerdings wurde mein Drängen stärker, und Gerlinde verkündete mir, dass sie nur mit einem richtig festen Freund richtigen Sex haben würde. Da ich The Cure plötzlich gar nicht mehr so schlimm fand und sie auch ab und zu Mötley Crüe mit mir hörte und vielleicht auch weil ich mich ohnehin wahnsinnig in sie verliebt hatte, sagte ich spontan zu, und wir waren zusammen. «Das erste Mal» war dann allerdings eher deprimierend. Zunächst musste ich feststellen, dass die als Cunnilingus bekannte orale Stimulation der Vulva nach Einführen eines Vaginalzäpfchens nicht ratsam ist. Vaginalzäpfchen lösen sich im Körper auf und sollen dann einen spermienvernichtenden Schaum vor dem Gebärmutterhals bilden. Das ist nicht nur eine extrem unsichere Verhütungsmethode, es schmeckt auch absolut grauenhaft. Gerade so, als hätte man sich ein komplettes Stück Kernseife in den Mund gesteckt. Auch das Überziehen eines Kondoms erwies sich für den ungeübten Laien als problematisch, doch in diesem Punkt war Gerlinde unnachgiebig. Ein Kondom musste sein! «Auch wegen Aids!» war ihr hinsichtlich meiner Jungfräulichkeit absolut schwachsinniges Argument. Beim ersten Versuch stülpte ich das Kondom lediglich über die Eichel, sodass vorne eine zwölf Zentimeter lange Gummihülle zu Boden hing.

«Sieht komisch aus, oder?», stellte ich fest.

«Ist vielleicht das Reservoir ...», orakelte Gerlinde.

«Kommt mir sehr groß vor ...», erwiderte ich.

Nach einem ausführlichen Blick auf die Gebrauchsanweisung waren wir dann zwar schlauer, dafür war meine Erektion vollständig verschwunden.

Also alles von vorne: Rumknutschen, Petting, schnell die Kondompackung aufreißen, Vorgang noch mal kurz mit den Zeichnungen auf der Gebrauchsanweisung abgleichen, Kondom über Eichel stülpen, bis zum Schaft abrollen, dabei auf Erektion konzentrieren und schmerzhaft eingerollte Schamhaare nicht beachten!

Als es dann so weit war, dauerte es etwa neun Sekunden. Vielleicht zehn.

Das Gerede in der Schule war natürlich groß. Der Lutscher ist jetzt mit Grufti-Gerlinde zusammen!

Der Lutscher hat jetzt Sex!, dachte ich jedes Mal triumphierend, wenn ich gehässige Blicke und Lästereien bemerkte und ließ es an mir abperlen wie die Lotusblüte den Morgentau.

Wir hatten ein paar sehr schöne Wochen. Es waren genauer gesagt die schönsten Wochen meines Lebens, bis dann zu Beginn des Sommers immer öfter ein etwa achtundzwanzigjähriger und nur rudimentär Deutsch sprechender Ägypter namens Abubakar im Haus der Lummenbrinks auftauchte. Abubakar (das bedeutet junges Kamel) war ein aus Kairo stammender Student der Wirtschaftsinformatik, mit pechschwarzem Schnurrbart und dicker, eckiger Brille, der in Frankfurt ein Auslandssemester absolvierte.

Er war der neue Freund der armen Frau Lummenbrink.

Und obwohl es mich freute, dass die arme Frau Lummenbrink erblühte wie eine vom Monsunregen überflutete Wüstenblume nach einer mehrjährigen Trockenperiode, sogar wieder zum Friseur ging und Lidschatten auftrug, war es doch eine echte Hiobsbotschaft, als mir Gerlinde unter Tränen verkündete, dass ihre

Mutter in den Sommerferien mit Abubakar nach Kairo ziehen würde und sie mitkommen müsse. Sie werde dort auf die Deutsche Evangelische Oberschule gehen.

Als ich nach unserem stinklangweiligen Sommerurlaub auf einer norddeutschen Hallig (einziger Höhepunkt war eine vom Blitz getroffene, getötete und dann tagelang vor sich hin dampfende Milchkuh) in die zehnte Klasse kam, war Gerlinde verschwunden. Der Versuch, die Flamme unserer Liebe durch einen leidenschaftlichen Briefwechsel am Leben zu erhalten, bis Gerlinde dann mit dem ersten Tag ihrer Volljährigkeit zu mir zurückkehren würde, scheiterte kläglich.

Ich habe bis heute eine Aversion gegen Ägypter.

… meinen Eltern

Mein Vater war zunächst für ganze zwei Monate verschwunden, und weder ich noch meine Schwester Sophie durfte ihn besuchen. Lediglich meine Mutter fuhr alle paar Tage für einige Stunden zu ihm. Als mein Vater dann wieder nach Hause kam, sah er topfit aus. Er war so akkurat frisiert, rasiert und angezogen, und er roch herrlich frisch nach Rasierwasser, dass ich ihn fast nicht erkannte, als er durch die Haustür trat. Ich schaute ihn mit offenem Mund an und war wirklich sprachlos. Erst da fiel mir auf, wie schlecht er vorher ausgesehen hatte. Er drückte mich für eine halbe Ewigkeit an sich (eine absolute Unart, die allerdings vielen Eltern im Umgang mit ihren dabei völlig überforderten jugendlichen Kindern innewohnt) und flüsterte: «Alles wird gut! Jetzt wird alles wieder gut!», und tatsächlich: So kam es dann auch.

Seine insgesamt mehrmonatige Entziehungskur (inklusive Eheberatung) als kreative Pause verkaufend, heuerte er direkt im Anschluss bei einer großen Werbeagentur in Frankfurt an und bekleidete binnen Jahresfrist den Posten als Chefentwickler für Fernsehwerbung. Die Arbeit, das kreative Schaffen, im Grunde das Lebenswerk meines Vaters kennt halb Deutschland und ist allgegenwärtig, denn im Laufe der Jahre hat er einige der großartigsten Werbespots inklusive der dazugehörigen Slogans in die Wohnzimmer der Republik gezaubert.

«Die Geschichte der Menstruation ist eine Geschichte voller Missverständnisse!» stammt ebenso aus der Feder meines Vaters wie das legendäre «Waschmaschinen leben länger mit Calgon!». Auch «Entweder frisch gepresst oder Valensina!», «Aus Raider wird Twix, sonst ändert sich nix!» und den schmierigen Italiener Angelo mit seinem Klassiker «Isch abe garr kein Audo» kann er sich auf die Fahnen schreiben, ganz zu schweigen von der Bindenwerbung «Camelia: Für Frauen, die sich trauen, ganz Frau zu sein» und dem aufgrund vollkommener Unverständlichkeit durchaus umstrittenen «Come in and find out» einer Parfümeriekette.

Sein größter Coup allerdings war es, dass er es einige Jahre später tatsächlich schaffte, einem Hersteller für Antidurchfallmittel einen Fernsehwerbespot zu verkaufen, bei dem ein Ehepaar einen Ausflug mit einem Heißluftballon machen möchte und dies an der schlimmen Diarrhöe des Mannes fast zu scheitern droht.

Im Grunde war es meinem Vater egal, für welche Produkte er Slogans schrieb und bewegte Bilder erdachte, allerdings weigerte er sich nach dem April 1986, Werbung für Alkohol zu machen, und auch im Haushalt meiner Eltern waren alkoholische Getränke fortan nicht mehr zu finden. Zu einem kleinen Eklat kam es, als er trotz seiner mehrfach geäußerten Verweigerungshaltung von einem Alkoholhersteller durch fortwährende und mit ständigen Hinweisen auf seine Genialität versehene Anfragen quasi genötigt wurde, einen Vorschlag für eine neue Werbekampagne zu präsentieren, was er dann notgedrungen auch tat. Sein mittels

Overheadprojektor an die Wand des Besprechungszimmers des Auftraggebers geworfener Slogan «Für echte Verlierer: Doornkaat! Das Dreckszeug macht dich fertig!» wurde natürlich nie verwendet.

Auf diese Konsequenz meines Vaters war meine Mutter unendlich stolz, und sie erzählte davon auf jeder selbstverständlich alkoholfreien Familienfeier. Ansonsten gibt es über meine Mutter nicht viel Aufregendes zu berichten; das harte Schicksal einer jeden und im Falle meiner Mutter sogar bekennenden Hausfrau. Sie halten alles zusammen und sind der Mittelpunkt, der Fixstern der ganzen Familie, doch letztendlich kann ich über sie nur berichten, dass sie einmal in der Woche Schweineleber mit Kartoffeln gekocht hat. Wegen der Spurenelemente und dem wichtigen Eisen.

Kurz nach Anbruch des neuen Jahrtausends stellten meine Eltern dann fest, dass das Reihenmittelhaus schon lange abbezahlt war, es mittlerweile einige Ersparnisse gab und man nur einmal lebt. Mein Vater hörte binnen Monatsfrist auf zu arbeiten, und seither betätigen sich die beiden als Globetrotter und schrecken dabei selbst vor den aberwitzigsten Zielen nicht zurück. Letztens waren sie beispielsweise in Ägypten.

… Großvater Erwin

In den schwierigen Wochen und Monaten nach dem April 1986 rettete uns der Verkauf der Krügerrandsammlung meines Großvaters das Leben. So dramatisch drückte es jedenfalls meine Mutter aus; nüchtern gesagt: Wir konnten in unserem Reihenmittelhaus bleiben, hatten genug zu essen und zu trinken, und darauf war mein Großvater sehr stolz.

In den darauffolgenden zwei Jahren verließen ihn dann aber kontinuierlich und rapide seine körperlichen und vor allem geistigen Kräfte. Immer seltener verließ er sein Kellerzimmer, und wenn ich nach unten ging, gab er immer öfter wirres Zeug von sich, begrüßte mich mit «Ah, meine kleine Sophie!» oder fragte, wann der nächste Bus nach München fahren würde. Manchmal rief er unvermittelt «Mein Urgroßonkel war Großhandelskaufmann in Riga!». Als er irrsinnigerweise in seinem kleinen Zimmer die kaputte Glühbirne der Deckenlampe austauschen wollte und auf einen Stuhl kletterte, fiel er natürlich herunter und brach sich den linken Oberschenkelhalsknochen sowie eine Rippe. Als meine Mutter ihn endlich fand, lag er wie ein Käfer rücklings auf dem Boden, hielt die unversehrte durchgebrannte Glühbirne in die Höhe und rief: «Alles rodscher! Is nix kaputtgegange!» Wie bei so vielen alten Menschen war dieser Sturz der Auslöser einer unbeliebten Kettenreaktion. Eine Thrombose führte zu einer Lungenembolie, diese wiederum verursachte eine Lungenentzündung. Als ich ihn im Krankenhaus besuchte, war er schon sehr schwach, und die Lebensgeister schienen ihn verlassen zu haben, doch er winkte mich zu sich heran und flüsterte: «Hier Lutscher! Woran erkennt man e reische Äthiopieä? An de Rolex um de Bauch!» Er klopfte mit seinem Handrücken gegen meine Schulter, eine stumme Aufforderung zu lachen. Seine Augen blitzten kurz, doch mir stiegen die Tränen in die Augen. «Der war gut, Opa! Den merk ich mir!», flüsterte ich tapfer. Zehn Tage später starb er. Ich heulte drei Tage lang und hörte dabei in voller Lautstärke «Shout at the Devil».

… Ingo Struckmann

Die ohnehin auf tönernen Füßen ruhende Freundschaft zu Ingo Struckmann überdauerte aufgrund meiner unendlichen Gutmütigkeit noch genau ein Jahr, wobei der Auftritt unserer Band Blooddigger bei der Schwimmbadneueröffnung den Schlusspunkt aller gemeinsamen musikalischen Aktivitäten markierte. Nach der zehnten Klasse trennten sich unsere Wege, denn Strucki wechselte an ein Wirtschaftsgymnasium und lief während seiner restlichen Schulzeit zwecks Verdeutlichung seiner beruflichen Ambitionen mit einem Aktenkoffer aus schwarzem Nappaleder umher. Nach dem Abitur begann er mit finanzieller Unterstützung seiner Eltern ein Studium an der European Business School, welches er nach einem Auslandsemester in São Paulo mit dem Abschluss des Bachelors für Management verließ und übergangslos eine gehobene Position als Investmentbanker bei der Deutschen Bank in Frankfurt einnahm. Innerhalb der nächsten fünf Jahre stolperte Strucki durch unermüdlichen Arbeitseinsatz und mit einer Wochenarbeitszeit von über achtzig Stunden die Karriereleiter weiter nach oben und heiratete seine Studienfreundin Irene. Kurz nach der Geburt des ersten Kindes wurde ihm ein hochdotierter Job angeboten: Er sollte das angeschlagene Investmentgeschäft der Deutschen Bank in Brasilien zunächst reorganisieren und später leiten, und zwar vor Ort. Bereits während seines zweiten Besuchs und somit noch vor dem geplanten Umzug der Familie nach Südamerika verliebte Strucki sich in einem Nachtclub in Rio de Janeiro hoffnungslos in eine brasilianische Servicekraft namens Amanda. Auch weil Amanda mit einer nur in Brasilien möglichen Geschwindigkeit schwanger wurde, könnte man die darauffolgenden zwei Jahre als relativ stressig und nervenaufreibend für Strucki bezeichnen, inklusive sehr teurer Scheidung von Irene, schwieriger und zeitfressender Arbeitsbedingungen vor Ort, zunehmenden Erfolgsdrucks durch den deutschen Mutterkonzern, Herzrhythmusstörungen, Gewichtszunahme von zwanzig Kilo und einer erneuten Schwangerschaft Amandas. Die Einsicht kam spät, aber immerhin: Sie kam. Strucki zog die Notbremse und wechselte zu einer kleinen und recht elitären Privatbank, bei der er sich fortan bei deutlich geringerem Arbeitseinsatz und Gehalt um die Privatvermögen und Belange einiger reicher, nein, sehr reicher Ausländer in Rio kümmerte. Mittlerweile ist er Vater von fünf Kindern und wohnt mit seiner Frau unweit des Strandes im Stadtteil Urca am Fuße des Zuckerhuts.

… Niko von Laugwatz

Niko verschlug es direkt nach dem Abitur nach Berlin, wo er sich an der Deutschen Film- und Fernsehakademie bewarb und abgelehnt wurde. Daraufhin versuchte sich Niko als freier Experimentalfilmer, eine Form der Existenz, die sicherlich nur in Berlin möglich ist. Der Beruf bestand im Wesentlichen darin, nächtelang und inspiriert von reichlich Alkohol und Drogen durch die Straßen der neuen Hauptstadt zu ziehen und dabei stets sehr hektische und undeutliche Filmaufnahmen in Bars und Clubs zu machen, die dann in winzigen und meist schlecht besuchten Szenelokalen oder besetzten Häusern aufgeführt wurden. In einem dieser besetzten Häuser wohnte Niko mit anderen freischaffenden Kreativen in einer typischen Berliner Wohngemeinschaft, und als er mich Anfang der Neunziger zur Uraufführung seines als «Undergroundhauptstadtdoku/Virulent/Mai» angekündigten neuesten Filmkunstwerks einlud, empfing mich ein noch dünner gewordener junger Mann mit blutunterlaufenen Augen, langem Bart und strähnigen Haaren. Zur Begrüßung nuschelte er: «Oberflashig hier! Alter! Berlin! Ich sag's dir! Pure Energie!» Er bot mir einen Platz auf seiner mitten im Raum liegenden Matratze an, um sich dann auf die Knie zu begeben und ein zu einer langen Linie geformtes weißes Pulver von einem in Ermangelung eines Tisches direkt auf dem Boden liegenden Badezimmerspiegel in sein rechtes Nasenloch zu ziehen. Nun bemerkte ich auch weitere Matratzen und Menschen, die mich apathisch begrüßten, und kurz darauf brachen wir alle auf, wobei einige noch kurz vor dem Spiegel niederknieten. Während des Fußwegs zur Filmvorführung in einem kleinen, heruntergekommenen und daher sehr angesagten Lokal wurde ich von diversen Prostituierten belästigt und trat mehrmals um Haaresbreite in die allgegenwärtigen Hundehaufen auf dem Bürgersteig. Dabei konnte ich Dialoge zwischen Niko und seinen neuen Freunden verfolgen, die ich nicht wirklich verstand. Einer sagte: «Flash!», Niko antwortete: «Flush!» Dann streckten beide routiniert die linke Faust gen Himmel. Kurz darauf sagte jemand: «Antonio macht jetzt auch in Scam! Hardcore!», und Niko antwortete: «So retro!», und immer wieder sagte irgendjemand: «Berlin, Baby! Berlin!»

Direkt nach der Vorführung seines etwa zweistündigen und von unerträglich nervtötender elektronischer Minimalmusik begleiteten Films feierte Niko an der Bar des Etablissements, als hätte er gerade die Goldene Palme der Filmfestspiele von Cannes gewonnen.

Ich kam mir tatsächlich ein wenig spießig vor, als ich mich um kurz nach Mitternacht von Niko verabschiedete, der zu diesem Zeitpunkt breitbeinig in einer Menschentraube vor dem Tresen stand und vollkommen euphorisiert Phantasiebegriffe in Richtung Fußboden schrie. Ich zog es vor, die Nacht in einer kleinen Frühstückspension zu verbringen und habe danach über viele Jahre nichts mehr von Niko gehört. Ich war mir sicher, dass er sich im Laufe der Zeit zu einer der vielen gescheiterten Existenzen, zu einem Gestrandeten und Verlorenen der Hauptstadt entwickelt hat, der auf der Suche nach einem Euro für das nächste Bier und mit vielen Visionen im Kopf durch die Straßen schlurft. Umso erfreuter war ich, als ich zu Beginn des neuen Jahrtausends durch einen kleinen Zeitungsbericht in der lokalen Presse erfuhr, dass Niko von Laugwatz just zum Stellvertretenden Staatssekretär für kulturelle Angelegenheiten des Landes Berlin ernannt worden war.

Zangenman lebt! Er lebt weiter in meinem Kopf. Und mehrmals täglich schießt er durch meine Gedanken, um Missetäter imaginär für mich zu bestrafen und somit meinen Zorn zu bändigen. Und dabei geht es nicht nur um die großen Missetäter, die skrupellosen Diktatoren, Waffenschieber und Großindustriellen der Petroindustrie oder Jürgen Trittin mit seinem Dosenpfand, nein: Zangenman bestraft auch die kleinen Übeltäter, die Übeltäter des Alltags.

Die bräsige Kassiererin in der Großtankstelle, die mich beim ohnehin frustrierenden Bezahlen des Benzins jedes Mal fragt, ob ich noch einen kleinen Kaffee mitnehmen möchte. Und nicht etwa geschenkt – keineswegs! –, drei Euro fünfundneunzig für einen winzigen Pappbecher lauwarmer Instantpulverbrühe will sie aus mir herauspressen. Zack! Da packt Zangenman die Frau mit unerbittlichem Zangengriff an der Kehle, hechtet über den Verkaufstresen, drückt sie nach hinten in die Zigarettenwand, die Päckchen stürzen reihenweise zu Boden, ihre Augen treten hervor, ihre Füße baumeln in der Luft, sein Gesicht ist jetzt ganz nah vor ihrem, und er spricht mit dieser dunklen, ehrerbietenden Stimme: «Wenn ich einen Kaffee trinken wollte, dann würde ich von ganz alleine danach fragen!»

Oder der BMW-Fahrer, der sich hinten auf seinen 316er Diesel mit knapp über hundert Pferdestärken ein verchromtes M klebt und damit stolz vor dem Schnellimbiss posiert.

Zack! Schon hat ihn die Zange mit seiner Zangenhand am Ende des riesigen Muskelarms ergriffen, presst den plötzlich nur noch winselnden Blender unerbittlich gegen das ergaunerte Emblem an seinem Kofferraum und flüstert zornig: «Jeder heterosexuelle Mann, der nicht in einem sogenannten Entwicklungsland wohnt, weiß, dass die M-Modelle von BMW die stärksten und somit auch teuersten Fahrzeuge dieser Automarke sind und dass sie als Erkennungsmerkmal stets mit vier Auspuffendrohren und seitlichen Luftschlitzen versehen sind. Glaubst du Mongo wirklich, dass irgendjemand denkt, deine traurige Rotzschüssel sei ein M-Modell? Glaubst du das?»

Oder der unglaublich dreiste Apfelbauer, der jeden Dezember aufs Neue an meiner Haustüre klingelt, mir mehrere Holzkisten, prall gefüllt mit schon leicht verschrumpelten Äpfeln, anbietet, die ich über den Winter einfach in den Schuppen stellen solle, sie würden keinesfalls verschimmeln. Zack! Zangenman! «Sie verschimmeln immer! Und jetzt schieb dir deine Äpfel in den Arsch!»

Ja, Zangenman lebt. Und er hat sehr viel zu tun.

... Dr. Baker

Zunächst sollte erwähnt werden, dass die von allen Schülern weitergetragene grausige Geschichte von Dr. Baker kein Fünkchen Wahrheit enthielt. Weder seine Frau noch seine kleine Tochter hatte Dr. Baker mit einer rostigen Axt zerstückelt und anschließend im Keller seines Hauses im Londoner East End verbrannt. Dr. Baker hatte noch nicht einmal in London gewohnt, sondern in Brighton. Allerdings war die Familie gerade auf dem Weg nach London, um dort das Wochenende zu verbringen, als ihr Fahrzeug kurz vor Crawley von einem Lastwagen touchiert wurde, sich mehrfach überschlug und in Brand geriet. Dr. Baker schaffte es schwer verletzt hinaus, seine Frau und seine Tochter allerdings erlagen noch am Unfallort ihren schweren Verletzungen. Kurz darauf verließ Dr. Baker England.

Nach den Sommerferien des Jahres 1986 hatte sich Dr. Baker augenscheinlich verändert. Viele Schüler erkannten ihn zunächst nicht, denn er hatte die rötliche Perücke abgelegt und sich den grau melierten Haarkranz abrasiert. Außerdem trug er bis tief in den September hinein kurze Hemden ohne Jackett und teilweise sogar kurze Hosen. Jetzt war endlich auch zu sehen, dass seine Verbrennungen entgegen allen Vermutungen auf Stirn, Hals und Hände begrenzt waren. Auch sein Gemüt schien wie befreit. Grund hierfür war sein ausgedehnter Sommerurlaub auf Ibiza, von dem er während der Unterrichtsstunden immer wieder schwärmte. Die Insel sei absolutely marvellous, mit Stränden as white as snow und Bewohnern, die einfach incredible nice people wären. Noch ein weiteres Jahr hielt es Dr. Baker in Deutschland, doch aus dem nächsten Sommerurlaub auf Ibiza kehrte er nicht mehr zurück. Er eröffnete eine Strandbar in Santa Eulària des Riu und lebt noch heute dort.

… den Urzeitkrebsen

Was mit den Urzeitkrebsen geschah, ist schnell erzählt. Sie vermehrten sich. Zunächst schlüpften nur einige weitere possierliche Tierchen, vielleicht zwei Dutzend, über die ich mich sehr freute. Doch dann explodierte die Bevölkerungsdichte im Glas exponentiell, geradezu chinesenartig. Innerhalb von wenigen Tagen zuckten Hunderte, kurz darauf sicherlich Tausende der als Triops longicaudatus katalogisierten Kleinsttiere durch das trübe Wasser des Gurkenglases, und ich begann mir ernsthaft Sorgen zu machen. Das Problem erledigte sich von selbst, als ich eines Mittags aus der Schule kam, und meine Mutter sagte: «Du, Marc, ich habe heute mal dieses ekelhafte Gurkenglas von deiner Fensterbank entsorgt. Manchmal weiß ich wirklich nicht, was mir dir los ist!» Ich hastete in mein Zimmer, und tatsächlich: Sie waren weg. Meine Mutter hatte die Tiere noch nicht einmal bemerkt und somit einfach unbedacht ins Klo geschüttet und weggespült. Ein ganzes Volk. Ausgelöscht.

Mir stiegen Tränen der Wut in die Augen, doch ich sagte

nichts. Schließlich machte meine Mutter gerade eine schwere Zeit durch, so ersparte ich ihr meine Vorwürfe und tröstete mich mit der Vorstellung, dass in der Kanalisation sicherlich paradiesische Bedingungen vorherrschen dürften und dort einer zigmillionenfachen Vermehrung meiner Urzeitkrebse keine räumlichen Grenzen gesetzt wären.

… Direktor Egger

Einige Monate nach der skandalumwobenen Neueröffnung des Schwimmbads brachte ein aus dem Umfeld eines politischen Gegners lancierter Artikel in der regionalen Presse einen Stein ins Rollen, der eine Schuttlawine auslöste, die schlussendlich einen Erdrutsch verursachte, unter dem Direktor Heribert Egger begraben wurde.

Egger hatte als stellvertretender Vorsitzender der regierenden CDU und Leiter des Bauausschusses erreicht, dass der Auftrag für den aufwendigen Umbau der Schwimmhalle an eine Frankfurter Baufirma vergeben wurde, die seinem Schwager gehörte. Bemerkenswert war, dass diese Firma im Rahmen der öffentlichen Ausschreibung des Projekts zunächst tatsächlich das günstigste Angebot abgegeben hatte. Bei der Vertragsgestaltung wurde dann aber geschickt eine Deckelung der Kosten vermieden, sodass sich diese mit über viereinhalb Millionen Mark am Ende fast verdoppelt hatten. Trotz hektischer Bemühungen, ständiger Unschuldsbekundungen und der Entlassung diverser Bauernopfer sowohl in der Baufirma als auch in der städtischen Verwaltung schaffte es Egger im weiteren Strudel der Ereignisse nicht, die Einberufung eines parteiübergreifenden Untersuchungsausschusses zu vermeiden. Dieser formulierte in seinem Abschlussbericht den zu diesem Zeitpunkt nicht mehr überraschenden Vorwurf der Vetternwirtschaft und der Korruption. Hieraufhin legte Egger noch vor Beginn der Gerichtsverhandlung sämtliche öffentlichen Ämter nieder und ließ sich vom Schuldienst beurlauben. Zwar wurde der Vorwurf der Bestechlichkeit in eine Anklage wegen Vorteilsannahme abgemildert, dennoch wurde Direktor Heribert Egger zu einer Freiheitsstrafe von 12 Monaten auf Bewährung verurteilt und verlor zudem seinen Beamtenstatus und die damit verbundenen Pensionsansprüche, was zu einem beispiellosen sozialen Abstieg führte. Für kurze Zeit arbeitete er noch als Kassierer in einem Getränkemarkt in einer Nachbarortschaft. Doch natürlich blieb dies nicht unbemerkt, und so kamen täglich diverse Schüler zu ihm an die Kasse, die ihn stets höflich begrüßten. «Guten Tag, Herr Direktor Egger», zum Beispiel. Oder: «Wie läuft's denn, Herr Direktor Egger? Eine Dose Cola bitte!»

Diesen Zustand hielt er nicht lange aus.

Nachdem einige Elftklässler eines Nachmittags in den Laden marschiert waren und dort zur Melodie des Village-People-Klassikers «Go West!» eine eigens auf ihn zugeschnittene Version des Songs zum Besten gegeben hatten («E-gger! Du bist 'ne arme Sau! E-gger! Du wanderst in den Bau! E-gger! Da kannst du duschen gehn! E-gger! Die werden auf dich stehn!»), griff er sich eine Partybox Kümmerling, fischte ein Fläschchen nach dem anderen heraus und bewarf die Jugendlichen laut fluchend mit dem beliebten Kräuterlikör. Zwar wurde niemand ernstlich verletzt, den neuen Job allerdings war er danach wieder los.

Dann wurde Egger Büdchensteher.

Er stand also fortan an der heruntergekommenen Trinkhalle bei der Endstation der U-Bahn und vertrank seine Rente. Im Laufe der Jahre wurden seine Anzüge nicht nur unmodern, sondern verschlissen und seine Haare strähnig. Sein Gesicht schwoll an, während der Körper abmagerte. Er tat mir leid. Sicherlich war er kein angenehmer Mensch gewesen. Eitel. Intolerant. Feige. Machtbesessen. Aber das hatte er irgendwie auch nicht verdient.

Direktor Heribert Egger starb im Frühjahr 1995 an Leberzirrhose im Endstadium.

... Anna Sukolewski und Philipp Straub

Anna und Philipp bekamen, was sie verdienten, nämlich sich selbst. Anna Sukolewski beendete nach der zehnten Klasse die Schule und begann eine Ausbildung zur Verwaltungsfachangestellten, nach deren Abschluss sie eine Stelle bei der Stadtverwaltung im Bereich Revision antrat und nie mehr verließ. Seither erstellt sie Berichte und Statistiken, legt Akten an, bearbeitet Anträge und prüft das Zahlenwerk anderer Abteilungen der Stadtverwaltung. Ohne an dieser Stelle werten zu wollen, kann man sicherlich vermuten, dass das kurze Leben meiner Urzeitkrebse aufregender und ereignisreicher war als das Leben von Anna Sukolewski, aber dies ist wie gesagt nur eine vollkommen wertfreie Vermutung. Mit einundzwanzig Jahren heiratete sie Philipp Straub und wurde im Laufe der Zeit – auch dies sei wieder vollkommen wertfrei erwähnt – dick und hässlich.

Philipp Straub war seinerseits gezwungen, die Schule bereits nach der neunten Klasse zu verlassen, da er erneut sitzengeblieben war. Nach einer abgebrochenen Lehre zum Gebäudereiniger wechselte er in den kommenden Jahren mit einer erstaunlichen Flexibilität zwischen den Berufen Türsteher, Serviceangestellter im gastronomischen Bereich, Kneipenwirt, Imbissbudenbetreiber und Restaurantleiter hin und her, wobei er darauf achtete, nie länger als neun Monate auf einer der genannten Karrierestufen zu verharren. Momentan arbeitet Philipp als Pizzabote und wohnt mit Anna in einer kleinen Mietwohnung in Neu-Ansbach.

… Oktan Yüldiz

Nach seiner erfolgreichen Ausbildung zum Zierpflanzengärtner erhielt Oktan eine Festanstellung im Frankfurter Palmengarten, wo man ihm binnen kürzester Zeit die Hauptverantwortung für den Gewächshausbereich Feuchte Tropen übertrug. Während einer viertägigen Weiterbildungsmaßnahme (Gehölzschnitt im Sommer) des Fachbereichs Gartenbau an der Freisinger Hochschule für angewandte Wissenschaften fand er dann auch sein privates Glück, und zwar eines Nachmittags, in einem Biergarten. Heute arbeitet Oktan Yüldiz als einer von sechzehn Reviergärtnern im Botanischen Garten München und ist dort zuständig für den Bereich Tropische Wasserpflanzen. Er wohnt mit seinem Freund, einem Münchner Designer für Herrenmode, in Erding.

… den Meerschweinchen

Natürlich hatte es keinen Penis! Natürlich war es dementsprechend auch kein Männchen! Und natürlich stürzte sich der angeblich ach so schwule Doppsi sofort auf das für teures Geld erstandene Merinoweibchen, und es dauerte keine zehn Wochen, und der Käfig wurde von fünf weiteren, klitzekleinen Meerschweinchen bevölkert. Sowohl Doppsi als auch sein einziger Sohn wurde sodann vom Tierarzt ambulant entmannt.

… Mötley Crüe

Leider – und die späte Erkenntnis schmerzt aufgrund so vieler Wochen und Monate, die ich in das Anhören, Anschauen und Anhimmeln dieser Band investiert habe, umso mehr –, leider ist Mötley Crüe objektiv betrachtet die tatsächlich schlechteste

Band der Welt, die es nach einem fulminanten Start auch zu Recht nicht geschafft hat, sich in der Oberliga des Heavy Metal zu halten. Dies liegt vor allem (und wie von Beginn an von vielen Kritikern geäußert) an mangelndem Talent, zuvorderst der vollkommenen Unfähigkeit von Sänger Vince Neil, der schlichtweg nicht singen kann. Auf Dutzenden von Konzertmitschnitten kann man erleben (es ist mehr als nur hören, es ist eine körperliche Erfahrung, bei der sich Gänsehaut mit stechendem Druck in den Augen und unangenehmem Ziehen in den Schneidezähnen paart), wie Vince Neil nicht nur ständig Einsätze verpasst und ganze Textzeilen vernuschelt, sondern immer wieder minutenlang einen halben oder gar einen ganzen Ton über oder unter der eigentlichen Gesangsmelodie singt. Er selbst bemerkt dies nicht, erbringt seine katastrophale Leistung also ohne jedes Unrechtsbewusstsein und unter Beibehaltung der obligatorischen Posen, wie zum Beispiel des ständigen Hervordrückens des Beckens zwecks Signalisierung andauernder Paarungsbereitschaft oder des ständiges Hochreißens beider Arme, obwohl er doch das Mikrophon in der Hand hält und eigentlich singen soll. Auch Gitarrist Mick Mars beherrscht sein Instrument nur rudimentär, und die Bassgitarre von Bandchef Nikki Sixx hört man erstens ohnehin nicht, und zweitens zählt Bassgitarre auch nicht als Instrument. Einzig Schlagzeuger Tommy Lee konnte tatsächlich recht gut trommeln und war abgesehen davon fast sieben Jahre lang mit Heather Locklear verheiratet, die ihn aber kleinlicherweise verließ, nachdem Tommy während eines Besuchs am Filmset eines Pornofilms Geschlechtsverkehr mit der Hauptdarstellerin hatte. Auch seine zweite Ehe mit Baywatch-Badenixe und Brust-OP-Ikone Pamela Anderson ging in die Brüche. Zur Verteidigung der Musiker muss allerdings erwähnt werden, dass diese natürlich standesgemäß von morgens bis morgens Alkohol, Kokain und Heroin konsumierten und insofern ein sachgerechtes Bedienen ihrer Instrumente vollkommen ausgeschlossen war. So verebbten die musikalischen Aktivitäten der Band mehr und mehr, und auch das öffentliche Interesse ließ im Laufe der Jahre stark nach. Lediglich mit dem Versprechen der Endgültigkeit schafften es die mittlerweile vom Leben stark gezeichneten Männer im Jahre 2014 nochmals, im Rahmen einer weltweiten Abschiedstournee etwas Aufmerksamkeit zu erregen und auf einigen einschlägigen Festivals aufzutreten.

Bei der hierfür anberaumten Pressekonferenz unterschrieben die Bandmitglieder in Anwesenheit ihres Anwalts eine Vereinbarung, nach der sie im Anschluss an ihre Abschiedstournee nie wieder als Band zusammen auftreten werden. Die Tournee hatte den Titel «All Bad Things Must Come To An End», was Hoffnung macht, wenn Einsicht wirklich der erste Schritt zur Besserung ist.

… Akimov, Djatlow und Tschernobyl

Alexander Akimov verstarb am 11. Mai 1986, zwei Wochen nach dem Unglück, im Alter von dreiundreißig Jahren an den Folgen der atomaren Verstrahlung. Zunächst wurde Akimov für die Reaktorkatastrophe verantwortlich gemacht, im Laufe der Untersuchungen wurde dies allerdings korrigiert, und im Laufe einer Gerichtsverhandlung im Jahre 1987 bekannte sich sein Vorgesetzter Anatoli Stepanowitsch Djatlow für schuldig und wurde wegen des kriminellen Leitens eines potenziell explosionsgefährlichen Versuchs zu zehn Jahren Haft verurteilt, von denen er fünf tatsächlich absitzen musste. Er verstarb im Dezember 1995 an einem Herzinfarkt.

Um das Kernkraftwerk wurde eine Sperrzone mit einem Radius von dreißig Kilometern errichtet, und über 350 000 Menschen wurden evakuiert und umgesiedelt. Bis zum November 1986 errichtete man einen als Sarkophag bezeichneten provisorischen Schutzmantel aus Stahl und Beton, in dessen Inneren bis heute weitestgehend die Situation wie direkt nach der Explosion herrscht.

Momentan ist ein neuer Sarkophag im Bau, da der alte aufgrund zahlreicher altersbedingter Risse und Löcher keinen Schutz mehr bietet und einzustürzen droht.

In Deutschland war das am stärksten kontaminierte Gebiet der Südosten von Bayern, wo auch heute noch Pilze, Waldbeeren und Wildtiere teilweise hochgradig belastet sind. Auch dreißig Jahre nach der Katastrophe muss in Niederbayern jedes dritte geschossene Wildschwein aufgrund zu hoher Strahlenbelastung vernichtet werden.

Die menschliche Torheit offenbart sich allerdings nicht in erster Linie im Bau sicherheitstechnisch unzureichender Atomkraftwerke, gerne auch in erdbebengefährdeten Gebieten, ist hierbei doch wenigstens noch ein echter Nutzen (Energiegewinnung) Antriebsfeder aller Bestrebungen. Sie offenbart sich viel eher darin, dass Tschernobyl mittlerweile ein Ziel für Abenteuertouristen ist und mit Geigerzähler bewaffnete Reiseführer kleine Gruppen von Abenteuerjunkies durch das kontaminierte Gebiet möglichst nah an Block 4 heranführen, damit diese dann ein Selfie von sich und dem Reaktor machen können. Atomtourismus nennt sich die neue Sparte in den Katalogen der Reiseveranstalter für Extremurlaube, und es wird nicht lange dauern, bis auch Reisen nach Fukushima angeboten werden. Natürlich inklusive japanischer Kirschblüte, Walfleischessen und erfrischenden Bades im Kühlwasserauffangbecken direkt am Werk.

Drei Wochen später

Ich stehe vor dem Eingangsportal der großen Jugendstilvilla und drücke den glänzenden Klingelknopf der frisch bezogenen Parterrewohnung meiner Eltern. Es ist eine schöne Wohnung, die unterste von insgesamt vier Wohneinheiten. Küche und Bad sind renoviert, der Parkettboden im Rest der Wohnung makellos abgeschliffen, und durch die bodentiefen Fenster des Wohnzimmers blickt man auf imposante Stieleichen, Ahornbäume und eine kleine Kapelle im nahen Kurpark.

«Hallo?» Die Stimme meines Vaters ertönt blechern durch die Gegensprechanlage.

«Hallo, Papa. Kommt doch bitte mal raus, ich muss euch etwas zeigen!»

Ich drehe mich um und werde erneut erfasst von einer Welle der Begeisterung, gepaart mit großem Stolz, denn ich blicke auf meine optisch und technisch aufwendigst restaurierte Gilera EC1. Sie sieht überwältigend aus. Gestern ist sie fertig geworden, und ich kann mich seither nicht sattsehen an so viel Schönheit. Die Felgen, die Spiegel und Bremshebel, weite Teile der Teleskopgabel, der Ständer und der Gepäckträger sind edel verchromt und glänzen prachtvoll in der Sonne. Der Rahmen, die Wetterschutzverkleidung, der Tank, das Fußbrett und die Schutzbleche hingegen sind schwarz. Genauer gesagt: phantomschwarz mit Perleffekt, was nicht nur eintausendmal geiler klingt als einfach nur schwarz, sondern auch eintausendmal geiler ist. Je nach Lichteinfall und Betrachtungswinkel schimmert der Lack dunkelbraun mit leichtem Goldschimmer oder tiefschwarz mit einem ganz feinen, fast unsichtbaren Hammerschlageffekt. Links auf der Wetterschutzverkleidung, direkt neben dem Blinker, bilden erhabene und natürlich wiederum vollverchromte Buchstaben den dezent geschwungenen Schriftzug «Shout at the Devil». Mit den gleichen Buchstaben ist auf der rechten Seite des hinteren Schutzblechs die Typenbezeichnung Power eci angebracht, und jetzt sogar gerechtfertigt.

Mit einem auf fünfundsechzig Kubikzentimeter vergrößerten Hubraum, dem Rennauspuff, dem neuen Vergaser und dem Sportluftfilter fährt meine Gilera fast sechzig Stundenkilometer.

Plötzlich stehen meine Eltern neben mir.

Meine Mutter sagt: «Ach Gottchen!»

Mein Vater stammelt: «Was ist das denn ... ist das etwa ... das ist doch nicht etwa ...»

«Tataaa!», unterbreche ich die beiden und breite meine Arme aus. «Ich präsentiere: mein frisch restauriertes Mofa!»

Meine Eltern betrachten das schönste Mofa der Welt eine ganze Weile, dann sagt mein Vater: «Manchmal kann man nicht glauben, dass du angeblich erwachsen bist.»

«Gefällt's euch etwa nicht?», rufe ich fast ängstlich.

Mein Vater tritt einen Schritt näher heran, seine Finger gleiten über den spiegelglatten Lack, auch meine Mutter hat sich etwas nach vorne gebeugt, um einzelne Details besser betrachten zu können.

«Sie sieht phantastisch aus ...», flüstert mein Vater, «... einfach atemberaubend!»

Meine Mutter nickt, dann sagt sie: «Obwohl dir ein Fahrrad auch ganz guttun würde!»

«Was soll das denn jetzt?», frage ich.

«Ich meine ja nur, da verbraucht man wenigstens ein bisschen Kalorien, denn ich finde ...»

«Mama, bitte!»

«... du hast schon wieder ein bisschen zugenommen!» Sie kneift mich vollkommen distanzlos in den Bauch. «Und deine Haare könntest du dir auch mal wieder schneiden lassen!»

Wie schon gesagt: Manche Dinge ändern sich nie.

Danksagung

Ich danke meinen Jugendfreunden, auch wenn wir uns aus den Augen verloren haben. Einige wenige Versatzstücke eures Lebens und unserer gemeinsamen Zeit sind in abgewandelter Form in diesen Roman eingeflossen, ihr werdet eventuell die ein oder andere Situation erkennen. Im Grunde ist dies natürlich Diebstahl von Erlebnissen, ich möchte es jedoch lieber als geschenkte Erinnerungen betrachten. Ich danke meinen Eltern für die Nervenstärke, meine berufsbedingt bis heute andauernde Pubertät zu ertragen, außerdem für Willenskraft und Humor, eine für mein Leben unschlagbare und sehr wichtige Kombination. Ich danke außerdem meiner unsterblich in mich verliebten und daher sehr gnädigen Lektorin Susanne Frank, meinem Freund und Geschäftspartner Ande für mittlerweile zwanzig sauwitzige und erfolgreiche Jahre mit der besten Firma der Welt und meiner Frau Stefanie (weil sie sonst erstens wieder tagelang stinksauer ist und es zweites in höchstem Maße verdient hat) und natürlich meinen engsten Freunden, weil sie es schaffen, selbst den nichtigsten Anlass in eine spontane Feier zu verwandeln.

MIX
Papier aus verantwortungsvollen Quellen
FSC® C083411
FSC
www.fsc.org

Das für dieses Buch verwendete Papier ist FSC®-zertifiziert.